Den Urenkeln
des Senators D Dr. Johann Georg Eschenburg
vom alten Geibelplatz

Harald Eschenburg

Lübecker Marzipan

oder fünfzehn Rosen

Roman

Husum

Alle Gestalten des Romans sind frei erfunden, eine Ähnlichkeit mit lebenden Personen wäre zufällig.

Umschlagbild: Hafen von Lübeck als Motiv einer Marzipantorte der Firma J. G. Niederegger GmbH & Co., Lübeck. Aufnahme: Hans Hoffmann, Husum.

CIP-Kurztitelaufnahme der Deutschen Bibliothek

Eschenburg, Harald:
Lübecker Marzipan oder fünfzehn Rosen : Roman / Harald Eschenburg. – Husum : Husum Druck- und Verlagsges., 1984.
ISBN 3-88042-235-4

Satz: Fotosatz Husum GmbH
Druck und Verarbeitung: Husum Druck- und Verlagsgesellschaft, Postfach 1480, D-2250 Husum
ISBN 3-88042-235-4

I

Marianne

Jürgen Spangenschild zeugte mit Marie, geborener Schulz, einen Kurt, geboren zu Lübeck 1898, verstorben 1957 / Kurt zeugte mit Marianne, geborener Gerdes, einen Adalbert, geboren zu Lübeck 1927 / Adalbert zeugte mit Ruth, geborener Esselgroot einen Wolfgang, geboren zu Lübeck 1964. Wolfgang bin ich.

Hinter sein Ich setzte Wolfgang drei liegende Kreuze. Das Werk war vollbracht. Der Kunsterzieher am Katharineum hatte Schülern, die sich für die Reifeprüfung Kunst als Leistungsfach gewählt hatten, den Entwurf eines Stammbaums aufgegeben. Wolfgang fehlte wie so oft, als diese Hausarbeit durchgesprochen wurde. Seit er achtzehn Jahre alt war, schrieb er selbst die Entschuldigungen für sein Fernbleiben vom Unterricht. Bald mußte eine Grippe herhalten, bald wurden Nackenschmerzen oder Wadenkrämpfe angeführt, manchmal nur schlicht Unpäßlichkeit.

Seinem Lehrer hatte ein regelrechter Baum vorgeschwebt, wie er in einigen alten Häusern gegenüber von der Eingangstür hängt, schön in Farben gemalt, mit Ästen und Zweigen voller Brüder und Schwestern, Vettern und Großtanten. Der Aufbau hätte auch gegenstandslos in der Form eines kopfstehenden Kegels ausgeführt werden können.

Von solchen Anleitungen hatte Wolfgang keine Spur mitbekommen, er hielt es auch nicht für nötig, bei einem seiner Mitschüler nachzufragen, seine Freunde kamen aus anderen Kreisen. Für zwei Abende sonderte er sich von ihnen ab, nachdem er sich ein Stück Pergament, einen grünen und einen tiefbraunen Filzstift gekauft hatte, er wählte die spitzesten, und zeichnete die Umrisse der Lettern zunächst in Blei. In Schriften kannte er sich aus. Was die Hausbesetzer an Anschlägen aus den Fenstern hängten, war meist von ihm auf Nessel gepinselt worden.

Die Überschrift Mein Stammbaum, er hielt sein Machwerk dafür, formte er in Elzevier-Versalien, das Urgroßelternpaar in Dürers Fraktur, das Großelternpaar in holländisch Gotisch und seine Eltern in Schwabacher, ein Schriftmusterverzeichnis, wie es im Buche steht. Das ganze eingefaßt von einem Renaissancekranz. Die Anfangsbuchstaben der männlichen und weiblichen Vornamen und den aus der jeweiligen Verbindung hervorgegangenen Sohn, auch das Ich der Schlußzeile führte er in Grün aus, das aus den braunen Sätzen frühlingshaft aufleuchtete.

Das Gesamtbild wirkte eher wie ein Widmungsblatt zur Jubelfeier eines Jägers. Drei Dosen Bier hatte Wolfgang während des Ausmalens in sich hineingeschüttet. Er hoffte, für seine Arbeit elf, bei Wohlwollen zwölf Punkte einzuheimsen. Daß die Verfehlung des Gegenstandes die Punktzahl drücken könnte, ging ihm erst später auf.

Seinen Großvater, Sohn eines Hufschmieds, hatte er nicht mehr erlebt, er war sieben Jahre vor Wolfgangs Geburt verschieden. Kurt Spangenschild hatte eiserne Betten für Krankenhäuser hergestellt, weiß lackiert, anfangs noch mit Messingknäufen an den vier Pfosten, bis er sich mit einem Erfinder zusammentat, der den Entwurf einer Strickmaschine ins Geschäft einbrachte. Unter Wolfgangs Vater gingen die Erzeugnisse der Lübecker Strickmaschinenwerke bereits in alle Erdteile, nach Hongkong und Australien, nach Mexiko und Ägypten, auch nach Südafrika.

Das Werk des Vaters beschäftigte dreihundert Mitarbeiter, in Wolfgangs Vorstellung lief es von selbst. Er meinte, der Vater könnte ruhig zu Hause bleiben oder auch auf Reisen gehen, was es in der Leitung zu tun gäbe, erledigten ja die drei Prokuristen. Herr Schlüter für den kaufmännischen, ein Diplomingenieur für den technischen Bereich und ein Major außer Diensten für das Personalwesen. Dieser hatte erst im letzten Jahr Wolfgangs Vater die Prokura abgetrotzt. Der Entschluß war Adalbert Spangenschild schwer gefallen, denn mit dem Verhältnis des Majors zum Betriebsratsvorsitzenden stand es nicht zum besten. Aber der alte Abteilungsleiter und neue Prokurist verfügte über ein so unschlagbares Personengedächtnis, hatte sich derart erstaunliche Sicherheit im Arbeits- und Sozialrecht angeeignet, daß Wolfgangs Vater über die Reibereien hinwegsah.

Der Künstler rollte das Pergament zusammen und klopfte nebenan bei seiner Großmutter an. Frau Marianne Spangenschild bewohnte am gleichen oberen Flur zwei Räume. Die Nachricht vom Tode des geliebten Mannes, er war als unbelehrbarer Bergsteiger abgestürzt, hatte in Frau Marianne, einer beleibten Dame, einen Schlaganfall ausgelöst, dessen Folgen zwar etwas zurückgegangen waren, die Betroffene jedoch im Laufe der Jahre zunehmend ans Zimmer banden.

Ida Pommerenken umsorgte sie. Ida wurde 1944 als zwanzigjähriger Flüchtling aus Rügenwalde nach Lübeck verschlagen und fand bei Spangenschilds eine Stellung als Hausgehilfin. Sie besaß das kleinste Zimmer im oberen Stockwerk, stets von ihr abgeschlossen und Wand an Wand mit dem Schlafgemach der Witwe. Soweit Ida nicht Einkäufe besorgte oder in der Küche des Kellergeschosses die Mahlzeiten für beide zubereitete, saß sie im Wohnzimmer bei Frau Marianne, häkelte tagsüber an einem Umhängetuch, von denen sie schon ein halbes Dutzend ihr Eigentum nannte, spielte mit ihr am Nachmittag Halma und sah abends fern. Die Auswahl der Sendungen bestimmte Frau Spangenschild.

Auf Wolfgangs Klopfen eilte Ida zur Tür. Endlich ein anderes Gesicht, eine Abwechslung im Einerlei der Tage. An der oberen Glocke klingelten nur noch Lieferanten und Zeitschriftenwerber. Einmal im Vierteljahr erschien die Gemeindehelferin von Sankt Jakobi mit einer Sammelliste. Sie wurde zum Tee heraufgebeten. Zweimal die Woche kam Sohn Adalbert auf eine Abendstunde nach oben, manchmal sah Wolfgang bei seiner Großmutter herein. Es fiel immer etwas ab dabei für Wölfchen. Nur Ida bekam von den Besuchen nichts mit.

Lassen Sie uns bitte allein, Ida, hieß die unabänderliche Aufforderung, sobald jemand das Zimmer von Frau Spangenschild betrat. Die leicht Gelähmte saß gewöhnlich vor ihrem Nähtisch am Fenster, der hohe Sitz des Ohrensessels wurde von einem bestickten Fußschemel ausgeglichen. Frau Marianne entging nicht, was sich vor ihrem Fenster in der Jürgen-Wullenwever-Straße abspielte. Heute bewegte sie der neue Wagen des Konsuls von gegenüber. Gehörte er wirklich dem Konsul oder hatte er ihn für seine Gattin gekauft, also ein Zweitwagen? War der alte verscherbelt? Ida sollte nachsehen, ob ein CC den Konsul als Besitzer auswies.

Was gibt es, Wölfchen? Nett, daß du deine alte Großmutter einmal wieder besuchst. Idas Gesellschaft versteht mich so gar nicht zu unterhalten. Im Grunde ist sie schrecklich ungebildet. Sie hat nichts hinzugelernt. Was ich ihr beibringe, vergißt sie nach wenigen Tagen. Ein After eight?

Frau Spangenschild ließ den Deckel ihrer kleinen goldenen Uhr aufspringen und prüfte die Zeit. In ständigem Kampf gegen ihr Übergewicht zwang sie sich, Naschwerk nicht vor acht Uhr am Abend anzurühren. Wehmütig sah sie zu, wie der Enkel die After eight verputzte.

Ach, Wolfgang, ich stelle mir einfach vor, wir hätten schon die Sommerzeit, dann darf auch ich jetzt zulangen. Gierig griff sie in das Silberkästchen. Bitte kein Wort zu Ida, sie zählt mir jeden Happen in den Mund, hilflos bin ich ihrer Strenge ausgeliefert. Ich möchte noch einmal so jung und ungebunden sein wie du, da würde ich Süßigkeiten die Menge in mich hineinstopfen und mir nachher das Gewicht auf dem Fahrrad wieder abstrampeln. Ich sehe von meinem Fenster aus jetzt viel mehr junge Mädchen auf Rädern als noch vor Jahren. In Hosen geht es auch viel leichter als zu meiner Zeit. Wir mußten immer mit einer Hand den Rock festhalten, damit er nicht über die Knie wehte, Knie sehen zu lassen, galt als unanständig. Radelt deine Freundin auch?

Was sollte Wolfgang antworten? Er hatte viele Freundinnen, tat sie sich in der Discothek Tarantel auf und verfrachtete sie in seinem ziemlich verrosteten Alfa Romeo in die Jürgen-Wullenwever-Straße. Beim ersten Male hatte sich der Vater gegen solchen nächtlichen Besuch verwahrt. Dann ziehe ich eben aus, hatte Wolfgang geantwortet. Das nun wollte der Vater keinesfalls zulassen. Ohne Aufsicht würde Wolfgang völlig verludern.

Adalbert Spangenschild verschloß künftig seine Ohren, wenn nachts der Wagen des Sohnes auf dem Kies vorm Hause knirschte, und die Tanzbeute in hohen Stiefeln über die Solnhofener Platten der Diele stöckelte. Zum Glück lag auf der Treppe ein Läufer. Nicht einmal seine Forderung, die Damen hätten vor Tagesanbruch zu verschwinden, vermochte der Vater durchzusetzen. Im Gegenteil, wie selbstverständlich erschienen sie mit am Frühstückstisch. Adalbert schauderte, was er da zu hören bekam.

Besaß eine von ihnen ein Fahrrad? Wolfgang kannte nur ihre Vornamen. Wenn es sehr lohnend gewesen war, schrieb er sich die Rufnummer auf. Wohnung, Alter, Beruf? Wozu sich merken, was der rasche Wechsel verwischte. Wolfgang entschied sich also, seine Freundin habe einen Wagen. Man durfte der Großmutter keine Antwort schuldig bleiben. Am Ende hätte er ein Damenrad herauftragen müssen, damit Frau Spangenschild das Muster begutachten könnte und am Sattel etwas auszusetzen fände. Er entrollte das Pergament.

Frau Marianne setzte die Brille auf, deren Bügel an einer Platinkette vor der Brust hingen, und vertiefte sich in das Werk. Sehr hübsch, mein lieber Junge. Das hast du entworfen? Einen Stammbaum würde ich es nicht nennen. Meine Eltern fehlen, meine Schwestern. Fünf von uns Gerdes hast du unterschlagen, wenn es ein Stammbaum sein soll. Wirklich künstlerisch die Ausführung! Weißt du, dein Zeugen klingt so, als ob man dabei zugegen wäre.

Auf Stammbäumen findet man als Zeichen der Vereinigung zwei verschlungene Ringe. Das ist verschwiegener. Aber du meinst es wohl biblisch. Ida liest mir jetzt jeden Abend einen Abschnitt aus der Apostelgeschichte vor. Sie liest zum Erbarmen holperig, begreift gar nicht, was sie spricht. Ihr fehlt das Verhältnis zur Bibel. Betest du auch immer, Wölfchen?

Wolfgang hätte die Großmutter auslachen mögen. In welcher Welt lebte sie? Weil seine Mutter oft kränkelte, vor fünf Jahren war sie an Nierenschwund gestorben, hatte die Großmutter in seiner Kindheit mit Wölfchen vorm Einschlafen gebetet. Seine Mutter, die ihm als die schönste Frau in ganz Lübeck galt, hatte es nie von ihm verlangt. Tu der Großmutter den Gefallen, sie meint, es hilft. Für oder gegen was es helfen sollte, hatte die Mutter ihm nicht verraten.

Hier war Offenheit angebracht. Zuletzt habe ich gebetet, als ich in die Grundschule kam. Mit dir, Oma. Oma pflegte Wolfgang bei jeder Frau über vierzig zu sagen, die Mutter seines Vaters redete er sonst stets mit Großmutter an. Adalbert Spangenschild achtete peinlich darauf, daß man sich in seinem Hause in gutem Deutsch ausdrückte, in seinen vier Wänden verbesserte er jeden, der es an sprachlicher Sorgfalt fehlen ließ. Es schmeckt nicht schön sondern gut, schön kann ein junges Mädchen sein. Wolfgang waren solche Belehrungen in der Schule zustatten gekommen. Wo andere ihr Räuberzeug zusammenredeten, horchten die Lehrer auf bei Wolfgangs klarer Sprechweise. Wenn er auch kaum etwas von den väterlichen Ermahnungen annahm, diese Weisung des Vaters beachtete er ständig. Die Oma war ihm entschlüpft.

Welchen Unfug redest du da? Während der Zeit deiner Konfirmandenstunden hast du mich Sonntag für Sonntag im Rollstuhl zu Sankt Jakobi gefahren, und bevor du dich in die Bank setztest, haben wir beide still gebetet. Jedes Mal. Und ehe wir beim Orgelnachspiel ins Freie strebten, abermals. Hast du das vergessen?

Nein, Großmutter. Ich habe nur abgezählt, einundzwanzig, zweiundzwanzig, bis ich mich setzen durfte. So haben es alle gemacht, jedenfalls die Jungens, die ich kannte. Wolfgang knabberte, nur scheinbar verlegen, an seinen Schokoladenplätzchen.

Sehr traurig, sagte Frau Spangenschild. Die immer etwas geschwollene Zunge ließ sie nuscheln, auch zuckte das Kinn zuweilen. Ohne Gottes Zuspruch hätte ich schon längst den Mut zum Weiterleben verloren. Wie gut für mich, daß es das Fernsehen gibt. Ich höre das Wort zum Sonntag und erlebe die Gottesdienste mit, als ob ich dabei sei. Sie suchen gute Prediger aus, das muß ich sagen. Ida läuft immer hinaus, sobald sie für mich eingeschaltet hat, genau so eine gottlose Person wie du. Wölfchen sage ich nicht mehr zu dir, mit Wölfchen habe ich gebetet.

Es entstand eine peinigende Pause. Der Enkel entzog sich ihr, indem er aufstand und seinen Stuhl an den Tisch zurücksetzte. Bleib noch ein Weilchen, bat die Großmutter fast flehentlich. Sie entrollte das Pergament von neuem. Wolltest du mir die hübsche Arbeit verehren? Ich könnte sie rahmen lassen und über mein Bett hängen. Die Farben paßten gut zur Spreite.

Wolfgang klärte sie über den Zweck seines Kunstwerks auf. Die Großmutter zog die Schublade des Nähtisches auf und holte einen Zwanzigmarkschein heraus. Gleich, ob der Lehrer deinen Fleiß mit einer guten Note belohnen wird, ich will es tun. Kannst du mir zehn herausgeben? Wolfgang kramte in sämtlichen Taschen, alles mögliche kam hervor, Kaugummi, alte Kinokarten, ein Schlagring, nur nichts Bares. Das fürstliche Taschengeld, das ihm sein Vater durch Dauerauftrag an die Sparkasse zu Lübeck überwies, seit dem achtzehnten Jahr immerhin vierhundert Mark monatlich, reichte nicht hin und her. Das Konto war überzogen, der Wagen bereits zur Sicherung an die Bank übereignet.

Ida braucht nicht zu wissen, daß ich dir etwas zustecke. Bringe mir morgen die zehn Mark unauffällig zurück. Nur ein Schelm gibt mehr als er besitzt. Mein Mann hat seinen letzten Willen sehr unbedacht verfügt. Er hätte mich am Umsatz statt am Gewinn des Werks beteiligen sollen. Die Umsätze steigen immer noch, der Ertrag sinkt Jahr um Jahr. Dein Vater versteht es, mir in umständlichen Zahlenreihen auseinanderzusetzen, wie sich diese sonderbare Schere erklärt.

Ausnahmsweise nahm Wolfgang seinen Vater in Schutz. Vater meint, wir stünden noch ganz gut da. In den letzten zwanzig Jahren ist in Lübeck jeder dritte Arbeitsplatz der Industrie verloren gegangen. Denk nur an den Zusammenbruch der Lüder-Baugruppe und wie es der Metallhütte ergangen ist.

Frau Marianne überhörte den Einwand. Wir sollten uns an den Könnern, nicht an den Nieten messen. Leisten Dräger, Villeroy & Boch und die Schmalbach-Lubeca nicht Vorzügliches? Zu Zeiten meines Kurt entsprachen sich Verkauf und Erlös in einem festen Verhältnis. Wir haben nicht schlecht verdient und konnten diese Villa erwerben. Heute wollen gerade die einfachen Leute immer mehr haben, wo es ihnen doch schon so gut geht. Ich weiß nicht, wie das alles enden soll. Wovon kann ich leben, wenn der Ertrag eines Tages ganz ausbleibt? Meine paar Wertpapiere stehen schlecht. Dein Vater hat zum Werk auch noch Grundstück und Haus geerbt, leicht zu beleihen. Ich besitze nur Wohnrecht. Soll ich auf meine alten Tage der Wohlfahrt anheimfallen?

Wolfgang wußte, wie schändlich die Großmutter übertrieb. Vor ihr lag ein Stapel von Angeboten aus Versandhäusern, ein Pforzheimer Heft obenauf. Frau Marianne wurde nicht müde, die golden schimmernden Seiten immer wieder durchzublättern und sich alle zwei Monate ein Geschmeide schicken zu lassen. Zu Kurts Lebzeiten war sie auf dessen Geschenke angewiesen, und ihr Mann hatte leider nicht den geringsten Geschmack besessen, für ihn zählte nur die Geldanlage. Frau Spangenschild trug nie weniger als fünf Ringe, und wenn sie die Arme bewegte, klirrte es von all den vielen Kettenbändern. Die wechselnden Broschen, die Ida ihr anzustecken hatte, waren erlesen. Nein, bevor die Wohlfahrt angespannt würde, ließen sich aus der Kommode Berge von Schmuck zum Pfandhaus tragen. Wolfgang würde der Großmutter die zehn Mark nicht zurückbringen.

Diesen Sommer werde ich fünfundsiebzig. Willst du mir einen Gefallen erweisen? Ich möchte dich so gern an meinem Geburtstag mit einem Haarschnitt sehen, der dich kleidet. Die schulterlange Mähne mit dem albernen Stirnband und das ungepflegte Fusselbärtchen passen nicht zu einem jungen Spangenschild. Die Mode wechselt, aber in einem ist sie sich bis vor kurzem treu geblieben, sie betont die Unterschiede zwischen den Geschlechtern. Heute laufen die Mädchen in Hosen herum, einige in widerwärtig engen, und mancher junge Mann wie du läßt sein Haar bis in den Rücken wachsen, fehlt nur noch, daß er sich einen Zopf flicht. Wenn ich mir vorstelle, ich sei ein Mann und liefe hinter dir mit deinen langen Strähnen her, weil ich dich für ein gut gewachsenes Mädchen halte, und dann drehst du dich um und ich gewahre diesen Anflug von Bart, pfui, mir graute vor meiner Verirrung. Hat deine Freundin dir nie dergleichen vorgehalten? Ich möchte mich einmal mit ihr über dich unterhalten.

Mit welcher denn? Das fehlte noch. Man mußte die alte Dame bei Laune halten. Zu deinem Geburtstag werde ich mich rasieren, mein Bart läßt wirklich zu wünschen übrig, aber das Haar wird allenfalls um zwei Zentimeter gestutzt und das Stirnband brauche ich beim Tischtennis. Warum soll ich es immer an- und ablegen?

Frau Marianne brütete vor sich hin. Sie war ihrer Großmutter stets aufs Wort gefolgt. Heute nahmen sich die jungen Leute viel heraus. Noch einmal griff sie nach dem Pergament. Wolfgang setzte sich wieder, diesmal an den Tisch. Bliebe er in der Nähe der Alten, würde sie ihn womöglich am Haar ziepen.

Jürgen Spangenschild zeugte mit Marie, geborener Schulz einen Kurt, las sie halblaut. Diese Marie, mein Junge, das ist überliefert, war in ihrer Jugend ein etwas leichtfüßiges Wesen. Deinen Urgroßvater zeichnete Gutmütigkeit aus. Hättest du, wie bei Stammbäumen üblich, den

Tag der Hochzeit und den Tag, nicht nur das Jahr von Kurts Geburt eingesetzt, wäre dir aufgefallen, daß Kurt schon fünf Monate nach der Eheschließung zur Welt kam. Ob mein Mann tatsächlich der Sohn jenes Hufschmieds Jürgen war, weiß Gott allein.

Ich bin auf diesen kleinen Fehltritt erst nach meiner Hochzeit gestoßen, das Aufgebot mit den Urkunden hatte mein Mann bestellt. Ihm war nichts aufgefallen. Himmel, ich hätte ihn auch geheiratet, wenn sein Vater ein Strolch gewesen wäre. Ich will mich über meine Schwiegereltern nicht beklagen. Es waren redliche Leute, die beide in ihrer Art meinem Kurt halfen, das Werk zu begründen. Was es heute darstellt, dankt es dem Fleiß meines Mannes. Dein Vater, das muß ich leider sagen, ruht sich nur auf den Lorbeeren aus, die dein Großvater errungen hat. Hat Adalbert dir aus dem Urlaub geschrieben?

Nein, Großmutter, mir schreibt er nicht mehr. Wenn er an mich denkt, hat er nur Ermahnungen im Kopf. Darauf verzichte ich gern. Das habe ich ihm gesagt.

Aber mir hat er geschrieben. Frau Spangenschild kramte unter dem Stapel von Drucksachen eine Ansichtskarte hervor. Er schreibt, in Bad Ischl bin ich nur zwei Tage geblieben. Sehr sehenswert, die Kaiservilla. Es läuft einem kalt den Rücken herunter, wenn man an dem Schreibtisch steht, an dem Franz Joseph den Aufruf An Meine Völker unterzeichnete. Von hier ist das Elend des Jahrhunderts, das Zeitalter der Weltkriege, ausgegangen. Elend übrigens auch Unterkunft und Verpflegung, von Schwimmgelegenheit nicht die Rede. Verstimmt bin ich nach Salzburg weitergereist.

Frau Marianne lachte. Nicht ohne Schadenfreude. Hätte dein Vater nur auf die Empfehlung von Dr. Erlenbach gehört. Unser Hausarzt hatte mir einen kleinen, sauber geführten Gasthof benannt. Aber nein, das Schwimmbekken war unerläßlich. Als ob dein Vater, der in seinem Hause täglich schwimmen kann, Fett ansetzte, wenn er das Bad zwei Wochen entbehren muß. Warum schreibt er nur von sich, nicht von wir? Ich weiß doch, daß er die

Gisela Storz in Hamburg abgeholt hat, um mit ihr den Urlaub zu verbringen.

Wolfgang ergriff sein Pergament. Wünscht du, daß Vater allein in den Ferien versauert? Ich gönne ihm Gisela, ohne sie wäre er längst ein Greis. Gisela paßt im Alter gut zu ihm, sie wirkt noch sehr anziehend, finde ich. Keine Angst, nicht auf mich. Für einen älteren Herrn wie Vater, meine ich.

So, so, sagte Frau Spangenschild. Du scheinst über dieser Tippdame deine wunderbare Mutter vergessen zu haben, genau wie dein Vater. Wie hat er seine Ruth verehrt, auf Händen hat er sie getragen. Aus den Augen aus dem Sinn. So seid Ihr Männer alle, mein Kurt ausgenommen.

Wolfgangs Stimme wurde lauter. Mutter ist fünf Jahre tot, vergiß das nicht. Vater hat um sie getrauert, daß man das Jammern kriegen konnte, manchmal glaubte ich, er könnte nicht weiterleben ohne sie. Jetzt hat er sich endlich gefangen und du machst ihm Vorwürfe. Das ist ungerecht von dir.

Der Witwe zuckte das Kinn. Sie griff zur Handschelle. Ida erschien im Türrahmen. Sie können das Abendbrot anrichten, mein Enkel hat seinen Besuch beendet.

II.

Else

Otto Mackeprang mußte früh aus dem Bett. Auf sieben Uhr hatte der Direktor den Wagen bestellt. Merkwürdig, aus einem Spitznamen hatte sich unversehens eine Anrede gebildet. Solange der alte Kurt Spangenschild noch lebte, ein handfester Wühler im Betrieb, oft in Hosenträgern, fristete Adalbert ein Schattendasein als Überzähliger. Er schritt von Zimmer zu Zimmer, stets in tadellosem Anzug, hatte für seinen Vater Vorgänge zusammenzusuchen, auch ein paar Briefe durfte er ansagen. In den Maschinenhallen mußte er achtgeben, daß er nicht unter die Laufkatzen geriet, geringschätzig nannten ihn die Leute unter sich den Direktor.

Als er nach der Bestattung des Vaters zum ersten Male dessen Zimmer als Inhaber des Werks betrat, redete der Prokurist, Herr Schlüter, den die Umstellung etwas durcheinandergebracht hatte, ihn aus Versehen mit Herr Direktor an. Adalbert blickte erstaunt auf, wollte aber Schlüter, die treue Seele, nicht vor den Kopf stoßen. Der neu gebackene Direktor hatte nicht widersprochen, also schien ihm die Rolle zu gefallen. Die Sekretärin, Frau von Anden, war Zeugin gewesen. Auch sie bediente sich nun allen Ernstes dieser Anrede, die sich bald einbürgerte.

Otto Mackeprang bewohnte mit seiner Frau Else drei kleinere Zimmer im linken Flügel der Villa Spangenschild. Frau Else führte Adalbert den Haushalt, kochte für die Spangenschilds und Mackeprangs und lag dem Direktor in den Ohren, ob man nicht für Ida oben eine eigene Küche ausbauen könnte, die Stütze der alten Dame stünde ihr dauernd im Wege. Adalbert schätzte keine Veränderungen. Liebe Frau Mackeprang, unsere Küche ist geräumig genug. Solange Ida sich nicht widerborstig zeigt, müssen

Sie sich mit ihr vertragen. Auch für Otto war Ida ein rotes Tuch, er ließ es sie fühlen, daß er sie nicht ausstehen konnte.

Otto fuhr täglich den Direktor im Mercedes ins Werk, war dort mit etwas Briefablage beschäftigt und schlüpfte, ins Haus zurückgekehrt, in die grüne Weste, um Adalbert und Sohn beim Essen zu bedienen. Während einer Steuerprüfung wurde Ottos Tätigkeit durchleuchtet. Der Amtmann der Finanzbehörde hatte sich sogar die Mühe gemacht, Frau Else im Hause zu vernehmen.

Wenn ich mir einen Rat erlauben darf, Herr Direktor, hatte Schlüter gesagt, man soll in einer kleinen Fraglichkeit ruhig zurückstecken, mit irgendeiner Entdeckung müssen die Prüfer schließlich heimkommen. Sonst suchen sie so lange, bis sie einen großen Fisch gefangen haben.

Den gibt es bei uns nicht, ich fechte es durch, notfalls bis zum Bundesfinanzhof, entschied Adalbert.

Dem Behördenmenschen war aufgefallen, daß der Fahrer Mackeprang hoch über Tarif bezahlt wurde. Das ging auf die Unkosten des Werks. Frau Mackeprang jedoch, die aus der Privattasche Adalberts entlohnt wurde, empfing ein schäbig zu nennendes Entgelt. Den Mackeprangs konnte es gleichgültig sein, wie sich der Lohn verteilte, was unter dem Strich blieb, zählte. Otto und Else wohnten frei, daher auch keine ausgewiesenen Mieteinnahmen des Direktors. Der Amtmann sah eine steuerschädliche Verlagerung der privaten in die betrieblichen Kosten.

Frau Else spielte in ihrer Verteidigerrolle den Ball nur zum Teil mit Erfolg, sie untertrieb ihr Tun, verwies auf die Putzhilfe, die sie zur Verfügung hätte. Ob sie für zwei oder vier Personen kochte, machte nicht viel aus, kurz, sie arbeitete kaum einen halben Tag für Herrn Spangenschild. Das sollte der Fragesteller doch hören, dachte sie, obwohl sie lieber über die viele Arbeit gestöhnt hätte.

Getrennte Küche? Der Prüfer blieb am Feind.

Wir essen das Gleiche wie Spangenschilds, sagte Frau Else stolz. Nur keinen Rotwein zu Tisch. Otto, was mein Mann ist, hat von einer Flasche Bier mehr. Das Kostgeld gibt mir Herr Spangenschild, vierhundert Mark die Woche, hübsch gerecht, macht hundert für jede Person.

Den Garten halten Sie und Ihr Mann auch in Ordnung? Frau Mackeprang nickte. Einen Gärtner kann man doch nicht einfach erfinden. Und die grüne Weste? Sie hing unschuldig an einem Haken der Küchentür.

Mein Mann trägt sie, wenn er die Herrschaften oben bedient, morgens, mittags und abends. Er hat einen langen Tag, mein Otto. Aber wir sind zufrieden. Der Herr Direktor ist immer sehr freundlich und den Sohn, wissen Sie, den muß man nehmen, wie er ist.

Frau Else begann die Steuerprüfung mit einer Leumundsbefragung zu verwechseln. Der Beamte ließ sich die Wohnung zeigen, überschlug den Mietpreis für drei Jahre und die Beköstigung während dieser Zeit. Das ergab eine dicke Lohnsteuernachforderung. Herr Spangenschild würde die vierstellige Summe kaum auf Mackeprangs sitzen lassen.

Im Werk nahm sich der Amtmann die Tankrechnungen für den Mercedes vor. Lächerlich niedrig, eine Füllung reichte für drei Wochen. Zu fahren hatte Mackeprang offenbar wenig. Über Ottos Arbeitsstunden im Werk erfuhr der Prüfer Widersprüchliches. Der Major sprach von gleitender Arbeitszeit und veranschlagte seine Wochenstunden auf gut dreißig, der Betriebsratsvorsitzende, Mackeprang gehörte keiner Gewerkschaft mehr an, ließ höchstens die Hälfte gelten. Er kommt und geht, wann er will, für ihn gilt die Stechuhr nicht. Er macht Besorgungen für den Direktor, fährt ihn zum Schneider und zum Friseur, hält den großen Garten in Ordnung und kauft ein, bei Karstadt und auf dem Markt. Meine Frau hat ihn schon oft gesehen, immer mit einem Zettel von Frau Mackeprang in der Hand.

Bei der Schlußbesprechung wartete Herr Schlüter vergeblich auf den scharfen Einspruch des Direktors, Adalbert unterwarf sich wortlos. Die Werkabrechnung war blütenweiß aus der Prüfung hervorgegangen, nur im wunden Punkt, den Mackeprangs, wurde eine Bereinigung auferlegt. Entweder wären künftig Mieteinnahmen zu versteuern und Frau Else führte den eigenen Haushalt getrennt oder Wohnung und Beköstigung wären dem Lohn zuzuschlagen, wodurch sich die Lohnsteuer beträchtlich erhöhte. Otto Mackeprang dürfte nur noch zur Hälfte vom Werk entlohnt werden, die andere Hälfte gehörte zur persönlichen Lebensführung des Unternehmers. Festsetzung der Nachzahlung von Amts wegen.

Adalbert atmete auf. Das Finanzamt war sozusagen der einzige Vorgesetzte, den er über sich zu ertragen hatte. Drei Jahre konnte er sich nun wieder frei von Aufsicht fühlen. Der Obrigkeit soll man ausweichen. Mit der Polizei hatte er selbst nichts zu schaffen, schwebte aber in Angst, daß Wolfgang etwas anstellte. Über Parksünden sah er hinweg, schlimmer war schon eine Anzeige wegen verbotenen Glücksspiels gewesen. Die Nachwehen von der Tätlichkeit bei einer Kundgebung hatten sich im Sande verlaufen, weil sich die Zeugenaussagen gegenseitig aufhoben.

Adalbert duldete niemanden über sich, der Vater hatte ihm gereicht. Das Dasein unter ihm war einer Demütigung gleichgekommen. Geknechtet fühlte er sich auch vom Fahrlehrer, als er, sehr spät, den Führerschein erwerben wollte. Gewiß hatte er sich bei den Fahrstunden ungeschickt angestellt, aber sich seine Fehler dauernd von einem Manne vorhalten zu lassen, den er bezahlte, fand Adalbert zu dumm. Zehn Stunden hatte er im Voraus beglichen, nach der dritten blieb er fort und ließ sich weiter von Mackeprang fahren.

III
Tutti

Heute ging es nach Hamburg zu Gisela Storz. Otto staunte über den Direktor. Er kannte ihn nur im dunklen Nadelstreifenanzug mit Homburg und Regenschirm. Sonntags trug er allerdings eine helle Cordhose und eine goldbraune Samtjacke, aber sonntags hatten Mackeprangs frei und fuhren zu ihren Eltern, abwechselnd nach Ratzeburg oder Mölln. Sonntags spielte Frau Storz die Hausfrau in der Jürgen-Wullenwever-Straße.

Obwohl Adalbert trockenen Fußes von der Wohnung zum Werk und zurück gelangte, gehörte der eingerollte Schirm zu seiner Ausstattung. Heute fehlte er. Die schwarz-grau gewürfelte Reisemütze mit der knäuelartigen Quaste oben drauf hatte Mackeprang noch nie gesehen. Statt des blaugestreiften Binders mit Perle zum hell getönten Hemd trug der Direktor einen Rollkragen und hatte sich eine Wildlederhose mit Kniebund und eine Lodenjacke angezogen. Na, Gisela wird Augen machen. Zwei schwere Lederkoffer verrieten, daß Herr Spangenschild auch in den Ferien nicht darauf verzichtete, ständig Anzüge und Wäsche zu wechseln. Wenn Frau Storz auch so viel Gepäck mitbrächte, würde es in ihrem Porsche, einem Geschenk Adalberts, verdammt eng werden.

Über die Fackenburger Allee und den Lohmühlenteller fuhren sie auf die Autobahn und standen nach einer halben Stunde vor Giselas Wohnung in Wandsbek. Der schwarze Porsche parkte vor der Tür. Adalbert hielt eine seltsame Scheu zurück, die Wohnung seiner Freundin zu betreten. Sie lebte bei ihrer Mutter. Das hieße Rücksicht zu nehmen auf die alte Dame und denkbare Geschmacklosigkeiten der Einrichtung geflissentlich zu übersehen. Giselas Nest zu kennen, konnte bedeuten, dieses freie Geschöpf sich für gewöhnlich in kleinbürgerlicher Enge vorzustellen.

Die Geschichte ihrer Beziehung hatte mit einem bewegten Auftakt begonnen. 1956 trat Gisela als Kurts Sekretärin in die Lübecker Strickmaschinenwerke ein. Sie war erst einundzwanzig Jahre alt, aber Herrn Schlüter von einem Berufsschullehrer als besonders tüchtige Kraft empfohlen worden. Schlüter wirkte bei den Prüfungen der Bürokaufleute mit und hatte bei dieser Gelegenheit schon manchen Angestellten für sein Kontor geangelt. Kurt Spangenschild war mit den Leistungen des Fräulein Storz äußerst zufrieden, endlich eine Mitarbeiterin, die nicht maulte, wenn es um Überstunden ging. Kurt Spangenschild kehrte häufig erst nach acht Uhr abends aus dem Werk heim.

Adalbert ertrug die Kränkungen des Vaters leichter, seit er Gisela täglich mehrmals zu Gesicht bekam. Sie ähnelte der jungen Sophia Loren, wenn man von den künstlich hochgezogenen Augenwinkeln der Schauspielerin absah. Die Loren war Adalberts Wunschbild und Abgöttin, ihre ersten Filme hatte er zweimal gesehen. Immer, wenn er an Gisela vorbei zum Vater ging, versuchte er, sich ein Geschäft im Vorzimmer zu machen, er konnte sich von ihrem Anblick nur schwer lösen.

Anders als die meisten Angestellten, die Adalbert schnitten, weil er für hochmütig galt, trat Gisela ihm gut gesinnt gegenüber. Herausfordernd katzenfreundlich begegnete ihm nur die Sekretärin des Betriebsingenieurs, allgemein Tutti genannt, eine mollige Blondine mit Kalbsaugen und wenig Hirn. Adalbert ging ihrer Anhimmelung aus dem Wege. Weil Tutti nicht Giselas Platz erhalten hatte, worum sie vergeblich beim Major gebettelt hatte, sah sie in Gisela die Widersacherin und litt darunter, daß diese bei allen Mitarbeitern beliebt war. Giselas Ausgeglichenheit wirkte wohltuend. Verließ Adalbert nach einem Donnerwetter das Arbeitszimmer des Vaters, sprach Gisela ihm von ihrem Schreibtisch aus Trost zu. Machen Sie sich nichts draus, Ihr Vater meint es nicht so schlimm.

Gisela war ein Jahr im Werk und noch immer trug Adalbert die Leidenschaft für sie wie ein Joch. Wäre sie irgendwo anders tätig gewesen, er hätte ein Herz gefaßt, und sei es, daß er sie auf der Straße angesprochen hätte. Litt auch Gisela gleich ihm? Er konnte nur in ihre ihm rätselhaften Augen blicken, auf den Grund ihres Wesens gelangte er nicht.

Kurt Spangenschild hatte es eines Abends eilig. Fräulein Storz, diese beiden Angebote für Bielefeld und Wuppertal müssen noch zum Nachtbriefkasten. Das übliche Begleitschreiben, unterfertigen Sie bitte nach Diktat verreist, oder besser, mein Sohn kann im Auftrage unterzeichnen, falls er noch im Hause ist. Lassen Sie mir bitte einen Wagen kommen, ich muß zum Schnellzug nach Bremen. Morgen Mittag bin ich zurück.

Adalbert sah seinen Vater zum Werktor eilen und zog den Vorhang zu, als der Pförtner den Wagenschlag geschlossen hatte. Die Lichter ringsum waren erloschen, nur im Ingenieurzimmer und bei Gisela brannten die letzten Lampen. Was suchte er noch hier? Die Gedanken wanderten ins Vorzimmer des Vaters, er fand nicht fort. Auf dem Flur gingen Schritte. Adalbert öffnete die Tür einen Spalt. Der Ingenieur verließ das Gebäude. Was hatte das ihn zu bekümmern, was war in ihn gefahren? Nach einer Weile klopfte es an der Tür. Adalbert stockte der Atem. Wenn jetzt Gisela einträte, verlöre er den Verstand.

Es war Tutti. Wir vermissen die Werkstoffwerte Nummer acht von International Nickel, Beständigkeit von Nickellegierungen. Könnten sie an der Erfolgsrechnung von vorigem Monat hängen geblieben sein? Herr Spangenschild, Sie sind meine letzte Hoffnung. Ehrlich!

Adalbert gab sich den Anschein, als suche er. Die Erfolgsrechnung ist bei mir durch. Aus Ihrer Abteilung lag nichts dabei. Heute werden Sie Ihre Beständigkeit nicht mehr finden. Er blickte auf. Tutti wich nicht. Gibt es noch etwas?

Die Blondine zierte sich. Es ist wegen des Betriebsfestes. Wir haben ein Stück gefunden, das wir aufführen wollen. Echt gut. Ich würde wahnsinnig gern die junge Frau des

Direktors spielen, und die anderen meinen, Sie würden in der Rolle des Direktors unheimlich toll sein. Bitte, Herr Spangenschild, verderben Sie uns nicht den Spaß. Es wäre echt schade.

Adalbert litt unter echt, wahnsinnig, toll. Es tut mir leid, ich eigne mich nicht für derartige Scherze. Vielleicht tut Ihnen Herr Schlüter den Gefallen, die mir zugedachte Rolle zu übernehmen. Und nun gehen Sie heim, es ist schon spät.

Ich beeile mich ganz kolossal. Nabend! Im Hinausgehen führte sie dem Mann ihre langsam schwappenden Hüften vor. Adalbert horchte hinter ihr her. Gedankenlos schlug er die Seiten im Monatsblatt der Handelskammer um, er nahm nicht auf, was er überflog. Es hielt ihn nicht länger, er öffnete die Tür. Nun war es auch beim Ingenieur dunkel. Wie gezogen ging er zu Gisela hinüber. Sie saß vor der Maschine und tippte die letzten Zeilen des zweiten Begleitbriefes.

Gerade wollte ich nachsehen, ob ich von Ihnen noch zwei Unterschriften erhielte. Also im Auftrage. Sie spannte den ersten Bogen noch einmal ein. Adalbert unterschrieb den zweiten, unbesehen, denn seine Augen verschlangen das Mädchen. Als er den Namen unter den ersten Bogen setzte, streichelte seine Linke über Giselas Haar. Verzeihen Sie, ich kann es nicht lassen, Sie bezaubern mich, seit langem!

Gisela legte den Kopf zurück, seiner Hand entgegen und schloß die Augen. Sie hatte lange natürliche Wimpern. Adalbert küßte die halb geöffneten Lippen, es war, als ob er eine Schlafende weckte. Als er spürte, wie sich ihr Arm um seinen Nacken legte, sanft und gut, nicht stürmisch, ging es mit ihm durch, er riß sie aus dem Stuhl hoch und umschlang sein Wunschbild.

Wie eine große Not überkam das Paar der Rausch, keiner war mehr er selbst. Was sie am Leibe hatten, lag verstreut auf dem Boden, wie Gejagte klammerten sie sich aneinander, sanken auf den Teppich, stammelten sich ihre Verzückung zu.

Der kleine Schrei, den Gisela ausstieß, galt nicht Tutti, der es die Stimme verschlug, als sie hereingeschlichen kam und die Bescherung aufdeckte. Was sie von außen belauscht hatte, wurde im Augenschein unfaßlich. Wartet nur, Ihr! Sie stopfte Giselas nahe der Tür liegenden Slip in die Schuhe, die sie der Vorsicht halber ausgezogen hatte, und entkam, von den Liebenden unbemerkt, auf Strümpfen. Nach dem kleinen Schrei ging ein Gelöstsein des Glücks durch Gisela hin. Sie schlug die Augen auf und gewahrte zum ersten Male das Wabenmuster an der Zimmerdecke.

Am nächsten Tag fehlten beide im Werk. Sie waren nach Travemünde hinausgefahren und liefen Hand in Hand den Strand entlang bis über den Höhenweg des Brodtener Ufers hinaus. Ihre Flucht machte das Verschwinden der Winzigkeit nicht ungeschehen. Eine geschlagene Stunde hatten sie gesucht, ohne die Spur des Verlorenen zu finden.

Sie vermissen heute wohl zwei, sagte Tutti mit sieghafter Miene zu Herrn Schlüter und verschloß die Tür hinter sich betont vorsichtig. Schlüter wunderte es, warum sie so geheimnisvoll tat.

Nennt man das Überstunden? Mit spitzen Fingern legte sie das seidene Etwas dem Prokuristen auf den Schreibtisch. Schlüter verstand die Welt nicht mehr. Bitte, was soll das?

Tutti nahm kein Blatt vor den Mund, sprach von wochenlangen Beobachtungen und schonte dabei weniger Gisela als Adalbert. Durch reinen Zufall habe ich das Flittchen endlich einmal auf frischer Tat erwischt. Wer weiß, wie viele Männer im Hause sie noch vernascht hat. Solche sind echt unersättlich.

Herr Schlüter schritt mit verschränkten Armen um den Tisch. Hat man Sie bemerkt?

Woher denn? Die waren so wahnsinnig mit sich selbst beschäftigt, verstehen Sie, splitternackt! Sie hob das Höschen vom Tisch und ließ es fallen.

Herr Schlüter schob es ihr zu. Bitte entfernen Sie das

von meinem Tisch, ich habe Sie nicht um die Hergabe gebeten.

Sie wollen sich ehrlich von dem Beweisstück trennen? Das brauchen Sie doch, wenn Sie dem Chef berichten.

Schlüter atmete schwer. Er riß ein Blatt ab und beförderte mit dessen Hilfe das Etwas in den Papierkorb. Im Grunde geht die Sache Sie und mich überhaupt nichts an. Wenn Sie den Mund hielten, würde ich den beiden ins Gewissen reden und der Friede wäre wiederhergestellt. Könnten Sie mir das versprechen?

Statt einer Antwort schlug sie die Tür zu. Schlüter sah sie über den Hof stapfen, das Hinterteil wippte vor Empörung. Ihr Weg führte zur Baracke, wo der Betriebsratsvorsitzende Sprechstunde hielt. Nun erfahren es alle, dachte Schlüter. Dann kann auch ich es mit dem Major besprechen.

Der Mann für das Personalwesen wußte zum ersten Male, so lange Schlüter zurückdenken konnte, keinen Rat. Frau Storz fristlos zu kündigen, käme nicht in Frage, wäre ihr doch bisher das beste Zeugnis auszustellen. Der Fehler läge bei der Unternehmensleitung, die von Adalbert keine Leistungen forderte. Wer den ganzen Tag nur herumscharwenzelte, käme zuletzt auf dumme Gedanken. Der Unfug mit den Überstunden müßte aufhören, dann reichte ein Pförtner tagsüber und ab fünf Verantwortung des Wach-Schutzes von Griepentrog. Auch Fiete, so nannten sie den alten Spangenschild unter sich, brauchte nicht über die Zeit zu arbeiten, wenn er mehr an seinen Sohn abträte. Ganz nebenbei, einen schlechten Geschmack hat der Adalbert nicht entwickelt, die junge Storz ist jede Sünde wert. Nicht wahr?

Schlüter blickte zugeknöpft und mißfällig auf den vor ihm sitzenden Major herunter. Wollen Sie bitte Fiete den Fall vortragen, es ist ja eine Personalfrage.

Wieso ich, an wen ist das Vorkommnis herangetragen worden? Fischen Sie in Ihrem Papierkorb und gehen Sie mit dem Fang zum Vater des Verführers. Entscheiden, was geschehen soll, kann nur er. Viel Vergnügen, mein Bester.

An diesem Vormittag fand Herr Schlüter zu keiner geregelten Tätigkeit. Immer wieder legte er sich die Worte zurecht, mit denen er Fiete das Geschehene möglichst schonend nahebringen könnte. Er befürchtete einen Tobsuchtsanfall des Alten, der den eigenen Redeentwurf zunichte machte. Ein schriftlicher Vermerk für Fiete schien ihm der rettende Einfall zu sein.

Herrn Kurt Spangenschild mit der Bitte um Kenntnisnahme persönlich überreicht. Während Ihrer Abwesenheit hat sich hier ein Vorfall ereignet, dessen ungewöhnliche Art mir empfiehlt, zur Berichterstattung die Schriftform zu wählen, damit Sie in Ruhe befinden können, wie verfahren werden soll. Die Sekretärin des Ingenieurs hat gestern gegen 19 Uhr in Ihrem Vorzimmer Fräulein Storz und Ihren Herrn Sohn, unbekleidet am Boden liegend, bei einer eindeutigen Handlung angetroffen. An der Wahrheit der Aussage besteht kein Zweifel, ein Wäschestück von Frau Storz wurde mir als Beweis übergeben. Die Betroffenen waren bisher nicht zu vernehmen, da beide heute der Arbeit ferngeblieben sind. Schl.

In seiner besten Handschrift hatte der Prokurist seinen Entwurf zu Papier gebracht. Derartiges wagte er nicht zu diktieren. Er faltete das Blatt und verwahrte es in seiner Brieftasche. Sobald Fiete auftauchte, wollte er es ihm übergeben.

Zwei Minuten vor dem D-Zug aus Bremen lief der Nahverkehrszug aus Travemünde ein. Adalbert und Gisela halfen Herrn Spangenschild aus dem Abteil und stellten sich als Verlobte vor.

Langsam, Kinder, sagte er, das hat keine Eile. Warum überfallt Ihr mich damit auf dem Bahnhof? Es gibt Wichtigeres. Er ächzte bereits die Treppe hinauf. Du, Adalbert, packst sofort deine Sachen und fährst nach den Haag. Dort hält sich bis morgen Abend der Handelsminister von Indonesien auf. Besorge dir über den Attaché der Botschaft Zutritt bei ihm. Für hundert Stück des Modells 11c gewähren wir einen Sonderrabatt von zwanzig Prozent. Die Hälfte davon trägt das Ministerium für Entwicklungshilfe, Hermesbürgschaft ist zugesagt. Lieferzeit, präge dir das ein, neun Monate. Hier, dieses Schreiben verschafft dir überall Einlaß.

Neun Monate, Adalbert war durch den Wind. Seit wann nennt man das denn Lieferzeit? Er überflog die Empfehlung mit Bonner Siegel. Willst du uns nicht erst einmal beglückwünschen? Ich dächte, Gisela hat Anspruch darauf.

Der Vater winkte bereits einen Wagen herbei. Ich lasse Schlüter einen Boten an den Zug schicken, der dir alle Unterlagen mitbringt. Mache dich auf der Fahrt damit vertraut. Frau Storz, Sie können mit mir fahren. Eine Bewährungsprobe für dich, mein Junge. Toi, toi!

Gisela machte keine Miene, einzusteigen. Ich wollte Adalbert beim Packen helfen, wenn Sie erlauben, Herr Spangenschild.

Fiete dachte einen Augenblick nach. Noch hatte er seinen Segen nicht gegeben. Seine Frau, Marianne, würde sofort dahinschmelzen, wenn sich das Paar vorstellte. Ich rufe sie an, bevor die beiden eintreffen. Sie soll das Haus verlassen, der Begegnung aus dem Wege gehen. Aber dann steigen die beiden womöglich unter meinem Dach ins Bett und Adalbert verpaßt den Zug. Es war reichlich viel an einem Tag. Sei pünktlich, Adalbert! Der Vater schlug die Wagentür zu und winkte unbeteiligt aus dem Fenster.

Kurt Spangenschild brauchte Herrn Schlüter nicht zu sich zu rufen, der Prokurist fing ihn auf dem Flur ab. Den Ordner Indonesien bitte. Alle Vorgänge der letzten drei Jahre und sämtliche Werbesachen über 11 c in fünffacher Ausführung.

Wird erledigt, Herr Spangenschild. Würden Sie inzwischen wohl diesen Vermerk lesen, ein leider sehr unangenehmes Vorkommnis. Schlüter übergab sein Papier mit leicht zittriger Hand. Fiete zog sich zurück und rief erst einmal Marianne an.

Tag, Anne. Ich bin heil zurück, muß aber auf dem Nachttisch im Hotel mein Schlüsselbund liegen gelassen haben. Ich rufe gleich in Bremen an. Ein zweites liegt zu Hause im Schreibtisch links unten. Mache dir einen Spaziergang und bringe es mir bitte, ich kann sonst an nichts heran. Bremen war anstrengend und erfolgreich. Ich erledige heute nur das Dringende und werde mit dir zurückbummeln. Wenn du Lust hast, lade ich dich ein zu einer Schwarzwälder Kirschtorte bei Niederegger. Auf gleich?

Frau Marianne war nicht zu Wort gekommen. Die Aussicht auf Niederegger fegte die Absicht, über die vergessenen Schlüssel zu schelten, hinweg. Seit Jahren versagte sie sich nicht ohne Schmerzen jede Süßigkeit und nahm trotzdem mit beängstigender Gleichmäßigkeit zu. Eine Schlankheitskur hatte nicht verfangen. Und heute durfte sie? Ja, Kurt, ich eile, rief sie ihm vergnügt zu.

Fiete versteckte augenzwinkernd sein Schlüsselbund unter Briefen im Eingangskorb und nahm Schlüters Zettel vor. Als der Prokurist mit den Unterlagen für den Haag anklopfte, hatte er gerade zuende gelesen und lachte donnernd. Das hätte ich meinem Söhnchen nicht zugetraut, Herr Schlüter. Ich fasse wieder Hoffnung. Seit seiner Schulzeit läuft der Knabe verklemmt herum, immer nur Bücher und Theater, Kunst und Literatur. Lebensuntüchtig, der ganze Kerl. Nicht eine Liebe in all den Jahren. Daran muß ein junger Mensch ja verkümmern. Und nun dieser Paukenschlag. Sie hätten sehen sollen, wie frisch der Junge plötzlich aussieht, nicht wiederzuerkennen.

Sie haben Ihren Herrn Sohn getroffen? Schlüter fiel eine Zentnerlast vom Herzen. Wir machten uns schon Sorgen, wo er abbliebe. Herr Spangenschild, mir ist ein Fehler unterlaufen, ich bin auf die Angeberin nicht so eingegangen, wie ich es hätte tun sollen. Vielleicht hätte man sie mit einer kleinen Gehaltsaufbesserung zum Schweigen bringen können. Jetzt hat sie die Sache beim Betriebsrat an die große Glocke gehängt.

Dieses Weibsstück von Spitzel noch belohnen? Das ist nicht Ihr Ernst, Herr Schlüter. Ich lasse mich das Ereignis etwas kosten. Gegen eine großzügige Abfindung wird uns Frau Storz sofort verlassen, die Hamburger Wirkwaren suchen eine Chefsekretärin. Der Inhaber klagte mir sein Los gestern in Bremen. Der Major soll vorschlagen, was da an Entschädigung einzusetzen ist, und für ein tadelloses Zeugnis sorgen. Sie hat es verdient. Und meinen Sohn schicken wir für ein Jahr nach London zur Bank von Bishop & Cie. Schreiben Sie bitte einen schwungvollen Brief in Ihrem besten Englisch, stellen Sie in Aussicht, daß wir neben Australien künftig auch die Geschäfte mit Neuseeland, sagen wir auch mit Kanada über Bishop abwickeln werden. Noch heute ab durch Luftpost. Mag sein, mein Sohn gewinnt der britischen Damenwelt etwas ab. Wenn nicht, wenn die Liebe zur Gisela Storz das Jahr überdauert, dann in Gottes Namen! Vielleicht ist inzwischen diese Tutti, so heißt sie wohl, schon außer Hauses, ein bißchen nachzuhelfen, Herr Schlüter, schadet nichts, und hoffentlich ist dann etwas Gras über die dumme Geschichte gewachsen. Im Kegelclub hörte ich neulich, daß sich eine Frau von Anden aus der Weingroßhandlung in der Mengstraße verändern wollte, eine sehr gediegene Mitarbeiterin, klopfen Sie auf den Busch.

Schlüter blickte zu Kurt Spangenschild auf. Bewundernswert, wie er den Knoten durchschlägt. Ob Fietes Rechnung aufginge? Wenn Bishop nun ablehnt und wenn Frau Storz sich weigert zu gehen, Herr Spangenschild, was dann?

Wenn, wenn . . Mein Sohn kostet Bishop & Cie keinen Schilling, er kann sich nützlich machen im Schriftwechsel mit deutschen Firmen. Und Frau Storz erwartet in Hamburg ein Gehalt, höher als wir Lübecker es zahlen könnten. Weltstadtpflaster, das muß doch eine junge Aufstrebende locken. Hier hat sie nur gemeine Kritzeleien auf Für Damen zu gewärtigen. Ganz unter uns gesagt, lieber Herr Schlüter, ich habe es nicht so eilig, den Großvater zu spielen. Sehr eigennützig, was?

IV

Gisela

Für Kurt Spangenschild verlief alles nach Wunsch. Bishop & Cie waren mit Adalberts Leistungen zufrieden, der Inhaber der Hamburger Wirkwaren lobte Giselas Tüchtigkeit. Den Umzug von Mutter und Tochter Storz nach Wandsbek, einschließlich neuer Gardinen, ließ Fiete erstatten.

Die Liebenden schrieben sich jeden dritten Tag und erzählten einander ihr bisheriges Leben, sie hatten ja kaum etwas von sich gewußt. Auf Kalendern strichen sie die Tage bis zur Wiedervereinigung ab. Wenn man im Gefängnis sitzt oder als Verfasser auf das Erscheinen seines Buches wartet, kann sich ein Jahr zum Ungeheuer auswachsen. Lange vor der Halbzeit, danach pflegt es wie im Urlaub schneller zu gehen, brach die Verbindung ab. Nicht, daß Adalbert in der Londoner Gesellschaft von einer schönen Engländerin eingefangen worden wäre, Giselas Offenheit war schuld. Sie hatte sich in Andeutungen ergangen, Adalbert wäre nicht die erste Begegnung mit einem Mann gewesen. Auf sein bohrendes Fragen schrieb sie im Brief Nr. 48, kein einziger ging verloren, wie es zu dieser Begegnung gekommen war.

Damit Du Ruhe gibst: er hieß Heinz und befand sich in der Ausbildung bei einem Goldschmied in der Breiten Straße. Ein hübscher Junge mit hellen blauen Augen, noch etwas größer als Du. Nur hielt er sich nicht so kerzengerade, war ein langer Schlaks. Aber sehr lieb. Ich lernte ihn kennen, als ich achtzehn war, eine Freundin nahm mich mit zum Ball der Kreishandwerkerschaft. Heinz tanzte blendend, wir sind die ganze Nacht unzertrennlich gewesen. Ich sah ihn dann oft, wir gingen zusammen ins Kino und ab Ende Juni sonntags auch gemeinsam zum Schwimmen. Heinz tauchte immer unter mir durch, es war sehr lustig mit ihm. Als er sich ein Motorrad gekauft hatte, haben wir herrliche Fahrten in die Holsteinische Schweiz und bis zur Westküste unternommen. Natürlich blieb es nicht bei Küssen und flüchtigen Umarmungen. Heinz war Waise und wohnte in einem Dachstübchen der Glockengießerstraße. Er lud mich zu sich zum Kaffee ein und ich bin hingegangen, obwohl ich ahnte, was mir blühen würde

Es hat geblüht, die Pille machte es möglich. Ach, Adalbert, es war wundervoll, drei Wochen war ich jeden zweiten Abend bei ihm, ein Fest nach dem anderen. Nicht so ein verstörtes Gerangel wie bei unserem ersten Einmal, da hatte ich die Pille ja nicht genommen. Deshalb wollte ich auch nicht bei Euch in der Wohnung, als wir Deinen Koffer packten. Noch sieben Monate, Liebster, dann steht ein ganzes gemeinsames Leben vor uns.

Um die Geschichte mit Heinz zuende zu erzählen: für das Motorrad, wenn auch alt gekauft, besaß er gar kein Geld. Er hatte bei der Arbeit ein wertvolles Halsband gestohlen und es an einen Dunkelmann an der Untertrave versetzt. Sicher wollte er mit seinem Fahrzeug bei mir nur angeben. Das Halsband wurde beim Hehler beschlagnahmt und gegen Heinz Anklage erhoben. Verhaftet haben sie ihn nicht, weil er eine feste Bleibe besaß. Ich erfuhr von der Sache erst durch einen Abschiedsbrief, Heinz hat sich mit seinem Motorrad von oben herunter in eine Kiesgrube gestürzt. Sofort tot.

In dem Abschiedsbrief stand auch etwas von einem Säugling, den er aus seiner Zeit in Neumünster zurückließe. Die Mutter, eine kranke junge Frau, müsse sehen, daß sie Adoptiveltern für die kleine Rebekka fände. Mir fiel es zu, dort hinzuschreiben. Es gab viel Scherereien.

Der Tod von Heinz war eine fürchterliche Strafe für unsere allzu kurze Seligkeit. Wenn wir beide, Liebster, nur halb so glücklich werden, wie ich es mit Heinz, Diebstahl hin und her, gewesen bin, will ich dem Himmel danken. Nun kennst Du meine Vergangenheit und wirst hoffentlich leichter darüber hinwegfinden, als es mir gelang, bis Du mich in den Arm nahmst. Wie Du Dich das erste Mal über mich beugtest, habe ich die Augen geschlossen und mir vorgestellt, es sei Heinz. Es war genau vier Jahre nach seinem Todestag. Aber keine Angst, jetzt ist die Erinnerung fortgewischt. Durch Dich!

Für Adalbert sah der Brief nicht nach Fortwischen aus. Im Grunde schrieb sie doch, daß sie ihn nur halb so liebte wie diesen hergelaufenen Goldklau. Bis auf den Boden enttäuscht zerriß er den Brief in hundert kleine Fetzen und warf sie auf dem Weg zum Pub mit dem Bündel der 47 anderen in einen Abfallkasten. Zum ersten Male in seinem Leben betrank er sich, Bishop & Cie mußten am nächsten Tag auf seine Dienste verzichten.

Gisela harrte vergeblich auf eine Antwort. Sie begann zu ahnen, daß sie Adalberts Stolz verletzt hatte. Auf sechs Seiten verfaßte sie einen glühenden Liebesbrief, der beiläufig die Beziehung zu Heinz als Jugendverirrung herunterzuspielen versuchte. Sie richtete ihr Bekenntnis eingeschrieben an die Anschrift von Bishop & Cie, damit Adalbert nicht erst den Umweg zur Post machen müßte. Wie oft hatte er berichtet, daß er am Nachmittag heimlaufe, förmlich renne, um ihre Briefe in Empfang zu nehmen. Diesmal verweigerte Adalbert die Annahme.

Gisela muß die ersten Wochen im Betrieb und ihrer Mutter gegenüber unleidlich gewesen sein. Einmal nahm sie einen Anlauf, nach London zu reisen, nachdem es bei einem Ferngespräch mit dem Bankhaus geheißen hatte, Mr. Spangenschild wünsche nicht mit dem Teilnehmer zu reden. Im Reisebüro angelangt, kehrte sie am Schalter um und lief hinaus. Alles sinnlos.

Anfangs mußten Tabletten herhalten, damit sie in den Schlaf fand, dann verhalf ihr die Hand im Schoß, in Träume hinüberzugleiten, in denen die Männlichkeit von Heinz und Adalbert verschmolz, nah und wieder ganz fern.

Adalbert schrieb seiner Mutter, daß er die Beziehung mit Gisela abgebrochen hätte, eine Täuschung, leider nicht mehr. Das Leben in London ließe zu wünschen übrig, als Schüler des Katharineums wäre sein Englisch noch immer so mangelhaft, daß er Mühe hätte, im Theater zu folgen. Eigentlich wäre doch der Grund für seine Verbannung entfallen.

Kurt Spangenschild rief den Sohn vor der Zeit von der Themse zurück, er ließ Bishop & Cie wissen, Adalbert werde dringend im väterlichen Betrieb gebraucht. Fiete übertrug Adalbert eine eigens für ihn eingerichtete Werbeabteilung. Der Sohn kniete sich in die neue Aufgabe hinein. Bald konnten sich die Drucksachen der Lübecker Strickmaschinenwerke neben denen großer Maschinenbauanstalten sehen lassen.

V

Ruth

Neben seiner Neigung für Dichtung, hauptsächlich der frühen Goethezeit, entdeckte Adalbert eine zunehmende Vorliebe für die Oper. Keine der Erstaufführungen ließ er sich entgehen. Als er auch zu Wiederholungen in die Bekkergrube lief, hatte es einen anderen Beweggrund. Unter den Chordamen war ihm eine Erscheinung aufgefallen, die so ganz von den übrigen abwich. Ihre aller Jugend zum Trotz eher strengen Züge, das venezianische Goldhaar, kunstvoll im Nacken geflochten, erinnerten ihn an Frauenbildnisse Ghirlandajos. Adalbert saß in der ersten Reihe und verfolgte jede Bewegung der schön geformten Hände. Wenn es zu den Aufführungen paßte, trug die von ihm Angebetete auf dem rechten Zeigefinger eine gehämmerte Silberkugel. Adalbert glaubte aus dem Chor ihren vollen Alt herauszuhören.

Beim Schlußbeifall sah er nur sie an. Bemerkte sie nicht, daß seine Bravorufe ihr galten? Einmal meinte er, sie habe ihm zugelächelt, aber es konnte eine Einbildung gewesen sein. Nach den Vorstellungen wartete er am Bühnenausgang und hielt den Atem an, wenn sie, unter der Kapuze vor sich hinsinnend, an ihm vorübereilte. Es ging etwas so Unberührbares von ihr aus, daß er sie nicht anzureden wagte. Ihre Beschreibung und ein Trinkgeld ließen ihn vom Pförtner den Namen erfahren, Ruth Esselgroot.

Die nächsten Male verließ Ruth mit Blumen die Garderobe, Adalbert hatte Teerosen gewählt. Erst neun, dann elf, dreizehn übersprang er, und als er bei fünfzehn angelangt war, die Verehrung ließe sich nicht beliebig ins Leere steigern, lud er Ruth auf einem Kärtchen ein, mit ihm nach der Vorstellung einen Imbiß im nahe gelegenen Schabbelhaus einzunehmen. Erkennbar sei er an einer Rose im Knopfloch.

Diesmal wartete er die Vorhänge nicht ab, sonst hatte er sich immer bis zum Eisernen geduldet. Er griff nach Hut und Mantel und eilte in die Mengstraße. Dort fand er einen Platz auf der Diele an einer der hohen Säulen schräg gegenüber dem Eingang und bestellte beim Kellner in der langen Küferschürze einen Sherry.

Die Zeit wurde ihm nicht lang, im Schabbelhaus gab es immer etwas zu sehen, allein die Durchblicke zu den stilgerechten Nebenräumen waren für das Sammlerherz in Adalbert eine Augenweide. Dieses Herz schlug schneller, als Ruth draußen Umhang und Strauß über den Tisch reichte. Sie trug zum grauen Faltenrock eine türkisfarbene Bluse. Um die Andeutung von Hüfte hing ihr ein Ledergurt, der von einer schweren Schließe aus Bronze, wohl ein Fabelwesen abbildend, nach unten gezogen wurde. Die Schottenstrümpfe in den rotbraunen Halbschuhen wollten zur Farbe des Oberteils nicht recht stimmen, aber was verschlug es, der Adel des Gesichts hätte schlimmeren Widerspruch überspielt.

Bleiben Sie einen Augenblick so, war Adalbert versucht, ihr durch die Tür zuzurufen, als er zum ersten Male ihre Seitenansicht, nicht von der Kapuze verdeckt, in sich aufnehmen konnte. Sie hatte vor dem Spiegel die Arme erhoben, um den Haarknoten zurechtzurücken. Die leichte Wölbung der Stirn, die makellos gerade Nase und eine wohlgeformte Rundung des Kinns ergaben einen Dreiklang, wie er vollkommener nicht zu ersinnen war.

Adalbert hatte sich vorgenommen, unbeteiligt dreinzusehen, wenn Ruth ihn suchte. Sie sollte frei entscheiden, ob sie sich ihm zuwenden wollte. Als sie nun eintrat, etwas kurzsichtig, wie es schien, aber ohne Brille, sprang er auf, es hielt ihn nicht auf dem Stuhl, und lenkte dadurch die Aufmerksamkeit auf sich, bevor sie die bekannte Rose an ihm bemerkt hatte.

Ruth mochte einem schmachtenden Schüler oder einem überspannten alten Windhund den Blumenunfug auszureden willens gewesen sein, jedenfalls war ihrem freudigen Aufblick anzumerken, daß der gut aussehende und sorgfältig gekleidete Adalbert in seiner Bürgerlichkeit für sie eine Überraschung bedeutete. Er verbeugte sich und nannte seinen Namen. Sie sagte Esselgroot und bedankte sich, nun ehrlich erfreut, für Blumen und Einladung.

Von den Nachbartischen duftete es herüber, Zwiebelsuppe, Schalentiere, Artischocken. Ruth wünschte sich nur ein Ragout fin, das in der Muschel angerichtet wurde. Adalbert bestellte für sich kräftig, sie würde ihn wohl nicht verlassen, bevor er fertig gegessen hätte. Schildkrötensuppe, Lammrücken mit Rosenkohl und ungefragt für beide, es stand nicht auf der Karte, aber man kannte Spangenschilds Schrulle, je eine Scheibe Lübecker Marzipans. Sie müssen es kosten, sagte er, es gehört für mich abends einfach dazu.

Ruth war, wie sich zeigte, die Tochter eines Flensburger Organisten, studierte an der Musikhochschule nahe beim Burgfeld Bratsche und Harfe und verdiente sich, da sie zu Hause sechs Kinder waren, im Opernchor einiges hinzu. Nicht ganz einfach, die Proben mit dem Stundenplan der Hochschule immer in Einklang zu bringen. Adalbert malte sich den Engel an der Harfe aus, weiß gewandet mit aufgelöstem Haar, die überirdischen Hände in die Saiten greifend. Fehlte nur noch der Heiligenschein.

Und Sie? Was treiben Sie? Lassen Sie mich raten. Berufsdiplomaten gibt es in Lübeck nicht, also sind Sie wohl Bankkaufmann, von der feineren Sorte, etwa Anlageberater. Und bestimmt haben Sie Ihre Ausbildung in England erhalten. Man sieht es, wie Sie das Fleisch schneiden. Ein Vetter von mir, der drei Jahre in Liverpool war, macht es genauso.

Adalbert erzählte von London, aber kein Wort, weshalb er dort gewesen war. Gisela und Ruth, konnte man Kotzebue und Hölderlin in einem Atem nennen? Maschinen zum Stricken fand die Studentin großartig. Meine Mutter und die Schule haben es nie geschafft, mich in den Handarbeiten voranzubringen. Nicht einmal Strümpfe zu stopfen, habe ich gelernt. Und nun sagen Sie mir bitte, was erwarten Sie von mir? Wozu die Blumen, warum diese Einladung?

Adalbert legte einen Finger auf die gekörnte Kugel an ihrer Hand und sah ihr in die Augen. Weil Sie eine Kostbarkeit sind, die ich nicht mehr aus dem Blick verlieren möchte. Machen Sie mir die Freude und kommen Sie am Sonntag zu uns zu Tisch, meine Mutter wird sie herzlich aufnehmen und mein Vater, nun, an dessen rauhe Schale gewöhnt man sich. Kommen Sie von mir aus jeden Sonntag, fassen Sie es als Freitisch auf, für eine Studentin gedacht, die mit ihrem Wechsel haushalten muß. Bitte, nicht beleidigt sein!

Ruth fühlte sich durchaus nicht beleidigt, es kam nur alles etwas zu schnell über sie. Das Marzipan genoß sie. Am Rande ganz zart angebacken, in der Mitte feucht schimmernd wie Tau auf einer Malve. Es zerging auf der Zunge. Könnten Sie am Sonntag Marzipan statt abends schon zum Mittag als Nachtisch bestellen? Ich weiß, ich bin unverschämt.

Nicht im geringsten, sagte Adalbert. Gewonnen, dachte er. Er brachte Ruth zum Mühlenteich heim, sie wohnte in einer Mansarde. Seinen unaufdringlichen Handkuß ließ sie sich gefallen, ja sie drehte sich noch einmal um, bevor sie die Haustür aufschloß, schob den Umhang zur Seite und winkte Adalbert nach.

Frau Marianne war von Ruth entzückt. Fiete hielt das Mädchen für leicht übergeschnappt, ließ Ruth aber seine Einschätzung nicht fühlen, knurrte nur, bevor sie kam, daß er nicht in der Weste zu Tisch gehen könnte und seine Pantoffeln mit Schuhen vertauschen müßte.

Der Freitisch währte lange. Mutter und Sohn besuchten die Vorspielabende im Buxtehudesaal der Hochschule, als junges Semester kam Ruth gleich im Anfang dran, die Virtuosen wurden für den Schluß aufgespart. Auf der Bratsche machte sie gute Fortschritte, an der Harfe schien sie Adalbert vollkommen zu sein, auch wenn sie nur ein schlichtes dunkles Kleid trug und ihr Haar natürlich nicht aufgelöst hatte. Beide hörten von Adalberts Plattenspieler viel Musik. Sie brauchte nur einen Wunsch zu äußern, am nächsten Sonntag hielt er die Platte bereit. Manchmal las er ihr vor, Gedichte von Johann Christian Günther oder von Eichendorff. Ruth schloß die Augen und nahm weniger das Gedicht als den Klang seiner Stimme in sich auf. Wie lange dieses saftlose Techtelmechtel noch weitergehen sollte, fragte Fiete Frau Marianne. Sie können doch nicht Jahre lang nur Händchen halten, falls sie das überhaupt wagen. Da wäre mir diese Gisela lieber gewesen, bei ihr hat es wenigstens gefunkt.

Kurt Spangenschild stürzte in den Dolomiten ab und erlebte nicht mehr, wie es am Ende dann doch funkte. Nach seiner Bestattung auf dem Burgtorfriedhof, Frau Marianne mußte ihres Anfalls wegen der Beisetzung fernbleiben, wurde es still im Hause. Die Witwe ging für ein Vierteljahr in ein Sanatorium, Ida begleitete sie und schob den Rollstuhl.

Ruth und Adalbert aßen nun sonntags außerhalb, bald in der Gemeinnützigen, bald in der Schiffergesellschaft. Mit Erschrecken bemerkte sie, wie er, auf sich gestellt, verkam. Nächste Woche beginnen die Semesterferien. Wie, wenn ich nicht nach Flensburg führe, sondern dir den Haushalt besorgte? Ich verstehe nicht viel davon, aber einmal muß ich es lernen, sagte Ruth.

Die ersten Abende begleitete Adalbert sie heim zum Mühlenteich. Er war jetzt immer etwas abgespannt nach dem langen Tag. Die ganze Verantwortung für das Werk lastete auf seinen Schultern, forderte ihm stündlich Entscheidungen ab. Schlüter war von seinem Vater ziemlich unselbständig gehalten worden. Adalbert atmete auf, als der Haushalt wieder Gestalt annahm, ihm hatte zuletzt davor gegraut, die Küche zu betreten, wo der Aufwasch sich zu Bergen türmte.

Eines Abends schlief er während der Spätnachrichten erschöpft im Sessel ein. Am Vormittag hatte ein Ferngespräch einen großen Auftrag angehalten. Mehreren Zulieferern mußte aufgekündigt und die Fertigung umgestellt werden. Es war ein aufreibender Tag gewesen. Ruth ließ ihn schlafen und stellte den Fernseher ab. Draußen schüttete es mit Kannen vom Himmel. Einen Wagen herbeizurufen, hätte Adalbert aufwecken können, auch war Ruth von Haus aus sparsam. Die Lübecker Taxen hatten von ihr noch keinen Pfennig eingenommen.

Behutsam deckte sie Adalbert mit einer Kamelhaardekke zu, stahl sich aus dem Raum, ging auf Adalberts Zimmer und entkleidete sich. Seinen Schlafanzug, ein seltsames Ding, wie es die Harlekine in Picassos blauer Periode tragen, legte sie unter das Kopfkissen. Sie selbst pflegte von Kind auf ausgezogen zu schlafen. Das taten auch ihre Eltern und Geschwister, darin ging es unbekümmert zu bei Kantors, das einzige, was der Pastor an seinem Organisten nicht guthieß, als einmal die halbe Kinderschar nackt an ihm vorbeigetollt war.

Ruth löste die Klammern aus dem Haar und legte sie vor die Bettlampe. Der Blick fiel auf ihre Gestalt im Spiegel gegenüber; in der Mansarde am Mühlenteich besaß sie nur ein kleines halbblindes Oval über dem Waschbecken. Sachte schob sie das lang abfallende Haar über die linke Brust, die neben der prallen rechten ein wenig kümmerte. Jetzt gefiel sie sich selbst, sehr sogar. Warum rührt mich Adalbert nie an? Er kann mich doch nicht über Jahre nur wie ein Bild betrachten. Vielleicht fürchtet er mich zu verlieren, wenn er mir zu nahe tritt. Immer nur diese gehauchten Küsse. Es wäre wohl an mir, ihn zu ermuntern. Wenn ich wüßte, wie man so etwas anstellt. Bisher bin ich nur zwischen Gegensätzen gependelt, dachte sie.

In der Obersekunda, die Eltern machten mit den Geschwistern einen Ausflug nach Glücksburg, blieb ich allein mit einer Mandelentzündung im Bett zurück. Ausgerechnet an diesem Tage mußte es dem schrecklichen Torsten einfallen, mich zum Rollschuhlaufen abzuholen. Unangemeldet. Immer bin ich ihm aus dem Weg gegangen, er war so hinter mir her und nun hielt er den Fuß in der Tür. Ich nur im Bademantel. Er riß ihn auseinander, mein geschwollener Hals hielt seine Geilheit nicht zurück, über mich herzufallen und mir nichts als wehzutun. Ich hätte ihn anzeigen können. Drei Tage fehlte er beim Unterricht, dann schickte ihn sein Vater, einer der betuchten Rumhersteller, nach Louisenlund auf die Heimschule. Torsten hat sich gehütet, noch einmal Laut von sich zu geben.

Das Gegenstück ist der kleine Flötist hier auf der Schule in Lübeck, der mir immer den Geigenkasten tragen will. Er beherrscht sein Instrument wie kein anderer, aber er kann nicht bis drei zählen. Mit der Liebe, wie ich sie mir vorstelle, muß ich wohl warten, bis ich in einem Orchester mit dem richtigen Mann zusammentreffe, beim Rundfunk oder in einem Stadttheater. Adalbert ist wunderbar, an Erscheinung, Geist und Aufmerksamkeit für mich, ich zehre von jeder Stunde mit ihm, jedoch zu begehren scheint er mich nicht. Bewundern, vergöttern, ja. Ich bin keine Göttin, ich möchte ganz irdisch lieben und wiedergeliebt werden. Sie ließ das Licht brennen. Wenn Adalbert käme, sollte er sich nicht in eine Falle gelockt fühlen. Bald schlief sie ein.

Adalbert erwachte gegen zwei Uhr, die Decke war abgeglitten, ihn fröstelte. Ein Weinbrand durchwärmte ihn. Daß er in Ruths Gegenwart eingedämmert war, unverzeihlich, eine Beleidigung der Freundin! Wie war sie nach Hause gekommen? Es goß doch zum Erbarmen, als die Nachrichten begannen. Noch immer pladderte es. Adalbert fühlte sich jetzt hellwach. Er zog sich Stendhals Über die Liebe in der blauledernen Inseldünndruckausgabe aus dem Bord. Die meisten seiner Bücher standen schon zu Lebzeiten des Vaters unten im Herrenzimmer. Jetzt wollte er nach oben, um sich niederzulegen und in den Schlaf zu lesen.

In der Kleiderablage sah er Ruths Umhang, die Kapuze hing schief herab. Eine ungekannte Erregung durchlief ihn, er hätte das Stück an sich reißen mögen. Drei Stufen auf einmal nehmend jagte er nach oben und öffnete leise die Tür seines Zimmers. Da lag sie, den Kopf zur Seite geneigt, der nackte Arm bis zum Ellbogen vom Goldbach überflossen. Am unteren Ende lugte ein Fuß hervor, wie geformt von Thorwaldsen, den Adalbert als Bildhauer sonst gering achtete.

Der Betrachter brauchte lange Zeit, um den Anblick ganz in sich aufzunehmen. Himmel, ist dieses Wesen schön, entfuhr es ihm halblaut. Die Schläferin zog den Fuß zurück und streckte sich auf den Rücken, die Arme unter dem Nacken verschränkend. Ein neues Bild für den Zuschauer. Allerliebst, die Grübchen am Ansatz des Schultergelenks. Die Seidenmähne ergoß sich jetzt über das ganze Kopfkissen. Er wandte die Augen nicht von ihr, während er aus den Schuhen schlüpfte und sein Zeug abstreifte. Den Stendhal vor den Schellenbaum haltend, Ruth durfte nicht erschreckt werden, beugte er sich über sie. Den hinuntergestürzten Schnaps hatte er vergessen, der Weinbranddunst kräuselte der Schläferin die Nase.

Adalbert ließ ihr Haar durch die Hand gleiten und legte es zu beiden Seiten des Kopfes in Streifen, wie so Minister die Schleife am Kranz glätten, das Tragen des Ungetüms besorgen andere. Sein Ordnungssinn wollte auch die letzten Fäden unter dem Ohr fortziehen, als Ruth hochschnellte. Unwillkürlich legte sie die Hand über die kleinere Schwester ihrer Brüste, Adalbert küßte die ausgereiftere Frucht. Komm zu mir, sagte Ruth. Aus ihren Augen leuchtete Erwartung.

In Rücksicht auf Frau Marianne, die inzwischen mit Ida aus der Heilstätte zurückgekehrt war, ohne sich sichtlich besser bewegen zu können, fand sich der Geistliche zu einer Haustrauung bereit. Die Flitterwochen verlebte das Paar in Florenz. Bevor sie in ihrem Palazzo aufs Lager sanken, naschten sie jeden Abend von dem mitgebrachten Marzipan. Als Glückskinder kehrten sie in die Wullenweverstraße zurück, wo sich Frau Marianne inzwischen ins obere Stockwerk zurückgezogen hatte.

Im vierten Jahr ihrer Ehe hätte Wolfgangs Geburt Ruth fast das Leben gekostet, nur sehr langsam erholte sie sich von einer schweren Nierenbeckenentzündung. Wölfchen wuchs als der Liebling seiner Eltern heran, Ruth wäre mit Adalbert vollkommen glücklich gewesen, wenn nicht die

Anfälligkeit ihrer Nieren sie zum Leiden gestempelt hätte. Längst war sie den Händen des Hausarztes, Dr. Erlenbach, entglitten, Adalbert zog hervorragende Fachärzte zu Rate und begleitete Ruth jedes Jahr zur Kur. Selbst Blutwäsche, der Anschluß an eine künstliche Niere, hielt den Verfall nicht mehr auf.

Wolfgang liebte seine Mutter abgöttisch, und auch Frau Marianne hielt auf ihre Schwiegertochter hohe Stücke. Nur daß Ruth in ihren Augen ungläubig war – Musik kann die Religion niemals ersetzen, hieß Mariannes Rede – trübte das Einvernehmen manchmal ein wenig. Adalbert tadelte seine Frau deshalb niemals, er wußte, Ruths angebliche Gottlosigkeit begehrte nur auf gegen ihr frömmelndes Elternhaus. Wer seine Kinder Jahr um Jahr, Sonntag für Sonntag in die Kirche treibt, soll sich nicht wundern, wenn ihr Glaube in Zweifel umschlägt.

Ein einziges Mal war es zwischen Ruth und Adalbert zu einem Streit gekommen, bei der Auslese der Schüler für die Gymnasien. Wölfchen war ein begabter, aber schulfauler Junge, Ruth mißtraute auch seiner Begabung und hielt schon die Anforderungen der Grundschule für übertrieben. Frau Marianne erinnerte an ihren verstorbenen Kurt, der als Mittelschüler ein Werk aufgebaut hätte, und Wölfchen selbst wäre am liebsten ganz schulfrei gewesen.

Adalbert ließ sich nicht beirren. Wolfgang geht aufs Katharineum. Nur Griechisch und Latein geben ihm die Grundlagen, die Urteilsfähigkeit, um in dieser Halbwelt von Coca Cola, Comics und Striptease zu bestehen.

Ruth kämpfte gegen solchen Anspruch. Eine Mordtat ist in Deutschland straffrei: wenn ein Vater seinen Sohn auf ein humanistisches Gymnasium gibt. Das stammt nicht von mir, das habe ich mir aus einem Simplizissimus von 1911 gemerkt. Mein Großvater sammelte den Simpl und ich habe bei ihm oft in den alten Jahrgängen geblättert.

Adalberts Wille geschah, und Ruth fühlte sich noch kurz vor ihrem Tode bestätigt, als Wölfchen den Übergang von der Orientierungs- zur Sekundarstufe nicht schaffte. Es war, wie gesagt, der einzige Streitfall.

Ruths Tod riß Adalbert aus allen Himmeln. Frau Marianne fürchtete schon, er würde schwermütig werden. Ein Kieler Maler, aus der Mark stammend, der altmeisterliche Arbeitsweise mit moderner Stilisierung verband, hatte Ruth über dreißig Sitzungen hin in Öl gemalt. Er brauchte für ein Bild ein halbes Jahr. Kirchner, Nolde und Pechstein sind ja nur Künstler, ich bin Maler, sagte er. Nach Dürer ließ er nur die Nazarener gelten und benutzte den Aufenthalt in Lübeck, um sich in die Overbecks im Behnhaus zu versenken. Er tat es barfuß, nicht aus Ehrfurcht, sondern weil er Schuhe für eine ungesunde Grille hielt. Für Ruth hatte er sich zu Sandalen aufgeschwungen.

Vor dem Bild Ruth mit Harfe, durch die Saiten hatte der Maler Efeu ranken lassen, saß Adalbert halbe Nächte. Auf den Friedhof ging er nicht. Was dort im Eichensarg verweste, hatte mit Ruth nichts gemein. Das Grab gab er in Pflege. Frau Marianne schalt ihn deshalb. Wäre ich nicht ans Haus gebunden, ich hielte täglich vor dem Burgtor Zwiesprache mit deiner Frau, aber du mußt wissen, was du tust und läßt.

Wolfgang war die ersten Monate sehr in sich gekehrt. Der Schule kam dieser Wandel zustatten, noch im gleichen Jahr gelang ihm der Übergang zur Sekundarstufe. Adalbert begleitete seine Anfänge im Griechischen, bis er die Geduld verlor. Wolfgang ließ sich allzu leicht ablenken, die Ars Graeca blieb auf dem Tisch liegen, sobald die Sportschau im Fernsehen winkte. Adalbert ermattete in den Anstrengungen, diesen Sohn zu erziehen. Auf Fragen antwortete Wolfgang nicht, auf Vorhaltungen schien sein Schweigen zu sagen, lebte Mutter noch, du würdest mich verschonen.

VI

Margot

Auf der Frankfurter Messe, Ruth war jetzt vier Jahre tot, traf Adalbert im Hessischen Hof mit dem Inhaber der Hamburger Wirkwaren zusammen. Er hatte ihn nach einem beträchtlichen Auftrag zum Abendessen eingeladen. Sie saßen noch in der Halle, der Speisesaal sollte erst in Kürze geöffnet werden.

Adalberts Partner, ein Greis mit Fistelstimme, dem der faltig dürre Hals im viel zu weiten Kragen verschwand, hatte einen Portwein kommen lassen. Ihr Herr Vater, lieber Herr Spangenschild, war der zuverlässigste Mann, der mir im Leben begegnet ist. Man hatte den Eindruck, er hielt seine Termine ein, indem er ans letzte Stück selbst mit Hand anlegte. Hoffentlich kann ich mich auch auf Sie so verlassen. Einmal hat er mir, es muß fünfundzwanzig Jahre her sein, sehr aus der Patsche geholfen. Er trat mir seine Sekretärin, eine Frau Storz ab. Ich sage Ihnen, ohne diese Perle hätte ich meinen Kram längst hingeworfen. Sie waren damals meines Erinnerns in England. Eigentlich hatte ich Frau Storz versprochen, sie heute abend in den Palmengarten auszuführen. Etwas peinlich für mich, das werden Sie verstehen, ich mußte sie auf Ihr liebenswürdiges Angebot hin ausladen. Aufgeschoben ist nicht aufgehoben, habe ich ihr gesagt. Ich trinke einen Gedächtnisschluck auf Ihren prächtigen Herrn Vater.

Gisela in diesem Hotel? In Adalbert hasteten die Gedanken. Wahrscheinlich hatte der alte Herr ihn als Ausladungsgrund angegeben. Das mußte Gisela doppelt treffen. Er gab sich einen Ruck. Vielleicht läßt es sich einrichten, daß wir Frau Storz hinzubitten, falls sie sich noch im Hause befindet. Es wäre mir ein Vergnügen, die frühere Mitarbeiterin meines Vaters einzuladen.

Der alte Herr bedankte sich für den Vorschlag, hieß ihn gut und winkte einen Kellner herbei, der Frau Storz verständigen sollte. Dessen hätte es nicht bedurft, denn die Fahrstuhltür öffnete sich und heraus trat Gisela, zu Adalberts Verblüffung ganz die große Dame geworden. Sie trug einen weiten Pumamantel, das noch jugendliche Gesicht halb verdeckt von einem Stetson. Dazu hohe gelbe Stiefel. Adalbert, dem Cowboymode ein Greuel war, fand die Wirkung an Gisela großartig. Die Entfernung zum Fahrstuhl war zum Rufen zu weit, der Greis zu unbeweglich, um Gisela einzuholen.

So sprang Adalbert auf und stellte sie kurz vor dem Ausgang. Er traf Gisela nicht unvorbereitet, das Geschäft mit den Lübecker Strickmaschinenwerken war schon durch ihre Hand gelaufen. Höre zu, Gisela, ich habe mich in London bodenlos niederträchtig verhalten. Unser Zusammentreffen hier ist wie eine Fügung. Iß mit uns zusammen! Dein Chef schickt mich, um dich darum zu bitten. Wir haben nur zwei Stunden zu schauspielern, als kennten wir uns kaum, danach sprechen wir beide uns aus. Bitte!

Gisela, die den Geliebten von einst mit zusammengekniffenen Augen musterte, senkte den Kopf. Auf ihre Verantwortung, Herr Spangenschild. Wenn es denn sein muß, spielen wir meinem Brotgeber die Komödie.

Adalbert hängte ihren Mantel über einen Bügel, den kostbaren Stetson legte Gisela neben sich auf den Stuhl. Das rehbraune Kostüm kleidete sie ungemein. Der Aufgeräumteste war an diesem Abend der Inhaber der Hamburger Wirkwaren. Er genoß die Gesellschaft der beiden jungen Leute, wie er sie nannte, und als er von Adalberts Witwerschaft erfuhr, hielt ihn nur wenig davon zurück, sich als Ehestifter für die zwei nettesten Menschen, die er kenne, zu betätigen.

Die Getränke gehen auf meine Rechnung, behielt er sich vor und bestellte Champagner. Adalbert und Gisela wechselten kein Wort, das Gespräch lief über den fröhlichen Alten. Die über Jahrzehnte Getrennten hatten, jeder für sich, nur den einen Wunsch, daß der Dritte sich bald zur Ruhe begeben möchte. Ihre Rolle spielten sie ohne Patzer. Beide lehnten dankend ab, als die zweite Flasche aufgefahren werden sollte. Nur durch Zufall waren ihre Fußspitzen unter dem Tisch aneinander gestoßen, sie blieben beisammen. Wir treffen uns in der Bar, flüsterte Adalbert Gisela zu, was vom Alten im Aufbruch nicht bemerkt wurde.

Gisela führte ihn zum Fahrstuhl und fuhr mit ihm hinauf. Er wohnte im zweiten Stock, sie im dritten, wo auch Adalbert sein Zimmer hatte. Er wartete in der Bar. Für sein Verständnis sehr lange. Ob Gisela es sich anders überlegt hatte? Sie mußte jetzt sechsundvierzig Jahre alt sein. Das Mädchenhafte war einer immer noch jugendlichen Frauenschönheit gewichen. Die Formen reifer, ohne schlaff geworden zu sein, noch keine Fältchen. Das kupferrote Haar, makellos gefärbt, betörend! Hölderlin und Kotzebue hatte er einmal Ruth mit Gisela verglichen. Kotzebue, das war im Hochmut dahergeredet gewesen. Gisela blieb begehrenswert und ihre Sache mit Heinz, dem Dieb, mein Gott, wie hatte er sich deshalb ereifern können. Wenn sich ihre Beziehung erneuerte, heiraten werde er Gisela, das wußte er schon heute, nicht. Zur Geliebten für Festtage ist sie wie geschaffen, fern von ihrem häuslichen Kreis. Ich möchte nicht, daß sie bei mir daheim den Ton angibt, es könnten sich falsche Klänge einschleichen.

Plötzlich stand sie hinter ihm, ein Duft von Joy wehte über ihn hin. Sie trug ein schwarzseidenes, tief ausgeschnittenes Abendkleid, das Haar jetzt aufgesteckt, was Adalbert weniger gefiel. Sie soll doch nicht hinter der Theke zum Trinken verführen, dachte er. Adalbert ließ sich sein Getränk nur von Männern mischen. Für wen mochte sie das Abendkleid im Gepäck gehabt haben? Ihr Zauber verdrängte schnell solche Gedanken.

Gisela hielt ihr Leben fest in der Hand, ließ es gleichmäßig pendeln zwischen Arbeit und Häuslichkeit. Bei den Hamburer Wirkwaren genoß sie Ansehen, war im Grunde die Seele des Unternehmens, auch wenn sie nach außen nur die Sekretärin des Inhabers darstellte. Sie beschied sich mit dieser Rolle, weil das Gehalt, das sie bezog, ihrem wahren Wert entsprach. Die Bezüge erlaubten ihr, der Mutter jeden Wunsch zu erfüllen, Reisen mit ihr zu unternehmen und sich selbst nach allen Regeln der Kunst zu pflegen.

Innerhalb des Hauses hatte sie ihre kleine Wohnung mit Margots großer vertauscht. Der Freundin Margot waren Mann und Tochter durch einen Autounfall entrissen worden, sie selbst war mit geringfügigen Schrammen davongekommen.

Margots Aussehen trug wenig weibliche Züge, die hochgewachsene knabenhafte Gestalt, kantige Schultern und ein scharf geschnittenes Gesicht, dessen Strenge freilich von einem lustigen Pferdeschwanz aufgewogen wurde. Margot war tätig in der Ausleihe einer Stadtteilbücherei. Fast allabendlich tauschten die Freundinnen wechselseitigen Besuch aus, sie hatten keinerlei Geheimnisse voreinander. Es gab aber einen Unterschied zwischen diesen Besuchen, je nach dem, wer bei wem einkehrte.

Kam Margot zu Gisela, war meist die Mutter zugegen. Man plauderte obenhin, spielte auch zu dritt Rommé oder sah fern, am liebsten Lustspiele mit Regnier, Martin Held oder Pasetti. Das waren Männer so recht nach dem Herzen der Damen. Margot besaß nur einen Schwarzweißempfänger.

Kam Gisela zu Margot, begann schon hinter der Tür die erste Zärtlichkeit und hätte sich bis zur Leidenschaft gesteigert, wenn Gisela sich Margots Werbung nicht immer wieder entzogen hätte. Einmal war sie ihr erlegen, ein Jubel für Margot, für Gisela blieb es ein befremdliches Erlebnis. Ja, auch sie liebte Margot, ließ sich ihre Küsse, ihr Streicheln gefallen, konnte dabei schnurren wie eine Katze, aber vor weiblichem Geschlechtsumgang schauderte sie zurück. Laß uns Freundinnen bleiben, verdirb nichts durch ein Verlangen, das ich nicht stillen kann. So Gisela am Tage danach.

Es hatte ihr, die auf ihr Äußeres sehr viel Sorgfalt und Geschick verwandte, an Verehrern nie gefehlt. Im Betrieb, auf Reisen, ja auf der Straße suchten Männer ihre Nähe, die sich von Giselas Ausstrahlung angezogen fühlten. Sie wies, scheinbar freundlich, aber innerlich kühl, alle Bewerber ab. Daß sie noch begehrt wurde, schien ihrem Selbstbewußtsein zu genügen.

Einmal war sie mit Margot, von zu Hause schon leicht beschwipst, aus reinem Jux zu Keeses Ball Paradox aufgebrochen. Unter Gelächter riefen sie mit Hilfe des Tischfernsprechers eine Reihe besser aussehender Männer an, überwanden sich auch, vom Wein schon enthemmt, quer durch die Reihen zu laufen und einen Herrn aufzufordern, obwohl beide die modernen Tänze kaum dem Namen nach kannten. Gisela schüttelte die Männer nach dem jeweils ersten Tanz ab, mochten sie noch so ausdauernd klatschen, im Stillen hoffte sie, ohne es sich einzugestehen, daß Margot bei dieser Gelegenheit eine Bekanntschaft fände. Es blieb bei dem einen gescheiterten Versuch.

Daß aber Margot sie bis hierher nach Frankfurt verfolgte, verstimmte Gisela entschieden. Sie saß noch keine fünf Minuten neben Adalbert auf dem Hocker, als der Page ein Schild mit dem Namen Frau Storz in die Bar trug. Margots ferne Stimme klang ihr widerwärtig laut im Ohr. Liebste Gisela, ich werde von einer schrecklichen Unruhe überfallen, als ob dir etwas zugestoßen wäre. Ist alles in der Reihe? Ich vergehe vor Sehnsucht nach dir.

Gisela geriet in Zorn. Was soll mit mir sein? Ich habe soeben Adalbert wiedergetroffen, er sieht blendend aus, eine Erscheinung wie . . , ist ja gleich. Jedenfalls ein Mann zum Verlieben, sage ich dir, ja, ich bin verliebt. Wenn du es genau wissen willst, ich werde mit ihm schlafen, wenn es sich ergibt. Wünsche mir was!

Am anderen Ende stöhnte es. Siehst du, meine Ahnung hat mir gesagt, daß du mich betrügen wirst.

Was heißt hier betrügen? Sei nicht albern, Margot. Geh zu Bett, schlaf gut und gönne mir mein Glück, wenn du meine Freundin bleiben willst. Adalbert soll nicht länger auf mich warten.

Gisela hörte einen Fall und rief vergeblich mehrmals Margots Namen in die Muschel. Die Verbindung war abgerissen. Auf dem Weg zurück begleitete sie noch die Sorge um Margot.

Als sie wieder neben dem Geliebten saß, war die Freundin weggeblasen. Oder doch nicht ganz, denn sie mußte erzählen, was es mit dem Anruf auf sich hatte.

Sie tat es schonungslos. Adalbert, der vor Männerliebe einen Ekel empfand, wenn nur Wolfgang nicht in dieses Fahrwasser geriete, hatte gegen Beziehungen zwischen Frauen nichts einzuwenden. Margot wäre der geschenkte Wachhund für Gisela, dachte er. Seit Heinz hatte sich offenbar in ihrem Leben nichts ereignet. Er erzählte von seiner Ehe mit Ruth, Ruth eher als Wölfchens liebende Mutter dargestellt. Gisela nahm es ihm ab. So viel konnte sie aus Adalberts Bericht schließen, sich wiederzuverheiraten gedachte er nicht.

Es brauchte nichts zwischen ihnen abgesprochen zu werden, nacheinander fuhren sie mit dem Fahrstuhl nach oben. In manchen Dingen empfiehlt es sich, den Schein zu wahren. Das meinten beide und hielten es auch so auf ihren späteren Reisen. Erst gegen Morgen schlüpfte Adalbert aus ihrem Zimmer. Er hatte sie für das nächste Wochenende in die Wullenweverstraße eingeladen.

Margot war, Gott sei Dank, nichts geschehen, aus Wut hatte sie den Hörer auf den Boden geworfen. Sie empfing Gisela zurückhaltend, was die gewohnten Zärtlichkeiten betraf. Statt dessen überfiel sie die Freundin mit einer Neuigkeit. Denk dir, als ich durch dich von Adalberts Auftauchen gehört hatte, habe ich mir Mut angetrunken, bin auf die Straße gelaufen und habe mir um Mitternacht den ersten besten aufgegabelt und ihn mit in die Wohnung genommen, einen Wachtmeister auf dem Nachhauseweg von seiner Streife. Er ist fünf Jahre jünger als ich, ein wunderbarer Liebhaber, gestern war er schon wieder bei mir. Er hat aus mir einen anderen Menschen gemacht und will mich nicht mehr verlassen. Darf ich daran glauben?

Wenn er es sagt, warum nicht? Gisale hatte nur mit halbem Ohr zugehört, sie überlegte, was sie zum Wochenende anzöge, auf der Fahrt zu Adalbert. In jedem Falle den silbergrauen Breitschwanzmantel, den sie sich in seiner Begleitung in Frankfurt aussuchen durfte.

VII

Katharina

Mackeprang blickte unbekümmert an der Hauswand hoch und gewahrte hinter der Gardine Margot, neben einer anderen zurückgerafften die alte Frau Storz. Soll ich das Gepäck herunterholen?

Adalbert, der es vermieden hatte, nach oben zu sehen, bat darum. Es kam, wie Mackeprang vorausgesehen hatte, die drei Koffer, einen der Schönheitspflege dienenden Vierkant und die Hutschachtel vermochte der Porsche niemals zu fassen.

Adalbert zögerte. Den auf nichts vorbereiteten Mackeprang wollte er nicht mitnehmen. Konnte er Gisela seinen Mercedes anvertrauen? Es ist ein Firmenwagen, auch wenn ich ihn für persönliche Zwecke nutzen darf. Dafür zahle ich ein Viertel aller Kosten wie Brennstoffe, Steuern und Versicherung, meist ohne diesen Umfang zu beanspruchen. Nur darf es nicht zu einem Unfall kommen.

Gisela sah keine Schwierigkeiten. Fahren Sie den Porsche bitte mit aller Vorsicht nach Lübeck, sagte Adalbert zu Mackeprang. Stellen sie ihn in unserer Wagenhalle unter, Frau Storz wird ihn in zwei Wochen, wenn wir zurück sind, abholen. Und nehmen Sie den Autoschlüssel an sich, sonst jagt mein Sohn den Wagen zuschanden.

Gisela machte sich mit der ungewohnten Schaltung vertraut, ein wenig aufgeregt, wie es schien. Beim Anfahren legte sie versehentlich den Rückwärtsgang ein und hätte ihren Porsche eingedrückt, wenn Mackeprang nicht Halt dazwischen gerufen hätte. Adalbert wollte schon aussteigen, wenn die Fahrt so anfinge.

Gisela widerlegte ihn. In einem Zuge fuhren sie durch bis Würzburg. Für Gisela eine Leistung, denn Adalberts Pfeifenqualm verräucherte das Wageninnere, daß sie husten mußte. Drehte man das Fenster herunter, zog es bei der schnellen Fahrt unerträglich. Morgen wird auf der Autobahn nicht mehr geraucht, sagte sie. Alle Stunde machen wir Rast und dann kannst du unter freiem Himmel schmöken, wenn es denn sein muß. Solche Töne waren für Adalbert neu, Ruth hatte ihm nie Vorschriften gemacht. Mit dem Rauchen mochte Gisela recht haben. Im übrigen, wehre den Anfängen, redete er sich zu.

Sie kurvten durch Würzburg, um ein Nachtlager ausfindig zu machen. In allen besseren Häusern wurden sie abgewiesen, eine Tagung hielt wohl wieder alle Zimmer belegt. Adalbert verwünschte die Spesenritter, Drohnen unserer Gesellschaft nannte er sie. Das ganze Verbandswesen konnte ihm gestohlen bleiben.

Endlich kamen sie im Ochsen unter. Nur noch ein Doppelzimmer. Der kleine dicke Wirt in Sepplhosen, im Kriege Kochmaat auf einem Zerstörer gewesen, er hatte in seiner Gaststube eine Marinegedächtnisecke eingerichtet, blickte zu Gisela auf, als wollte er Donnerwetter sagen, während sich Adalbert mit dem Meldezettel abärgerte. Sollte er Gisela Storz oder Ehefrau Gisela eintragen?

Er hatte den Ochsen schon in Gedanken aufgegeben, als der Dicke mit dem Schmollmund sein Doppelzimmer anbot. Ich bin müde, hatte Gisela gesagt. Da war ihm nur übrig geblieben zuzustimmen. Von Ruth war Adalbert gewohnt gewesen, daß sie ihm stets beipflichtete. Er ließ die Spalte für Ehefrau offen und schob dem Wirt mit einem Blick, der keinen Widerspruch duldete, zehn Mark über den Tisch zu. Diesem Tönnchen fehlte eigentlich nur die Samtkappe auf dem Kopf. Es verbeugte sich zum Zeichen des Einverständnisses.

Das Essen bei ihm war vorzüglich. Gefüllte Schweinerippe mit Rotkohl. Nach einem ausgedehnten Mittagschlaf zeigte Adalbert Gisela die Residenz. Sie entliefen dem Führer der Besichtigungsgruppe, Adalbert fand dessen Witzeleien zu abgeschmackt. Gisela mußte sich des Freundes Vortrag über Balthasar Neumann und über Tiepolos Kunst anhören. Sie liebte seine Stimme, ihren vollen

Klang, das Bedächtige seiner überlegten Worte. Dennoch blickte sie ein wenig neidisch zur Gruppe hinüber, aus der immer wieder ein Schwall Gelächters ausbrach. Erst langsam gewöhnte sie sich an Adalberts eher streng belehrenden Ton.

Ihn störte, daß Gisela an keinem Spiegel, deren es in der Residenz eine Unmenge gab, vorbeifand, ohne sich darin zu suchen. Hörte sie überhaupt zu? Da sie keine Fragen stellte, konnte er auf ihre Aufmerksamkeit nur hoffen.

Den Abend beschlossen sie nach einem Rundgang über mehrere Mainbrücken mit Bocksbeutel in einer Weinstube, die sie an einer Winkelgasse ausfindig gemacht hatten. Gisela war das Glück über diese Reise anzusehen. Zum ersten Male nicht in Begleitung der Mutter, die umsorgt sein wollte, sondern spannungsgeladen mit einem Mann, dessen Lebensart ihr gefiel, dessen Wissen sie bewunderte. Adalbert vermerkte bei sich jede Regung an Gisela. Landschaft schien sie mehr zu beteiligen als Kunst. Während des Staus zwischen München und Salzburg wies sie ihn auf manchen schönen Ausblick hin, ein Strahlen in ihrem Gesicht drückte Dankbarkeit für das Leben aus.

Beide trauten ihren Augen nicht, als sie in Bad Ischl vor dem Hotel hielten, das ihnen für zehn Tage Bleibe bieten sollte. Auf dem Dach des linken Flügels zog ein Mann Balken ein, vom rechten und von der Mittelfront war die Farbe über weite Felder abgeblättert. Adalbert ging die Freitreppe mit dem verrosteten Geländer hinauf und wurde durch einen Pfeil auf eine schmale Eingangstür verwiesen, zu der er wieder heruntersteigen mußte. Sie führte in einen gekälkten Raum, in dem Bottiche mit Kies und Wasser, sowie einige schlecht geschichtete Steinhaufen herumstanden. Adalbert machte sich durch Rufen bemerkbar, schon jetzt entschlossen, in diesem Hause nicht lange zu verweilen.

Es erschien ein schwarzmähniges Mädchen im falschen Dirndl, eine Zigarette in der Hand. Grüß Gott, die Herrschaften. Der Scheef wird Ihnen die Bagasch nach droben expedieren! Pawlik! Ihr Ruf galt dem Zimmermann auf dem Dach. Der Kroate stellte sich als Eigentümer der verfallenen Herberge vor. Er zeigte den Herrschaften mit einer Handbewegung den Weg zum Speisesaal, der linker Hand am Ende einer Kellerflucht voll abgestellten Hausrats lag und in Wirklichkeit eine Pinte war. Pawlik beförderte das Gepäck auf die Zimmer im zweiten Stock, nahm unterwegs die beiden Schlüssel von Marietta, so hieß das Dirndl, entgegen und wünschte dem Herrn Baron und der Dame einen angenehmen Aufenthalt.

Als erstes wollte Adalbert den Vorhang vor dem hohen Fenster aufziehen, die muffige Luft im Zimmer verschlug ihm den Atem. Er gelangte nicht weit damit, der dicke Filz samt Stange und Holzringen kam von oben und hüllte ihn in eine Wolke von Staub. Er öffnete die schwer gängigen Flügel und trat vorsichtig auf den Balkon, dessen Absturz nicht außerhalb der Möglichkeit lag. Unter ihm verließ Pawlik das Haus, wohl um sich wieder seinen Dacharbeiten zuzuwenden. Vergeblich rief er ihn. An seiner Stelle erschien Marietta. Schon wieder, verwünschte sie den Bruch, holte Leiter und Gips und bat Adalbert um Handreichungen. Nach einigen Mühen war der Schaden behoben.

Auch Gisela hatte Beschwerden. Ihr Wasserhahn ließ sich nicht abstellen, seit sie ihn aufgedreht hatte. Pawlik eilte in den Keller, um die Hauptleitung abzusperren. Marietta schaffte unter Fluchen Giselas Gepäck in ein anderes Zimmer, dessen Bett noch nicht bezogen war. Sie schienen die einzigen Gäste im Hotel zu sein, jedenfalls im Haupthaus. Denn als sie den Garten betraten, kamen aus einem Nebenhaus allerhand alte Weiblein geschlurft, die zu Franz Josephs Zeiten Ehrenjungfrauen gewesen sein mochten und jetzt für einige Tage um ein paar Schillinge auf Kammern hausten, nur um sich in alten Erinnerungen zu wiegen.

Daran mangelte es in Bad Ischl nicht. Kein Geschäft im ganzen Städtchen, in dessen Fenster nicht ein Bild des Kaisers prangte. Als Feldmarschall, als Jäger, in Tracht, mit Elisabeth, mit Erzherzögen, die Weiblein hatten genug anzustaunen. Zum Eintritt in die Kaiservilla langte es bei ihnen nicht, aber im Kurgarten konnte man sich ohne Gebühren ergehen.

Hierhin flüchteten auch Adalbert und Gisela, denn der Hotelgarten war verwahrloster nicht zu denken. Man stolperte über herabhängende Zweige, überall wucherte Unkraut und als Adalbert des empfohlenen Schwimmbeckens ansichtig wurde, ehemals ein steinerner Goldfischteich, jetzt verschmutzt und überwachsen, fehlte nicht viel zu einem Wutausbruch.

Im Kurgarten hielten sie vor einem Freischach mit kniehohen Holzfiguren an, und da Adalbert keine Miene zum Weitergehen machte, ließ sich Gisela in der Nähe auf einer Parkbank nieder. Es waren zwei wunderliche Gestalten, die sich da als Spieler gegenüberstanden. Der eine ließ sich als Professor anreden, ein krummes Männchen mit durchschwitztem Strohhut, der andere, ein Hüne mit gewaltigen Kinnladen, röhrte nach jedem Zug des Gegners und nach dem eigenen zog er jeweils seine Hose hoch, wobei er einen schwer zu deutenden Blick auf Gisela warf. Sie kümmerte sich nicht um das Spiel, sondern hielt bei geschlossenen Lidern ihr Gesicht der Abendsonne entgegen.

Der Professor kicherte, als er dem Hünen das letzte Schach bot, das Ungetüm von Mann war in seine Falle gelaufen und mattgesetzt. Der Riese stieß mit dem Fuß seinen letzten Turm um, der ihm die Rettung hatte bringen sollen, zog aus der Brusttasche eine Schnapsflasche und zog davon, alle fünf Schritte sich einen Schluck genehmigend. Adalbert half dem kopfschüttelnden Professor, die Bauern und Offiziere wieder aufs Brett zu bringen, und bot ihm, ohne Gisela gefragt zu haben, ein Spiel an.

Adalbert, in Eröffnungen nicht unkundig, hätte gern einmal wieder einen Sieg ausgekostet. Zu Hause spielte er oft mit Wolfgang, forderte ihn regelmäßig heraus und wurde fast immer geschlagen, für ihn die Probe, ob Wolfgang noch geistig auf der Höhe wäre. Das Lotterleben des Sohnes ließ Adalbert manchmal daran verzagen, daß aus seinem Erben noch etwas Brauchbares würde. Wenn er dann beim Schach durch Wolfgangs Sammlung und Berechnung in die Enge getrieben war, faßte er wieder Hoffnung, noch schien am Sohn nicht alles verloren.

Der Professor erwies sich als pfiffig. Fortgesetzt bot er Bauern oder gar Offiziere zum Schlagen an und meist hatte sich Adalbert zu früh gefreut. Durch den schnellen Gewinn handelte er sich mit den folgenden Zügen nur einen größeren Verlust ein. Nach einer halben Stunde gab er auf, sein Häuflein war auf ein paar Bauern zusammengeschrumpft, während dem Professor noch zwei Läufer und ein Springer zu Gebote standen. Ohne zu Gisela hinüberzusehen, begab sich Adalbert auf die andere Seite des Bretts und eröffnete ein zweites Spiel.

Den erfolgreichen Opfertrick des Professors glaubte er jetzt durchschaut zu haben, er richtete sich von vornherein auf Verteidigung ein und wollte erst eine Blöße des Gegners zum Überfall ausnützen. Dem Strohhut entging dieser Wandel in Adalberts Kampfweise nicht, kichernd rückte er Zug um Zug in dessen Gelände vor, erdrückte mit starker Bauernmitte jede Entfaltung Adalberts, der vorläufig nur auf Deckung bedacht blieb.

Wie lange soll ich noch auf dich warten? Giselas Ruf riß Adalbert aus den Aufmarschplänen, er blickte auf seine Uhr. Noch eine Stunde bis zum Ende der Abendbrotzeit, ich beeile mich. Eile war das letzte, was er sich in seiner Lage leisten durfte, er hatte Mühe, in das verworrene Feld zurückzufinden. Der geringste Fehler, noch war keine Figur geschlagen, könnte eine Lawine von Verlusten auslösen. Ein stummer Zorn auf die Störung durch Gisela begann ihn abzulenken. Es ist nicht nur unser gemeinsamer Urlaub, dachte er, es ist auch mein eigener. Ruth hatte das immer beachtet. Er tauschte ein Springerpaar ab, um endlich Luft zu bekommen.

Darauf hatte der Professor gelauert. Seine Läufer schlugen eine Schneise durch Adalberts Abwehrgürtel, die schwarze Dame erhielt freie Bahn, Adalberts König war genagelt. Gisela, so meinte er, nicht er selbst wäre schuld an dem verlorenen Spiel. Während der Professor bereits mit einem neuen Opfer seines Siegeszuges die Farbe aushandelte, setzte Adalbert ein möglichst freundliches Gesicht auf, was ihm nicht leicht fiel, und holte Gisela von der Bank ab. Schweigend stiegen sie über einen niedergetretenen Drahtzaun, der vormals den Hotelgarten von den Kuranlagen getrennt hatte, und betraten auf der rückwärtigen Seite den Raum, in dem zur Abendmahlzeit gedeckt sein sollte.

Dieser Ausschank war offenbar Pawliks ganzer Stolz, das einzig Fertige an seinem heruntergekommenen Besitz, wohl von einer Brauerei nach dem herkömmlichen Muster von Vorstadtkneipen eingerichtet. Hier, wo alles neu war, wies Marietta den Herrschaften den Platz zu, nicht im alten hohen Speisesaal nebenan. Dort hockten, jedes für sich an einer Säule, die verhutzelten Weiblein, zählten ihre Pillen und tranken in würdevoller Haltung mit abgespreiztem kleinen Finger ein Glas Leitungswasser, das auf ihrem Kämmerchen fehlte. Nachdem sie sich an der Stuckdecke und den von Fliegendreck geschwärzten Lüstern sattgesehen hatten, stapften sie zurück ins Hinterhaus, um sich aus Mitgebrachtem zu verköstigen.

Marietta reichte die Suppe, ein dünnes Dosengeschöpf. Auch die Würstchen mit Kartoffelbrei und grünen Bohnen, sowie der Pudding kamen sämtlich aus dem Blech oder aus Tüten. Adalbert ließ sich den Wirt kommen, hielt ihm den Preis für die schadhaften Zimmer mit der zu bemängelnden Küche vor, besonders beanstandete er die fehlende, wo doch angepriesene Schwimmgelegenheit. Er gedächte, am nächsten Tage abzureisen und erwarte die Rechnung für den einen Pensionstag.

Wie der Herr Baron wünschen, sagte Pawlik ohne geringstes Erstaunen, ohne den Versuch eines Einwandes oder einer Entschuldigung. Marietta überreichte seine Forderung auf einer Untertasse, von einem Mundtuch aus Kreppapier verdeckt. Eine Übernachtung für zwei Personen mit Vollpension, las Adalbert, tausend Schillinge. Laut Geschäftsbedingungen 15 % Storno für neun weitere vorbestellte Tage macht 1350 Schillinge. Zusammen also runde vierhundert Mark für diesen fürstlichen Tag, sagte Adalbert. Der Pawlik baut sein Hotel mit dem Einzug von Stornos auf, eine einträgliche Bauernfängerei. Ich werde ihn bei der Kurdirektion anzeigen.

Den Abendspaziergang am Traunufer brachen sie bald ab, es regnete. Beide hatten dem Abendessen kaum zugesprochen, die rote Farbe der Würstchen täuschte über ihr Alter nicht hinweg. Sie verspürten noch Hunger. Gehen wir zum Attwenger oder zum Zauner? Gisela entschied sich für beide, da sie am nächsten Tag Bad Ischl schon verlassen wollten. In dem Weinhaus neben der Lehár-Villa genossen sie eine Wildsuppe mit Trüffelklöschen. Adalbert besah sich die Erinnerungsstücke an Anton Bruckner, der beim Attwenger manchen Sommer verbracht hatte.

Im Zauner empfing sie ein Hauch von k. u. k. Luft, als sie sich an einem der weißen Tischchen mit Marmorplatte niederließen und Ischlertörtchen bestellten. Die Konditorei hatte sich schon gelichtet, es ging auf neun. Im Hintergrund verpackten Kellnerinnen Nußkipferln in Geschenkschachteln, beaufsichtigt von den flinken Augen einer Haubenlerche. In diesem Hause lief alles auf leisen Sohlen und nichts in die Leere.

Der Weg zu den Hotelzimmern war halsbrecherisch. Adalbert leuchtete mit einem Streichholz durch den Kellergang voran, aber auch der Lichtknopf auf der Treppe bewirkte nichts. Die Läufer hingen an manchen Stellen lose über die Stufen hinweg. Im ersten Stock vergnügte sich Pawlik mit Marietta, ihr Gejachter drang durch eine rot erleuchtete Mattglasscheibe. Gisela hatte ihre neue Zimmernummer vergessen, erst Adalberts Schlüsselprobe erschloß ihr den Raum. Als er zehn Minuten später ihr Zimmer betrat, mit zwei Büchern unter dem Arm, wußte sie, was die Stunde geschlagen hatte. Heute nur lesen, Adalbert war nicht aufgelegt. Das gab es gelegentlich auch in der Wullenweverstraße. Gisela nannte es blinde Wochenenden.

Er legte ihr die Lebensdarstellung Franz Josephs von

Conte Corti in die Hand, sich selbst hatte er mit Canettis Roman Die Blendung versehen. Sie mußten sehr eng zusammenrücken, um beide einen Lichtstrahl von der Bettlampe abzubekommen. Gisela entging nicht ein Verdruß an Adalbert. Wenn er es unbequem hatte, konnte er unleidlich sein. Daß der Verlust des zweiten Spiels gegen den Professor noch immer die Ursache seines Grolls war, blieb ihr verborgen, sie schob Adalberts Unlust auf seine Scheu, dem Beispiel des Kroatenpärchens aus dem ersten Stock auf dem Fuße zu folgen. Gisela blätterte in dem Band, sah sich zunächst die Bildtafeln an und begann dann irgendwo in der Mitte zu lesen. Adalbert fand für solch planloses Vorgehen kein Verständnis, er hatte noch jedes Buch, das er angefangen hatte, vom Beginn bis zum Ende gelesen, selbst bei schwachen brachte er es nicht fertig aufzuhören. Nur im Ulysses des James Joyce war er steckengeblieben.

Bin ich eigentlich deine Katharina Schratt? Manchmal komme ich mir so vor, wie du mich behandelst. Sie klappte das Buch zu und drehte sich zu Adalbert hin.

Er nahm die Brille ab und sah sie erstaunt an. Fühlst du dich schlecht behandelt? Der Kaiser war immer zuvorkommend zur Schratt, hat sie verwöhnt und verhätschelt. Daß er sich ihr nicht dauernd widmen konnte, hing mit seinem hohen Amt zusammen. Übrigens mißfiel ihm einiges an ihr, die Hungerkuren, die sie sich auferlegte, ihr waghalsiges Bergsteigen und vor allem ihre entfesselte und zerrüttende Spielleidenschaft in Monte Carlo, alles Dinge, über die ich mich bei dir nicht zu beklagen habe.

Gisela horchte auf. Bitte, Bert, erzähle mir alles, was du von den beiden weißt.

Das ist nicht viel. Ich hatte gedacht, du solltest es dir selbst bei Conte Corti herauslesen. Adalbert begann, gründlich wie immer, mit der Geburt des Kaisers im Jahre 1830 und erzählte, wie Franzl im zweiten Lebensjahr auf der Flucht vor der Cholera von Wien nach Bad Ischl in Sicherheit gebracht wird. Mit dreizehn Jahren ist er Oberst eines Dragonerregiments. Diesen Rang verleiht er später dem Kronprinzen Rudolph bereits bei der Geburt. Die zweite Tochter von Franzl hieß übrigens Gisela. Durch sie wurde er schon mit 44 Jahren Großvater. Aber so weit sind wir noch nicht. Warum wird er, kaum 18jährig, Kaiser, vorbei an vorrangigen Erzherzögen? Er ist der einzige, der sich während der Revolution weder durch Schärfe noch durch Nachgeben belastet hat, seine Kenntnis des Ungarischen macht ihn in Budapest beliebt, sehr wichtig für den Zusammenhalt der Monarchie.

Klammer zu sein für die auseinanderstrebenden Teile seines Reiches, hieß die zermürbende Aufgabe, war das Lebenswerk des Kaisers. Seine Ansprüche auf uns als Untertanen hat ihm Bismarck aus der Hand gewunden, schon früh waren die Heiratspläne mit einer Preußenprinzessin gescheitert. An seinem 23. Geburtstag begegnet er hier in Bad Ischl der liebreizenden Elisabeth, die seine Liebe erwiderte, wenn er nur nicht der Herr Kaiser wäre. Sie mußte es in Kauf nehmen. Er hat sie geliebt, ich möchte sagen, mit dem Mut der Verzweiflung, und sie hat ihn auch später immer geachtet, war nur zu unstet, der Kaiser nannte es Wolkenkraxlerei, neben dem Mann, der ganz in seinen Pflichten aufging und in der von ihr verabscheuten Jägerei. Wir werden morgen in der Kaiservilla an die tausend Geweihe zu sehen bekommen, auf jedem ist Ort und Tag belegt, an denen Franz Joseph das Wild erlegte.

Bei der Galavorstellung zu seinem 25. Regierungsjubiläum, man gab unter Heinrich Laube Der Widerspenstigen Zähmung, erlebte der Kaiser zum ersten Male Katharina Schratt in einer Bühnenrolle. Sie thront auch in dem von Makart entworfenen Triumphwagen zur Silberhochzeit des Kaiserpaars. Du mußt wissen, Katharina Kiss von Ittebe, so hieß sie mit dem Nachnamen ihres Mannes, war keine Geschiedene, sie lebte nur getrennt von ihm, und zwar sommers hier in Bad Ischl in der Villa Felicitas, Gloriettegasse.

Die kluge, man kann auch sagen, die berechnende Sissi fädelt die Beziehung ein. Sie läßt die Schratt vom Hofmaler von Angeli malen, besucht mit Franz Joseph eine Sitzung und schenkt ihm das Bild. Der Kaiser bedankt sich bei Katharina mit einem Smaragdring und einem Brief, dem noch viele folgen sollten. Ein ganzer Band. Ich werde ihn dir in Lübeck bei Weiland bestellen, wenn du Freude daran hättest.

Aber sehr, sagte Gisela, und gab ihm einen Kuß.

Franz Joseph hat in seinem langen Leben nur wenige wirkliche Freunde gehabt, eigentlich nur König Albert von Sachsen und die Schratt. Ich bete Sie an, schrieb er ihr, nahm es gleich wieder zurück, aber es mußte heraus. Sie war für ihn, die Rolle so vieler Geliebten, eine Beichtigerin, ging auf seine vielfältigen Rückschläge in der Politik mit mehr Verständnis und Trost ein als Elisabeth. Ihr konnte er anvertrauen: außi möcht I.

Als Elisabeth ermordet wird, spricht er nur mit Katharina von der Verklärten, sie ist sein ganzer Halt in der Verlassenheit. Trotzdem geht ihm Amt vor Neigung, er schließt Katharina von der Verleihung des Elisabethordens aus und widerruft nicht ihr Rücktrittsgesuch an das Burgtheater, er nimmt es, ohne seinen Einfluß auszuspielen, nur zur Kenntnis. Die Neider sollen ihm nichts nachreden, Katharina fühlt sich verletzt.

Höhen und Tiefen wechseln sich ab in dieser Freundschaft. Am Tag nach seinem 70. Geburtstag schreibt ihr Franz Joseph, Adalbert fand die Stelle mit einem Griff: Vor 24 Stunden verließ ich mein Zimmer zum letzten Gang zu Ihnen, mein heißgeliebter Engel!

Ein Jahr später nahm der Kaiser die schmerzlich vermißten Besuche in der Villa Felicitas wieder auf. 1911 läßt er Katharina mehr als zwei Millionen Kronen auszahlen, und noch im letzten Friedensjahr 1913 sind die Spaziergänge mit der Freundin die einzige Erholung für Franz Joseph. Als er mitten im Krieg stirbt, geleitet Kaiser Karl sie an das Totenbett. Katharina legt zwei weiße Rosen auf die Brust des verewigten Freundes.

Gisela streckte sich und verschränkte die Arme unter dem Nacken. Sie sah zur blinden Deckenlampe hinauf, wo eine Spinne ihr Netz zog. Du Franzl, ich fühle mich mit der Katharina sehr verwandt. Auch ich bin für dich immer auf Abruf bereit, auch ich bin deine Beichtigerin für allen Kummer mit Mutter und Sohn. Du machst mir Vorschriften, wie es Franz Joseph tat, und beschenkst mich fürstlich. Wann wirst du mir von deinem letzten Gang schreiben? Wenn du siebzig bist? Dann habe ich die Sechzig überschritten.

Adalbert umspannte ihren Arm. Liebstes, du bist jung und schön, die Schratt konnte sich zu keiner Zeit ihres Lebens mit dir vergleichen, ihre Züge kommen mir eher bäurisch vor. Sie steckte voller Launen, die ich an dir zum Glück noch nicht bemerkt habe. Der Vergleich hinkt auf der ganzen Strecke. Übrigens soll sie Franz Joseph heimlich durch einen Priester in der Wiener Hofkapelle angetraut worden sein. Gleich nach der Jahrhundertwende. Wenn der Kaiser sagt, außi möcht I, kann man es verstehen. Die Krone hat ihn immer bedrückt. Ich habe noch nie das Bedürfnis verspürt auszubrechen.

Gisela lachte auf. Allerdings, das paßte schlecht zu dir. Du lebst in deiner Ordnung und ich darf sie ein wenig schmücken, nur stören darf ich sie nicht. Stimmt es?

Nicht doch, du störst nie. Wie zur Bekräftigung sagte Adalbert, ich werde drüben noch etwas lesen und morgen Mittag brechen wir auf nach Salzburg. Mozart beflügelt mich mehr als der Greis aus der Wiener Hofburg.

Fahren wir über Sankt Wolfgang?

Wenn es sein muß. Wer den Wagen fährt, bestimmt den Weg. Während du deinen Guglhupf bei der Rösslwirtin verzehrst, kann ich mir den Altar Michael Pachers ansehen. Ein Kleinod. Gisela drehte sich zur Wand. Beleidigend zu meinen, ein Stück Kuchen sei ihr wichtiger als das Meisterwerk zu bewundern.

Salzburg machte alles wieder gut. Zwar hatte man im Fondachhof für ihre Wünsche nur ein Lächeln übrig gehabt, seit Wochen alles vorbestellt, aber im hoch gelegenen Kobenzl fanden sie Unterkunft, sogar mit Hallenbad, das sie sonst nur noch im Parkhotel Mirabell angetroffen hätten. Während der Rundfahrt mit dem Fiaker ertappten sie sich dabei, daß sie sich an den Händen hielten. Wie

Flitterwöchner, entfuhr es Gisela, die das Wort sofort bereute. Aber Adalbert nahm an diesem Tage nichts krumm, im Schwimmbecken war er die Ausgelassenheit selbst und als sie, in Bademäntel gehüllt, mit dem Fahrstuhl nach oben fuhren, trennte er sich nicht auf sein Zimmer, sondern schlüpfte bei Gisela herein und bescherte ihr ein Aufhupferl, das sie vollends versöhnte.

Sie speisten Hirschrücken und tranken einen alten Bordeaux dazu. Am besten gefielen Gisela die Sessel. Sie waren mit kleinen Messingschildchen bestückt, auf ihrem stand Richard Nixon, bei Adalbert Bruno Kreisky zu lesen. Mutter würde staunen, auf welche Höhen Adalbert die Tochter geführt hatte. Adalbert dämpfte, Politiker müssen auch irgendwo essen.

Die ersten Tage gingen voller Abwechslung dahin, sie bummelten durch die Gassen und tranken im Freien, an ein Faß gelehnt, ihren Kremser. Gisela äußerte den Wunsch, einen Abstecher nach Venedig zu unternehmen.

Damit uns der Wagen gestohlen wird?

Dann eben mit dem Omnibus. Hier sind täglich Fahrten angeschlagen.

Adalbert überwand sich, Gemeinschaftsausflüge waren ihm ein Greuel. In Venedig machen wir uns selbständig, ich halte es mit dieser Gesellschaft nicht aus, sagte er. Er hatte einen Aufsatz Helmut von der Lippes gelesen, der den Spuren Lübecks in Venedig nachging. Zur Zeit der österreichischen Regentschaft hatte die Hansestadt sogar ein Konsulat in Venedig unterhalten. Durch lübsche Kaufleute kam das Marzipan, eine orientalische Spezerei aus Mandeln und Zucker von der Lagunenstadt an die Trave, um erst hier zur Vollendung zu gedeihen.

Die Zeit reichte hin für einen Ausflug an den Lido. Im Hotel des Bains fragten sie den Direttore nach Erinnerungsstücken an Thomas Mann, der mehrfach dort gewohnt hatte. Er zuckte die Achseln, zeigte ihnen aber die Gesellschaftsräume, in denen Der Tod in Venedig gedreht wurde. Adalbert fiel ein Wort Thomas Manns aus einem

Brief an Paul Amann ein: Venedig ist ein ins Orientalisch-Phantastische übersetztes Lübeck.

In San Nicolo da Tolentino spürten sie ein Gemälde des Lübecker Malers Johann Liss auf, einen nackten Hieronymus, der den Posaunen der Engel lauscht, und im Fremdenverkehrsbüro unter den Bögen nahe San Marco grüßte sie aus dem Schaufenster eine hölzerne Nachbildung des Holstentors, umrahmt von Niedereggerschachteln, unverwechselbar durch Alfred Mahlaus Zeichnung. An der Rückwand waren Bilder vom Gastspiel des Lübecker Kinder-Tanz-Theaters in Venedig ausgestellt. Die deutsch-venezianische Gesellschaft und Lübecks Senat hatten die Reise der tanzenden Kinder möglich gemacht.

Sie mußten rennen, wenn ihr Omnibus nicht ohne sie abfahren sollte. Gisela hörte während der Rückfahrt über den Dogenpalast und die Gondelfahrt unter der Rialtobrücke nur, was die Mitreisenden untereinander austauschten. Sie hatte durch Adalberts Eigensinn von diesen erinnerungswürdigen Stätten nichts mitbekommen. Er war schon dreimal in Venedig gewesen. Wollte sie das Sehenswerte zu Gesicht bekommen, müßte sie wohl allein hinfahren oder, wie vorher immer, mit der Mutter.

VIII

Lollo

Es hing am seidenen Faden, ob Wolfgang die Reifeprüfung bestehen würde. Die schriftlichen Arbeiten, zum Teil mißlungen, waren vor Wochen abgegeben, das Mündliche drohte vor der Tür. In seiner Sorglosigkeit wußte er nur, daß er um elf Uhr drankäme. Fünf Minuten vorher stürmte er um die Ecke Hundestraße zum Katharineum, erst jetzt einsehend, daß er sich besser nicht die Nacht in der Tarantel um die Ohren geschlagen hätte. Vor der Aula las er auf einem Anschlag seinen Namen. Wie im Gerichtsgebäude vorm Burgtor, dachte er. Erster Zivilsenat: Schule gegen Spangenschild. Hier stand: Text aus Tacitus, Aushändigung zehn Uhr. Gebrauch eines Wörterbuchs unstatthaft, fünf Vokabelhilfen werden vorgegeben. Wolfgang schloß die Augen, die ganze Vorbereitungszeit verschenkt!

Hilflos hielt er das abgezogene Blatt in der Hand. Nur durch mehrfaches Überlesen ließ sich der Sinnzusammenhang entschlüsseln, ließen sich Lücken notfalls durch Erraten schließen. Der Vorsitzende begann mit den Fingern auf der Tischplatte zu trommeln. Warum zögern Sie, Spangenschild? Wir haben Ihnen Zeit genug gelassen, sich mit der Vorlage vertraut zu machen. Also bitte!

Das Lateinische, Wolfgangs Stärke, die schriftliche Plautusübertragung war ihm glatt von der Hand gegangen, sollte sein Versagen in Biologie, dem zweiten Wahlfach, auffangen. Hätte er Lollo, das kleine unersättliche Biest, in der Nacht vor der schriftlichen Biologiearbeit nur fortgeschickt. In seiner Gehirnleere hatte er keine der Fragen zu beantworten gewußt und statt dessen ein Gedicht zu Papier gebracht, in dem er die Biologie als falsche Wahl verwünschte. Ihn mußte der Teufel geritten haben, daß er die Verse abgab, weiße Blätter hätten ihn nicht so bloßgestellt. Das Gedicht machte beim Lehrkörper die Runde, Wolfgangs Deutschlehrer hielt es für bemerkenswert.

Wie lange wollen Sie noch schweigen? Dichten Sie los, wenn Sie nicht zu übersetzen vermögen, sagte der Prüfende und suchte in den Mienen der Beisitzer Anerkennung für seinen Witz. Schrieb Tacitus Botokudisch oder Volapük? Vor Wolfgang verschwammen die Buchstaben. Er bekannte, von der Vorbereitungsstunde nichts gewußt zu haben, dem Text neu gegenüberzustehen. Kurze Beratung. Eine halbe Stunde wurde ihm nachbewilligt. Die Hälfte, damit Sie Ihr Teil zu tragen haben. Wie wollen Sie im Leben zurechtkommen, Spangenschild? Dort zählen allein Leistungen, mit Ausflüchten kommt man nicht durch.

Wolfgang bezwang seinen Tacitus und erfuhr am Nachmittag, daß er die Schule mit Erfolg hinter sich gebracht hätte. Zwei waren durchgefallen. Sie meinten, Wolfgang verdiente eher ihr Geschick. Frau Else hatte sich sehr angestrengt, es gab zum Abend Lachs, Räucheraal und Krabbensalat. Mackeprang schenkte Sekt ein, nachdem der glückliche Adalbert seinem Sohn einen Scheck ausgehändigt hatte. Welchen Tag er sich zur Entlassungsfeier freizuhalten hätte, fragte der Vater.

Überflüssig, sagte Wolfgang. Was willst du da? Ich bleibe auch weg. Die Schule ist verpflichtet, mir das Zeugnis zuzustellen. Man hat mir die Abschiedsrede angetragen. Nicht die Lehrer, sondern die Schülermitverwaltung. Man erhoffte sich wohl ein Gaudi, aber ich will mir die Zunge nicht unnütz verbrennen.

Adalbert sprach von der Ehre, die Wolfgang ausgeschlagen hätte. Meine Abschiedsrede, zu der mich der Direktor bestimmt hatte, behandelte Goethe in Wetzlar. Sie ist gedruckt worden. Adalbert zog aus der Bücherwand ein Heft und reichte es Wolfgang.

Der Sohn sah nicht hin, der Aal lag ihm näher. Was mir eingefallen wäre, hätte nur im Untergrund gedruckt werden können, Überschrift, die Schule ist ein einziger Misthaufen. Bin ich froh, daß das alles hinter mir versackt. Prost! Wolfgang hob das Glas seinem Vater entgegen. Nun will ich mich erst mal verpusten.

Mir scheinst du dich nicht überanstrengt zu haben. Verplempere nicht deine Zeit, fang etwas an! Bisher bist du mir auf meine Fragen ausgewichen, ich wüßte gern, was geschehen soll. Hast du dich entschieden? Das Gescheiteste wäre, gleich deine Dienstzeit beim Heer abzuleisten, du kannst bei der Musterung den Wunsch äußern, sofort einberufen zu werden.

Ich zum Bund? Du solltest mich besser kennen, Vater. Großmutter muß Dr. Erlenbach beschwatzen, daß er mir schweren Rheumatismus oder ähnliches bescheinigt. Ich könnte den Wehrdienst verweigern, aber dann habe ich den Ersatzdienst am Hals, ebenso unerfreulich. Besser gleich auf untauglich hinaus.

Dr. Erlenbach war im Kriege Feldarzt im Osten, er wird keinem Drückeberger helfen. Vergiß nicht, du hast gegen Alfred von Dollen im Tischtennisdoppel gespielt. Wer gegen den Nordmeister antritt, das Bild war groß genug in der Zeitung, kann kaum untauglich sein. Wir werden sehen. Wenn du nicht dienen willst, nochmals, was soll geschehen?

Ich werde Schauspieler. In der Klaus-Groth-Straße gibt es eine Schauspielschule. Nach drei Jahren Ausbildung, einer verdammt langen Zeit, kann man sich der Prüfung vor Bühnenverein und Genossenschaft stellen. Das Schulgeld hält sich in Grenzen, allerdings muß man zur Aufnahme einen Talenttest bestehen. Das nächste halbe Jahr ist alles besetzt, aber den Test könnte ich schon jetzt machen und mich vormerken lassen. Die Zwischenzeit überbrücke ich in der Tanz- und Pantomimenschule von Dvoràk in Kiel, dort kann ich sofort drankommen. Der Ungar ist als Ballettmeister international anerkannt. Ich würde täglich hinüberfahren, umzuziehen lohnt nicht für die kurze Zeit. Ich könnte mich auch im Lübecker Marionettentheater betätigen, wenn sie mich nehmen am Kolk.

Adalbert sah bedenklich drein. Als er in Wolfgangs Alter war, hätte er am liebsten Literaturwissenschaft studiert. Er gab seinem Vater nach und verlegte sich auf die Betriebswirtschaft. Wolfgangs Entschiedenheit flößte Adalbert immerhin Achtung ein. Entsprach aber seine Neigung einer Begabung? Unernster hätte die Antwort auf seine Frage nach dem Lebensberuf nicht ausfallen können.

Meine Hoffnung, dich als Nachfolger im Werk zu sehen, habe ich begraben, ich werde es in eine Stiftung umwandeln müssen. Mich freut, daß du ein Ziel vor Augen hast. Ob es das richtige ist, wird sich erst erweisen müssen. Fleiß und Ausdauer, ohne die nichts erreicht wird, sind nicht gerade deine Stärke. Ich fürchte, du machst dir von den Forderungen an den Schauspieler zu leichte Vorstellungen, ein wenig Tedje mit de Utsichten, nicht recht durchdacht, Zukunftsschaum. Noch nie habe ich dich ein Drama lesen sehen. Und als Broterwerb? Uns fehlen Techniker und Ingenieure, das schöngeistige Feld wird zwangsläufig enger. Der Kultursenator hat seinen Haushalt zusammenstreichen müssen, die Sparkommission unter Bürgermeister Knüppel ist noch nicht am Ziel angelangt. Es wird kein Jugendensemble mehr aufgebaut, zwei Jugendstücke sind gestrichen worden, die Schultheaterwoche fällt aus, die Gastspielreisen nach Norwegen sind abgesagt. Wie in Lübeck sieht es überall aus, die öffentliche Unterstützung der Bühnen wird von den Kämmerern beschnitten. Es gibt schon tausende arbeitsloser Schauspieler.

Wolfgang hatte von seinem Vater nichts anderes erwartet. Ihr Alten meint, weil Ihr die Kriegs- und Hungerzeiten hinter euch gebracht habt, müßt Ihr eure Angst, daß der neue Wohlstand wieder abzubröckeln beginnt, uns einimpfen. Falls wir Angst haben, dann vor euren Bomben und Raketen. Wenn ich nur höre, erst die Arbeit, dann das Vergnügen. Saure Wochen, frohe Feste! Und wie eure Sprüche alle heißen. Wir haben andere Bedürfnisse als Ihr und lassen sie uns von euch nicht verweigern.

Ihr mögt uns zu demütigen versuchen, so oft es euch juckt. Ihr könnt uns euren Arbeitsgehorsam nicht aufzwingen. Neigung, Liebe, Freunde sind uns wichtiger. Ich höre immer nur Arbeit, Schuften. Wie öde ist das. Man muß sich entfalten können zu einer Tätigkeit, die einem Spaß macht. Warum sind wir denn manchmal ziemlich laut? Weil Ihr taub geworden seid, euch die Ohren zuhaltet vor dem Neuen, das Ihr nicht aufhalten könnt. Eure Steckrübenpredigten machen auf uns keinen Eindruck mehr. Ihr seid beleidigt, wenn wir nicht pausenlos eurem Aufbauwerk Beifall klatschen, am liebsten würdet Ihr den alten Schutthaufen noch einmal vor uns hinsetzen, los Jungs, zeigt, ob auch Ihr ihn wegschafft. Ach, Vater, ich rede bei dir gegen eine Wand. Du meinst am Ende auch, besser fremde Länder besetzen als leerstehende Häuser.

Bei den letzten Worten zitterte Wolfgangs Stimme ein wenig. Spürte er, daß er den Bogen überspannt hatte? Er wußte, Adalbert hielt Hitlers Beutezüge genau so für ein Verbrechen wie der Sohn. Hausbesetzungen aber galten dem Vater als Hausfriedensbruch, Straffreiheit dafür, um die es Wolfgang schon bei früheren Auseinandersetzungen gegangen war, als Aufhebung des Rechtsfriedens.

Strafverteidiger solltest du werden, Wolfgang, bei deiner Beredsamkeit. Um mit den Häusern anzufangen, du befindest dich auf dem Holzweg, mein Lieber. Du reihst dich bei Minderheiten ein, die gar nicht deine Sache vertreten. Da schaffst du dir in deinem Wagen ein geliehenes Fahrrad herbei, um bei einer Kundgebung für Radfahrwege mitzumischen, so sagt Ihr ja wohl. Gegen was man demonstriert, ist gleich, Hauptsache dabeisein. Ich will dir die Frage der Straffreiheit an einem Vergleich erklären.

Als 1949 für Kohlenklau und Mundraub ein Straferlaß verkündet wurde, handelten die Verantwortlichen richtig, denn die Behörden hatten sich außerstande gezeigt, hinreichende Nahrung und Schutz vor Kälte zu gewährleisten. Nach der Währungsreform konnte sich jedermann diese Güter wieder verschaffen, die Straffreiheit zog einen Schlußstrich unter das Ganze. Glaubst du im Ernst, Straffreiheit würde heute die Hausbesetzer zur Räumung ermuntern? Was von manchen als Geste der Versöhnung mit der Jugend angesehen wird, würden die Hausbesetzer als Sieg über die öffentliche Ordnung feiern. Was als Gnadenakt gedacht wäre, würden sie als ertrotzte Veränderung des geltenden Rechts ausspielen, ein Strafrecht auf dem Rückzug. Friedliche Hausbesetzung ist ein irreführender Widerspruch in sich. Tatsächlich wird widerrechtlich in befriedetes Eigentum eingedrungen.

Wolfgang lachte. Widerrechtlich? Der Besitz ist rechtswidrig geworden, weil er sich sozialwidrig verhält. Der Sohn glaubte das befreiende Wort gefunden zu haben und tat einen tiefen Schluck.

Das ist schwer in Gesetze zu fassen, gab der Vater zu bedenken. Du hast dir ein kostspieliges Trimmdichgerät angeschafft und es steht seit Wochen ungenützt in der Wagenhalle herum. Darf deshalb Hinz und Kunz es an sich raffen, weil es sozialentfremdet ist? Wenn der Bundeskanzler sein Ferienhaus am Brahmsee nur wenige Wochen zu Gesicht bekommt, wollt Ihr den Ruheplatz des vielgeplagten Mannes besetzen, weil er nach euren Worten sozialwidrig Monate nicht betreten wird?

Das Trimmdich-Beispiel erschien Wolfgang albern, Sportgeräte gab es im Überfluß zu kaufen, kein Vergleich mit der Wohnungsnot. Der Vater war aus seiner Welt von gestern nicht zu lösen. Hoffnungslos, Punkt! Morgen habe ich einen anstrengenden Tag, sagte er, wir bereiten ein Open-air-concert vor.

Freiluftauftritt mit deiner Gitarre? Das Wetter sieht kaum günstig aus.

Nein, nicht ich. Wir stellen die Bänke auf und zimmern das Podium. Acht Stunden zu zehn Mark, ein Brocken, den ich mir nicht entgehen lasse. Hast du Meinung zu ein paar Bällen?

Das ließ sich Adalbert nicht zweimal fragen. Er wagte es schon lange nicht mehr, Wolfgang zum Tischtennis aufzufordern, der Sohn spielte so ausgezeichnet, daß Adalbert nur seine scharfen Bälle vom Boden aufsammeln durfte. Auch das konnte den alten Knochen nicht schaden.

In blauen Trainingsanzügen trafen sie sich im offenen Raum neben dem Schwimmbad, Wolfgang wischte den Staub von der lange nicht benutzten Platte. Er war milde gestimmt, spielte dem Vater die Bälle zu, so daß Adalbert sich nicht dauernd bücken mußte. Der Vater genoß die Stunde, fand das eigene Spiel ganz leidlich, je länger der Ballwechsel anhielt. Gegen Ende zeigte Wolfgang, daß er das Schmettern nicht verlernt hatte, warf den Schläger auf die Platte, streifte sein Zeug ab und tauchte gurgelnd mit einem Hechtsprung im Schwimmbecken unter.

Adalbert blickte ihm nach. Ein neuer Menschenschlag, dachte er. Diese langen Beine, das Nichts von Hüfte, der endlose Rücken. Die Mähne klatschte um die eckigen Schultern, wenn Wolfgang wendete. Adalbert wollte nicht zurückstehen. Vor dem eigenen Sohn brauchte man sich nicht zu zieren, mit Gisela schwamm er nur in Badehose. Etwas gespreizt schritt der nackte Mann auf die Leiter zu, ließ sich ins Wasser hinab und kraulte seine Runden. Die Muskeln erhalten, Gisela sollte nichts auszusetzen finden. Wir sind doch zu beneiden, rief er Wolfgang über die Schulter zu. Wolfgang aber war schon aus dem Wasser geklettert und hatte sich den bereit hängenden Bademantel umgelegt. Gute Nacht, Vater. Ich fahre noch weg, den Abschied von der Penne zu begießen.

Gern hätte Adalbert den Abend mit seinem Sohn verbracht, über dem Schach mit ihm reden, auch wenn alles so fremd klang, was Wolfgang vorbrachte. Laß deinen Wagen besser hier, ich fürchte, du wirst heute etwas mehr trinken.

Immer diese Vorschriften, Wolfgang schlug die Tür hinter sich zu. Adalbert zwang sich noch zwei Runden ab. Im Schmetterlingsstil, einfaches Brustschwimmen läßt sich stundenlang durchhalten, es bringt nichts.

Am nächsten Morgen saß er allein am Kaffeetisch, Wolfgang hatte wohl seine Arbeit für die Freiluftbühne verschlafen. Ein Irrtum, wie sich zeigte. Mackeprang trat ein und legte ein weiteres Gedeck auf. Herr Wolfgang hat soeben einen Gast zum Frühstück angesagt. Soll ich Ihren Platz abräumen?

Adalbert blickte von der Frankfurter Allgemeinen auf und schien einen Augenblick zu überlegen. Nein, Herr Mackeprang, schenken Sie mir bitte noch eine Tasse ein. Mal sehen, wer da kommt.

Wolfgangs Aussehen mißfiel dem Vater. Die rot geränderten Augen ließen nichts Gutes ahnen. Hatte er Haschisch geraucht? Vor zwei Jahren war Wolfgang vom Vater hart ins Gebet genommen worden, als Adalbert witterte, daß der Sohn an Rauschgift geraten wäre. Gespritzt hatte er noch nicht. Müßig zu streiten, ob die Taschengeldsperre mehr bewirkte als das Zureden der Großmutter, Wolfgangs gesunder Kern hatte es bei den Anfangsversuchen bewenden lassen. Vermutlich siegte ein Einsehen, daß Drogen sich mit Leistungen im Sport nicht vertrügen. Ein Rückfall heute?

Adalbert verscheuchte den Gedanken, seine Aufmerksamkeit wurde von dem Mädchen beansprucht, das Wolfgang hereinführte. Eine Zwergin fast, zierlich gebaut, darüber täuschte der dicke lederne Overall nicht hinweg, mit großen hellen Augen und noch größer wirkenden rosa Nüstern. Dieses Wesen schien fürs Schnuppern geboren zu sein. Zum Lederzeug trug es ein blank geputztes Wehrmachtskoppel, nicht zu glauben, Gott mit uns stand um den alten Reichsadler. Das gelockte Blondhaar war an beiden Seiten noch ein Stück grünlich eingefärbt.

Das ist Lollo, sagte Wolfgang. Sie darf sich wohl vor unserer Arbeit etwas stärken.

Vor oder nach? fragte sich Adalbert. Er erhob sich und streckte dem Mädchen die Hand entgegen. Vergeblich. Lollo sagte nur Hallo, wedelte mit den Fingerspitzen in der Luft und ließ sich nieder. Die vielen Sachen vor sich fand sie unheimlich gut. Aus deutschen Landen frisch auf den Tisch, rief sie und griff zunächst nach dem Wabenhonig. Mackeprang reichte ihr ein Ei nach. Es tat Adalbert weh, wie sie es mit dem Messer köpfte. Lollo tafelte, als hätte sie seit Tagen keine Mahlzeit mehr gesehen. Das hinderte sie nicht, mit vollem Mund nahezu pausenlos vor sich hinzureden, sie beantwortete gewissermaßen Fragen, die früher oder später vielleicht an sie gerichtet würden.

Keine Angst, ich habe keinen Bock auf militant und so. Wolfgang ist eine Wolke, tierisch, er begreift, wo es wirklich langgeht. Schauspielern, toll, daran kann man sich hochziehen, weil es nicht jeder macht. Ich habe die Schule geschmissen, den Kram einfach nicht durchgetickt und so. Sie, Lollo sah Adalbert anerkennend an, Sie fragen bestimmt nicht jeden Tag, was hast du heute gemacht? Wie meine Leute. Mit denen hatte ich tierischen Zoff, das hat mich genervt und so. Keine Liebe, mein Vater hat nicht mal das gebracht, und Mutter ließ sich hängen. Lauter verkrüppelte Typen zu Hause. Hier, um Wolfgang herum, ist alles so tierisch heile, da gibts überhaupt kein Problem. Er hat Erfolgserlebnisse und schon ist alles okay. In seinem Alfa Romeo sitzt man genau auf dem richtigen Hobel, ein verdammt rasches Sofa, und wie dieser Schemel in der Kurve liegt! Da schnallste glattweg ab.

Lollo hatte sich die Marmelade so dick aufgekleckst, daß sie ihr über die Finger lief. Wozu besaß sie eine Zunge? Adalbert sah fassungslos zu, wie sie sich die Pfötchen katzengleich putzte. Während dieser Beschäftigung fiel ihr Blick ins Wohnzimmer auf die Bücherwände. Nicht ohne Bewunderung.

Bei mir ist Sense. Ich bin kein Leseprofi und so. Früher habe ich da so locker reingeguckt und bin unheimlich drauf abgefahren. Man will selber mal auf was kommen, nicht immer nur nachlabern und so. Dies und das habe ich geschnallt, paar Aha-Erlebnisse, dann fiel die Klappe. Die meisten Bücher wollen uns verschaukeln, du bist für die Schreiber son tierischer Exot, das hälst du nicht mehr aus, so viel Scheiß reden die.

Lollo zog die Zeitung zu sich hin. Genau wie diese Typen von der FAZ. Bei denen hast du nichts, was mit Begreifen zu tun hat, einen Murks bauen die. Wenn schon, tu ich mir eher die Taz, die mit T, rein. Die hat manchmal schwer was drauf, tierisch kreativ, eine satte Leistung. Aber dann klinke ich wieder aus und so. Wenn ich zuviel Frust abkriege, bin ich zugeknallt. Mich hat mal einer angemacht, der stand auf Bücher und so. Ich hab gedacht, ich bin klapsenreif, immer nur lesen. Und ewig auf Achse, immer die Angst, du hast bei Kontrolle die falschen Bücher im Auto. Der Arsch hatte mit Raubdruckern zu tun. Eduard Zimmermann auf allen Kanälen, tierisch, hinter jedem Baum ein Dregger. Ich bin doch nicht bescheuert. Damit hatte sich die Kiste, seit der Zeit ist finito. Der Typ wollte bei mir nur seinen Vorsprung herausfahren und den großen Bruder aus dem Fenster hängen und so. Ich wollt mir doch keinen abblödeln, er brachte mir einfach zu wenig Gewicht auf die Matte.

Wolfgang rutschte auf dem Stuhl hin und her. Wie lange würde der Vater diesen ungebremsten Redefluß hinnehmen? War das überhaupt sein Vater, der da mit undeutbarem Gesicht und scheinbarer Engelsgeduld dem kleinen Biest zuhörte. Wenn Wolfgang nur einen einzigen von Lollos krausen Sätzen gesagt hätte, wäre ihm der Vater gleich über den Schnabel gefahren: Wolfgang, die Straße hört an unserer Haustür auf.

Nachdem das Mädchen von allem Aufschnitt gekostet hatte, stürzte es sich auf das, was die Probe bestanden hatte. Mackeprang reichte in einem Silberkorb Toast und Pumpernickel nach, Brötchen gab es nicht mehr.

Wo ich jetzt bin, da haben wir keine Einzelzimmer, wir leben Kommune. Allzu lange pack ich es nicht mehr, ich soll reinemachen und andere liegen drin rum. Das ist son Konflikt für mich, tierisch, die Schosen müssen längst mal auf den Tisch. Das kann mich ganz schön kaputtmachen und so, mir tut nämlich weh, was andern nur leid tut. Das ist echt son Punkt. Früher wußte ich, was gerade lief. Jetzt bin ich ein Versager, tierisch.

Lollo kehrte noch einmal zu den Corn-flakes zurück. He, Wolfgang, Milch von glücklichen Kühen! Ist gebongt. Hab ich eine Macke? Sag doch was, Typ! Hat das bißchen Heu dir die Stimme geklaut?

Nun war es heraus, Adalbert wußte jetzt sicher, die beiden hatten gehascht. Wir sprechen uns heute Abend, sagte er im Hinausgehen und ließ sich von Mackeprang in den Mantel helfen. Auf Lollo verschwendete er kein Auge mehr, viel weniger ein Wort.

Während der Fahrt ins Werk geriet der Fahrer in Verlegenheit. Was halten sie von Wolfgangs Geschmack? Adalbert sah Herrn Mackeprang fragend von der Seite an.

Ja, Herr Direktor, die jungen Leute gehen durch allerhand hindurch, ehe sie einen festen Punkt finden. Für Herrn Wolfgang bin ich nicht bange, diese junge Dame ist nicht seine letzte Wahl. Ihr Herr Sohn wird sich noch mausern, bestimmt.

Zwischen den Zurückgebliebenen gab es Krach. Bist du verrückt, vor meinem Vater eine derartige Schau abzuziehen, was geht ihn unser Gras an? Ich bekomme nur Ärger von deinen Redereien, lauter Bla-bla.

Lollo hatte nach dem Fortgang des Hausherrn die letzte Scheu fallen lassen, mit dem Eierlöffel schleckte sie eine halbe Schale voll Himbeermus leer. Euer Brot kann von mir aus verschimmeln. Mach doch aus dem affigen Joint kein Krokodil und so. Ja, wenn wir hard stuff gefixt hätten . . . Ich sehe schon, unterm Strich komme ich solo besser klar als du mit deinem tierischen Alten und seinem Imponiergehabe im Hintergrund. Ist mir scheißegal, was der sich denkt. Einen rauchen, das macht jeder, alle wollen sich mal beölen und so. Hauptsache, man bringt sich wieder runter. Ich bringe das, ich hab noch nie einen Schuß gesetzt, nur gekifft, das weißt du genau. Ein bißchen angetörnt sein und so, das reicht mir. Wenn ich das höre, Ärger durch mein Reden, sehr witzig, haha. Fehlt nur noch, daß du dir von deinem Alten vorhalten läßt, tierische Typen wie mich hätte es bei Hitler nicht gegeben oder son Rotz.

Lollo zog Wolfgangs Hand an sich und blickte auf dessen Armbanduhr. Großer Arsch, wir kommen zu spät. Du, ich kann es mir nicht leisten, die Knete sausen zu lassen. Der Service bei euch war first class, tierisch. Komm, alter Hut, ran an die Bretter!

Wolfgang drückte die Zigarette aus. Endlich haben wir Lollo satt gekriegt, dachte er. Zum Rauchen war sie nicht mehr gekommen. Die ersten beiden Stunden mußten sie ohnehin in den Schornstein schreiben, acht Uhr war verabredet. Lollo schob eine Zigarette zwischen die Lippen. Statt sie anzuzünden, ließ sie heimlich das goldene Tischfeuerzeug in ihrem Overall verschwinden, ein Geschenk der Prokuristen zu Adalberts zwanzigjährigem Jubiläum als Firmeninhaber.

Während der Fahrt wollte ihr Wolfgang Feuer reichen. Lollo kämpfte mit sich. Noch nie hatte sie gestohlen, wenn man von einem dummen Kamm absah. Als sie bei Essen auf Rädern war, hatte sie eine Rentnerin gefragt, ob sie mal aufs Klo dürfte. Dort lagen zwei Kämme und Lollo hatte ihren verloren. Was braucht die Alte beide, hatte sie sich eingeredet und war prompt geflogen. Per Telefon geht das fix. Klauen zahlt sich nicht aus, hatte sie zu einem ihrer wenigen Leitsterne gemacht, moralisch ließe sich manches für einen Besitzausgleich anbringen. Mußte bei Wolfgangs großkotzigem Vater sogar das Feuerzeug aus Gold sein? Sie selbst besaß kein einziges gutes Stück, mal ihren Lederanzug außer acht gelassen. Der hatte einen stolzen Preis gekostet. Noch wäre es zu tätiger Reue nicht zu spät, meinte sie. Wolfgang überraschen, sich einfach selbst mit dem Dings bedienen und ihm dann zuschieben, als ob nichts gewesen wäre.

Weil sie zögerte, war Wolfgang mit dem Anzünder schon vor ihrer Nase. Die goldene Kugel wurde heiß in der Tasche. Vorsichtig schob sie das Dingsbums unter den Sitz. Die Ampel sprang auf Rot, Wolfgang bremste hart, und das gleißende Etwas rutschte an ihrem Bein vorbei zum Gashebel hin. Wolfgang tat, als habe er nichts bemerkt. Vor sich hinpfeifend fuhr er bei Grün wieder an, hielt aber gleich hinter der Kreuzung an einer Insel. Er beugte sich zur Seite und entriegelte das Türschloß auf Lollos Seite. Dann zog er das Feuerzeug unter ihrem Stiefel hervor und steckte es ein. Rücke einen Stuhl weiter, du tierisches Miststück und laß dich nie wieder blicken!

Das durfte nicht wahr sein, Lollo ließ sich nicht aus dem Wagen schubsen. War ich bekloppt, als ich mich von dir Milchzahn aufreißen ließ? Du wirst noch ein bißchen Ärger kriegen, Darling, ich lasse es knallhart drauf ankommen und so. Immer will einer etwas von einem und nachher biste vergessen und so. Sie sah wütend zu Wolfgang hinüber, der auf die Kupplung trat und den Motor aufheulen ließ. Ich geh ja schon, sagte sie kleinlaut und stieg aus.

Er jagte der Baustelle zu und schaffte in sechs Stunden mehr als die anderen in acht. Lollo erschien nicht auf der Bildfläche. Ihr Verlust schmerzte Wolfgang nicht, schmerzlicher war eine Erfahrung, die er kurz vor der Mittagszeit machte. Er hatte sich für einige Minuten verkrümelt, um einen Scheck bei einer Zweigstelle der Sparkasse einzulösen. Nicht den vom Vater, das Prüfungsgeschenk lag noch in seinem Zimmer, sondern einen, den er beim Pokerspiel in Zahlung genommen hatte. Wolfgang mußte sich an der Kasse sagen lassen, nachdem der Computer der Hauptstelle befragt war, das Konto des feinen Mitspielers wäre längst gelöscht. Er verließ das Haus wie jemand, der soeben bei einem Banküberfall ertappt war.

Dem Abend sah er mit ungutem Gefühl entgegen. Er fürchtete nicht ohne Grund, der Vater würde mit ihm Lollos Auftritt vom Morgen durchnehmen, der Vater würde wieder die eigene Überlegenheit herausspielen. Du mußt doch selbst zugeben, mit solcher Sorte von Leuten darfst du dich nicht gemein machen. Die alte Leier. Das gerettete Feuerzeug stellte er auf den gewohnten Platz zurück, der Vater sollte nicht erfahren, warum er sich wirklich von Lollo getrennt hatte. Zuerst stattete er der Großmutter einen Besuch ab, er sollte sich noch die Belohnung für die bestandene Prüfung abholen.

Frau Marianne drückte ihm zwei Zwanzigmarkscheine in die Hand. Fünfzig hatte ich dir zugedacht, aber zehn schuldest du mir noch. So vergeßlich bin ich nicht, wie du geglaubt haben magst. Sieh dir diese Zeichnungen an. Sie lagen vor ihr nebeneinander ausgebreitet. Ich habe mit Dr. Erlenbach beratschlagt, wie wir unserem alten Lübeck wieder zu Ehren verhelfen. Die Entwürfe stammen von ihm. Es gibt auch andere. Du kennst meinen Kummer, lieber Junge, daß Lübeck seine staatliche Selbständigkeit verloren hat. Erst durch Hitler, der uns in Preußen aufgehen ließ, und dann durch die Engländer, die den Fehler nicht rückgängig machten, sondern uns endgültig Schleswig-Holstein einverleibten. Hier hast du das Landeswappen, links die schleswiger Löwen, rechts das holsteinische Nesselblatt. Was ihm fehlt, ist der lübsche Doppeladler. Ich wollte ihn in das leere Nesselblatt setzen, aber Dr. Erlenbach meint, das widerspräche den Gesetzen der Heraldik, der Adler gehörte als dritter Teil unterhalb der anderen Wappenfelder. Er hat es gezeichnet, hübsch, nicht wahr?

Wappenfragen waren das letzte, was Wolfgang bewegen konnte. Warum nehmt Ihr nicht ein Marzipanbrot? Adler gibt es überall, in Bonn, in Washington, Österreich und Polen haben sogar den Doppeladler.

Frau Marianne schellte mit der Handglocke. Ida kam herein. Sollte ihre Meinung zum Wappen ins Feld geführt werden?

Haben Sie das Polenpaket zur Post gebracht, war es gut verpackt? Im Fernsehen sieht man so traurige Bilder, wie unsere Spenden ausgelaufen auf den polnischen Postämtern ankommen. Dafür habe ich mich nicht angestrengt.

Ida versicherte, die Lebensmittel hätten nicht besser verpackt sein können. Waschpulver und Seife hätte sie innerhalb des Ganzen in einem Extrakarton verschlossen. Alles viel zu schade für die Pollacken. Uns haben sie das Land weggenommen und können nun selbst nicht satt davon werden. Polnische Wirtschaft ist das.

Möchten Sie nach Rügenwalde zurück? Ida schwieg trotzig. Na also! Merken Sie sich, es liegt nicht an den armen hungernden Menschen, denen wir helfen müssen, es liegt am falschen Wirtschaftsplan, auf den wir keinen Einfluß nehmen können. Danke, ich brauche Sie im Augenblick nicht mehr.

Ida war entlassen und Frau Marianne wandte sich wieder den Entwürfen zu. Die alte Reichsfreiheit ist dahin, Hamburg und Bremen sind besser davongekommen, aber wir können die Erinnerung an gute Zeiten hochhalten. Du bist doch in Bürgerinitiativen tätig. Hier lohnte sich ein Umzug vom Burgtor zum Holstentor mit hunderten von Plakaten, auf denen unser Doppeladler prangt. Die Vaterstädtische Vereinigung regt sich schon, an den Landtagspräsidenten, der ja Lübecker ist, habe ich bereits geschrieben. Es muß eine Volksbewegung werden.

Wolfgang kramte in seinem Gedächtnis nach dem, was er aus der Landesgeschichte behalten hatte. Ach Großmutter, du weckst schlafende Hunde. Wenn nun die Lauenburger kommen und ihren Platz im Wappen beanspruchen und dann die Dithmarscher, die einmal freie Bauernrepublik waren, und die Oldenburger, dann schrumpft das Plätzchen für deinen Lübeckadler zusammen, eine kümmerliche Klaue bliebe übrig. Keine hundert Leute bekommst du in der Stadt hinter deine Fahne, lauter Opas. Es gibt Wichtigeres.

Ich sehe, mit mir stirbt die letzte Patriotin, die Nachfolgenden sind nur noch für Essen und Trinken zu gewinnen, das Geistige versiecht. In mir ist es neu erweckt. Ich bin jetzt der Geographischen Gesellschaft beigetreten und habe ihrem Vorsitzenden, Herrn Dr. Schurig, einen Durchschlag meines Briefes an den Landtagspräsidenten geschickt. Hundert Jahre ist unsere Gesellschaft alt, du solltest einmal in die Festschrift hineinsehen. Wußtest du, daß Lenins Vorfahren Lübecker Bürgermeister waren? Hier steht es.

Die Großmutter übergab dem Enkel die Festschrift, in den Leninaufsatz hatte sie ein Lesezeichen gelegt. Wolfgang wies die Leihgabe zurück. Lenin ist mausetot. Was Breschnew betreibt, führt von den Zielen der Oktoberrevolution immer weiter fort. Ach Großmutter, es wird ringsum alles immer trostloser, die Herrschenden in Ost und West denken von früh bis spät nur an die Rüstung gegeneinander. Wo gibt es einen Lichtblick? Ich sehe keinen.

Für einen Augenblick war Frau Marianne von Wolfgangs Elend gerührt und wollte schon nach seinem Arm greifen. Dann aber richtete sie sich auf und blickte ihn fest an. Es steht eine Tür offen, mein Junge, du siehst sie nur nicht, willst sie nicht sehen. Durch sie mußt du hindurchgehen auf Jesum zu. Bei ihm ist das Licht.

Wolfgang hatte es plötzlich eilig. Vater wartet mit dem Essen auf mich. In einer Anwandlung von Zärtlichkeit küßte er die alte Dame auf die Stirn und verschwand aus dem Zimmer. Den Vater traf er so stumm an wie am Morgen, kaum daß Adalbert vom Teller aufblickte. Nur für Herrn Mackeprang hatte er ein umgängliches Wort. Der Porsche von Frau Storz bekommt eine neue Kupplung. Würden Sie so freundlich sein und Frau Storz am Sonnabend Mittag aus Wandsbek abholen und am Sonntag zurückbringen? Die Verkürzung Ihres Wochenendes machen wir ein ander Mal gut.

Mackeprang war bereit. Wolfgang faßte den Vater am schwächsten Punkt. Wollen wir Sonntag zu dritt spielen, Ihr beide gegen mich? Gisela hat im Tischtennis mächtige Fortschritte gemacht. Vor drei Wochen hat sie dich mehrfach geschlagen.

Wir wollen doch festhalten, zu Frau Storz sage allein ich Gisela und im übrigen verbitte ich mir solche Mitbringsel zum Frühstück wie heute Morgen. Ich kann Leute, die sich vor ihren Mitmenschen derartig entleeren, auf den Tod nicht ausstehen. Ich habe es nicht für möglich gehalten, daß es solche Typen, so sagte sie wohl dauernd, überhaupt gibt. Und das an der Hand meines Sohnes. Einmal von der Lebensweise dieses Mädchens abgesehen, wenn ihre Sprache der Ausdruck von Morgen werden sollte, gehe ich in ein Trappistenkloster.

Ich habe mich von Lollo getrennt, Vater, im Bösen. Ich sehe ein, sie war eine Zumutung für dich, sie ist es auch für mich geworden. Ich will ein anderes Leben anfangen, ich habe begriffen, so geht es nicht weiter. Heute erhielt ich den letzten auf den Kopf, ich erzähle es dir ganz offen. Leider ließ ich mich noch einmal zum Poker verführen und bin übel dabei hereingefallen. Ich verspreche dir, ich rühre keine Karten mehr an.

Hohe Schulden? Adalbert sah besorgt zu seinem Sohn hinüber.

Alles bezahlt, was mich betrifft. Im Anfang hatte ich nur Gurken, das sind Karten, mit denen nichts zu machen ist. Vierhundert Mark mußte ich herausrücken, zum Glück hatte ich sie bei mir und wollte dann passen. Da kam ein feiner Pinkel an den Tisch, ein ziemlicher Neuling, das wußte ich von Lollo, die ihn kennt, und von dem hoffte ich mein Geld zurückzuholen. Es klappte großartig. Zum Schluß hatte ich noch einen Royal Flush, zwar nur in Kreuz, er aber hatte sich auf sein Full House verlassen, drei Asse mit einem Paar und das in Pik. Der Topf war mein. Zweitausend Mark! Der Mensch zahlte mit einem Scheck. Wer trägt schon die Tausender mit sich in der Tasche herum. Leider taugt der Scheck nichts, das zugehörige Konto ist längst aufgelöst.

Adalbert schüttelte den Kopf. Wieviel Lehrgeld willst du für deine Torheiten noch zahlen? Ein Faß ohne Boden. Einzuklagen gibt es da nichts. Poker um Geld ist verboten. Rückst du dem Kerl auf den Leib, läßt er dich zusammenschlagen. So entledigt man sich in diesen Kreisen seiner Schulden. Es gibt nur ein Heilmittel, kein Blatt mehr in die Hand zu nehmen.

Wolfgang versprach es.

IX

Flora

Am Freitag Mittag rief Adalbert bei den Hamburger Wirkwaren an. Gisela, könnte ich dich schon heute Abend abholen lassen?

Bitte! Hast du besondere Gründe?

Eigentlich nicht. Wolfgang hat mir feierlich versprochen sich zu ändern. Diesmal scheint Überzeugung dahinterzustecken. Das gibt mir solchen Auftrieb, daß ich dich je eher je besser in der Nähe haben möchte. Soll Mackeprang dich in der Firma abholen?

So brennt es wohl nicht. Sagen wir, um 19 Uhr kann er in Wandsbek sein. Gisela zeichnete den Umsatzbericht des letzten Monats ab und klappte die Mappe zu. Niemals wäre sie, ohne sich zu Hause entsprechend vorzubereiten, ins Wochenende gefahren. Sich für Adalbert schön zu machen, brauchte seine Zeit.

Lohnte ihr Bereitsein für ihn, liebte sie ihn wirklich so ausdauernd? Wenn sie sich tiefer erforschte, blieb eine letzte Schranke zwischen ihnen. Von Heirat war keine Rede aufgekommen. Adalbert wollte offenbar nicht den Alltag mit ihr teilen, er sah in ihr den Festschmuck. Wie ein Kunstwerk pflegte er sie zu betrachten und zu behandeln, fand immer neue Worte der Bewunderung für ihr Aussehen, für ihr Gesicht und für ihren Körper. Dieses mit Worten gestreichelt zu werden, bei dem es übrigens nicht blieb, zog sie in die Jürgen-Wullenwever-Straße, es schmeichelte ihr nicht nur, es wurde ihr zum Bedürfnis.

Adalbert wiederholte sich nicht in seinen Ausdrücken des Entzückens, jedesmal entdeckte er neue Reize an ihr, rückte etwas an Gisela zurecht, als ob er sie malen wollte. Über den Diwan, ihre Spielwiese, lagen Tücher in wechselnden Farben gebreitet, auch die Beleuchtung war wie der Regenbogen abgestuft. Zwei Standspiegel auf Rollen ließen sich im Zimmer beliebig versetzen. Wenn niemand Ida überraschen konnte, warf sie von Zeit zu Zeit einen Blick in diese Rüstkammer der Liebe, um sich ihr Ereifern über den Hausherrn zu bestätigen. Hier also ging der Durchtriebene seinen Ausschweifungen nach. Frau Marianne verriet Ida von ihren Ausflügen kein Wort, bei sich selbst nannte sie Gisela eine Hexe, was zur eigenen Ungläubigkeit schlecht paßte.

Die Hexe hatte die Wochenarbeit geschafft, sie brauchte den Inhaber nicht um Stundenerlaß zu fragen, wie selbstverständlich verabschiedete sie sich von ihm bis Montag. Sie fuhr an die Alster, um sich einen Hut auszusuchen. Gisela bevorzugte große, breitkrempige Muster, meist ohne Beiwerk, kühn mußte die Form wirken. Heute fand sie nichts, was sie verlockt hätte. Das drückte etwas auf die Stimmung.

Wie würde diesmal der Brauch abgewandelt werden? Zwei Abende hintereinander hatte es außerhalb des Urlaubs bisher nicht gegeben. Immer, wenn sie sich liebten, blieb Adalbert nachher mit dem Kopf an ihrer Schulter liegen, den Blick zur Decke gerichtet, und sprach von dem, was ihn bewegte, eine Art Beichte, bei der sie nur zuhörte. Meist ging es um seine Sorgen Wolfgangs wegen, und heute endlich einmal gute Nachrichten? Wovon würde er morgen Nacht sprechen? Gisela konnte es sich nicht vorstellen.

Nur langsam kam sie auf der Fahrt nach Lübeck voran, Baustellen verursachten lästigen Stau. Sie sprach mit Makkeprang über das Auswechseln der Kupplung im Porsche. Wenn Sie mich fragen, sagte Herr Mackeprang, Ihr Fahrstil ist gut, nur bekommen Sie den Fuß nicht vom Kupplungspedal herunter. Schleifen hält die stärkste Kupplung auf die Dauer nicht aus. Man muß lernen, mit dem Motor zu bremsen, die sinkende Drehzahl schafft es leichter. Mackeprang wechselte mit ihr den Sitz und machte es vor. Gisela hatte etwas hinzugelernt.

An der offenen Wagenhalle warteten bereits Adalbert

und Frau Else. Mackeprangs fuhren sofort in ihrem kleinen Fiat Panda weiter, Ratzeburg entgegen. Frau Else hatte eine kalte Platte angerichtet, der Tee dampfte auf dem Stövchen. Wolfgang war nach Kiel zu einem Tischtennisturnier in der Ostseehalle unterwegs, in den Endkämpfen paarten sich Tschechoslowaken und Chinesen, letztere von unschlagbarer Überlegenheit.

Die Abendmahlzeit stand unter keinem guten Stern. Gisela hatte mit der Haarwäsche eine neue Tönung verbunden und über dem Ohr eine Locke eingelegt. Dieser Selbstversuch verletzte Adalberts Empfinden. Er liebte an ihr den ungewellten Kupferglanz, den neuen Ton fand er stumpf, die Locke entstellend. Er zwang sich, nicht hinzusehen, sonst müßte er sich äußern. Zudem hatte er bei seinem vorschnellen Anruf vergessen, daß der Freitag Abend der Mutter gehörte, er käme nicht daran vorbei, sich für kurze Zeit von Gisela zu beurlauben. Und schließlich hatte Frau Else den Käse offenbar schon am Vormittag geschnitten, die Scheiben wölbten sich und zeigten kleine Wasserperlen.

Die Abendnachrichten mehrten den Verdruß. Wozu hatte man den Haushalt verabschiedet, wenn jetzt plötzlich neue Steuern ins Gespräch kamen? Jeder schlug andere Maßnahmen vor, um die Arbeitsplätze zu erhalten. Verkürzung der Arbeitszeit, Ergänzungsabgabe, Erhöhung der Mehrwertsteuer, Erdgasverteuerung. Keine durchgreifende Senkung des Zinssatzes in Sicht, neue Anreize, Geld anzulegen, blieben im Nebel. Wie sollen wir Kaufleute, Adalbert bezog Gisela in seinen Stand ein, über unseren Einsatz befinden, solange sich alle politischen Entscheidungen in unerträglicher Schwebe halten?

Gisela wußte erstaunlich Bescheid, sie hätte eine gute Teilhaberin abgegeben. Schlüter näherte sich der Altersgrenze, wurde immer kleinlicher in seinen Ansichten, seine Vorschläge überhörte man besser. Gisela als Nachfolgerin? Adalbert verwarf den Gedanken sofort. Sie saßen auf der Veranda, die den Blick zur Wakenitz freigab. Der Vollmond ging auf, keine Lampe brannte. Adalbert legte

Bachs Brandenburgisches Konzert auf. Ich muß eine Weile zu Mutter hinauf, sie würde es mir nie verzeihen, wenn ich sie am Freitag versetzte. Ich beeile mich.

Frau Marianne hatte den Sohn schon mit Ungeduld erwartet. Ida sollte ihn über Mackeprang an seine Pflicht erinnern, aber Mackeprangs waren ausgeflogen. Adalbert aufzusuchen, weigerte sich Ida hartnäckig. Frau Spangenschild könnte ihr kündigen, Ida täte es nicht. Sie hatte bereits eine Portweinkaraffe mit zwei Gläsern hingesetzt, auch Gebäck stand da.

Endlich, empfing ihn die Mutter. Ich habe eine Neuigkeit für dich. Die Gemeindeschwester hat mich heute besucht und mir erstaunliche Dinge erzählt. Denke dir, seit Monaten betreut unser Wolfgang drei gebrechliche alte Frauen aus der Engelsgrube. Zweimal die Woche kauft er für sie ein und jeden Donnerstagnachmittag fährt er sie, man sollte es nicht für möglich halten, zur Bibelstunde, an der er natürlich nicht teilnimmt. Aber pünktlich holt er sie wieder ab. Das alles unentgeltlich und ohne Aufheben, ist es nicht wunderbar? In Wölfchen schlägt mein mildtätiges Herz wieder durch, du bist dein Leben lang zu solcher Gutmütigkeit nicht fähig gewesen.

Den gegen ihn gerichteten Vorwurf überhörte Adalbert. Kenne sich einer in dieser Jugend aus. Nach außen wirkt sie so eigensüchtig und im Kern ist sie hilfsbereit wie wenige vor ihr. Eine gute Nachricht, Mutter, vielen Dank! Ich habe Besuch bekommen, gibt es noch etwas?

Frau Marianne sah den Sohn scheinbar entgeistert an, dabei hatte Ida die Ankunft der Hexe brühwarm gemeldet. Kommt deine Freundin jetzt schon freitags, warum zieht sie nicht ganz herüber? Ich sehe, ich bin Luft für dich, wenn sie sich im Hause aufhält. Aber so schnell kommst du nicht davon, sie kann warten. Es geht um den Kaak. Weißt du, wovon ich rede?

Von dem Pavillon auf dem Markt, den die Bürgerschaft Anfang der 50er Jahre abreißen ließ. Die Steine sollen noch auf dem Bauhof liegen. Warum, ist nicht einzusehen. Der Kaak war keine Zierde des Platzes.

Zierde! Darauf kommt es nicht an. Mit dem Kaak ist ein Stück guten alten Lübecks dahingegangen. Der Kaak war ein Baudenkmal reichsfreier Rechtsprechung, hier stand im Mittelalter die Gerichtslaube und der Pranger, später leider zur Butterbude mißbraucht. Als ich junge Frau war, nutzte die Hamburg-Amerika-Linie den Bau als Schalter. Was die unselige Bombennacht nicht vermochte, hat eine törichte Bürgerschaft zuwege gebracht, eine Erinnerung an unsere Reichsfreiheit zu löschen. Der Kaak muß wieder her und zwar in alter Gestalt mit dem Schandglöckchen im Turm. Warum gehörst du dem Senat nicht an? Mein Mann hatte keine Zeit für Ehrenämter, er hat aus dem Nichts das Werk aufgebaut. Jetzt läuft es wie von selbst. Wärst du im Senat oder wenigstens in der Bürgerschaft, könntest du die Sache in Gang bringen.

Ich teile deinen Ehrgeiz nicht, Mutter. Im übrigen unterschätzst du meine Anstrengungen, das Werk heil durch die schlechten Zeiten zu leiten. Woher soll das Geld genommen werden, um deine Kaakelei zu verwirklichen? Ich entdecke keine Möglichkeit.

Der Erlös eines einzigen Altstadtfestes würde hinreichen, meint Dr. Erlenbach. Aber ich sehe, deine Gedanken sind bei dieser Frau Storz unten, nach Höherem steht dir nicht der Sinn. Traurig. Wenn du nicht einen Schluck mit mir zusammen trinken willst, schenke wenigstens mein Glas ein.

Adalbert tat wie geheißen und wollte der Mutter eine gute Nacht wünschen.

Noch etwas, sagte Frau Marianne. Was ist in unsere Staatsanwaltschaft gefahren? Ich fand es empörend genug, daß man die Frau Bachmeier noch immer in Untersuchungshaft festhält. Sie bestreitet ja nicht, den Mörder ihrer kleinen Tochter erschossen zu haben, es geschah vor aller Augen im Gerichtssaal. Was gab es da überhaupt ein liebes langes Jahr zu untersuchen? Und jetzt Anklage wegen Mordes, heimtückische Tötung eines Arglosen? Ich fühle mit dieser Mutter, wäre wohl auch fähig gewesen, jenem Schlachter das Lebenslicht auszublasen.

Jeder fühlt mit ihr, sagte der Sohn. Wohin gelangten wir jedoch, wenn man Blutrache ungestraft ließe. Komm mir bitte nicht mit dem gesunden Volksempfinden, in seinem Namen ist genug Unheil angerichtet worden.

Er wandte sich zum Gehen und fand Gisela unten in der Küche. Sie hatte die Bachplatte nicht umgedreht, sondern war dabei, den Abendbrottisch abzutragen. Adalbert half ihr. Samstags pflegte die Spielfolge wie am Schnürchen abzulaufen. Ankunft Giselas, Tischtennis, Schwimmen, Kaffee, Spazierweg, Abendmahlzeit, Musik oder Vorlesen und dann das Fest. Im Freitag steckte der Wurm. Beide spürten es. Gisela hatte sichtlich das Konzert zurückgewiesen, Adalbert fand heute nichts Rechtes, was er vorlesen könnte. Früh gingen sie schlafen.

Gisela bemerkte bald, daß Adalbert nicht geneigt war. Ihm fehlte die Andacht, die sonst sein Tun begleitete. Lag es am Vollmond? Adalbert hatte ihr erzählt, daß er einmal als Kind nachts von der Mutter zurückgehalten werden mußte, um nicht im Dunkeln mit dem Schulranzel über dem Nachthemdchen das Haus zu verlassen. Aufs Dach war er zum Glück nicht gestiegen. Wie immer begleitete er den Kuß auf Giselas Blinddarmnarbe mit zärtlichem Schenkelkosen, aber keine Worte, nach denen sie hungerte, wollten sich einstellen. Enttäuscht knipste sie die Lichter aus, gab ihm einen Kuß und drehte sich auf die Seite zum Einschlafen. Morgen, Bert, bin ich auch noch da.

Adalbert lauschte auf ihren Atem, der bald in ein kaum vernehmbares Pfeifen überging. Sie durfte schlafen, sie war nichts schuldig geblieben. War er zum Knecht seines Wochenablaufs geworden? Bei Ruth hatte er niemals versagt. Ich bin doch kein alter Mann, dachte er. Sollte er Dr. Erlenbach ins Vertrauen ziehen? Der Freund schien mit seinen sechzig Jahren noch recht munter zu sein.

Adalbert grübelte, das ganze Leben zog an ihm vorbei. Ungeordnet. Die Zukunft besaß nichts, was aufregen könnte. Nur Wolfgangs Aussichten, in einem Beruf voranzukommen, blieben Gegenstand der Sorge. Adalberts Gedanken wechselten immer schneller den Schauplatz, er war hellwach, an Einschlafen nicht zu denken. Tabletten verabscheute er. So stand er leise auf, zog sich den Morgenrock über, goß sich im Wohnzimmer einen gehörigen Rum ein und entzündete die Pfeife. Er nahm das Buch zur Hand, mit dem er noch nie fertig geworden war, den Ulysses von James Joyce. Selbst in Wollschlägers neuer Übersetzung ließ sich der Stoff von Adalbert nicht bezwingen, er kämpfte gegen die Seiten an und ermüdete. Das dritte Glas Rum tat ein übriges.

Der Dunst, der ihn umgab, und die schweren Beine, nicht mehr recht geschickt, verboten ihm, zu Gisela zurückzukehren. Er stellte Flasche und Glas auf die Anrichte des Eßzimmers, verschloß die Flügeltür zum Wohnzimmer, die tagsüber offenstand, und legte sich auf das Sofa nieder, der Bücherwand gegenüber. Die große Pumadecke, unter der er seinen kurzen Mittagsschlaf zu halten pflegte, bot hinreichend Wärme. Bald nach Mitternacht schlief er ein.

Es ließ sich später schwer ins Gedächtnis zurückrufen, wodurch er geweckt wurde. War es ein Schlag, war es ein Fall gewesen? Er verspürte Kopfschmerzen, zugestoßen war ihm nichts, der Rum stach etwas im Schädel. Er machte Licht an und hörte nebenan ein Zischen. Dann ein Geflüchte aus der Veranda hinaus, vorm Tor ein laufender Motor. Adalbert sprang zum Fenster. Zwei Gestalten wie Pat und Patachon, mit einem Sack zwischen sich, tauchten in den Wagen, der sofort davonstob. Ohne Beleuchtung.

Der Anblick des Eßzimmers machte deutlich, was geschehen war. Die Vitrine mit dem Tafelsilber leergeplündert, mehrere Orientbrücken zusammengerollt, bereit, hinausgeschafft zu werden. Nur der mürbe Bokhara war annähernd an seinem Platz geblieben, ein Lampenfuß hatte sich offenbar im Gewebe verfangen, die stürzende Lampe mochte es gewesen sein, die Adalbert aufgeweckt hatte.

Der Griff zum Fernsprecher erwies sich als vergeblich, die Schnur war zerschnitten. Ohne Rücksicht auf Gisela sprach Adalbert vom Schlafzimmer aus mit der Polizei. So gedämpft wie möglich, Gisela drehte sich um, ohne zu erwachen. Der Beamte empfahl, nichts zu verändern, man käme gleich.

Wie gut, daß er im Wohnzimmer genächtigt hatte, die alten Einbände seiner Erstausgaben hätten die Diebe zum Mitnehmen verführen können. So etwas läßt sich teuer verkaufen und nur mühsam wieder zusammentragen. Mit dem Silber kämen sie nicht weit, fast jedem Stück waren die sieben Türme Lübecks eingeprägt, eine Sonderanfertigung zur Siebenhundertjahrfeier der Stadt, Frau Marianne zur Geburt Adalberts von Kurt Spangenschild geschenkt. Auf dem Tisch fehlte das goldene Feuerzeug und, Adalbert mußte lachen, auch die angebrochene Rumflasche hatten sie mitgenommen.

Ein Wagen fuhr zur Halle. Die Polizei konnte es noch nicht sein. Kehrten die Einbrecher zurück? Adalbert war nicht gesonnen, seinen Besitz mit dem Leben zu verteidigen, alles ist irgendwie ersetzbar, das Leben uns nur einmal gegeben. Unterversichert war er nicht. Er löschte das Licht. Die Haustür wurde aufgeschlossen, Wolfgang trat in das eben noch helle Zimmer, sein Umriß zeichnete sich von der Dielenlampe her ab.

Erschrick nicht, ich bin es, rief ihm der Vater zu. Du kannst wieder anmachen. Bei uns ist eingebrochen worden, nichts anrühren! Die Polizei kommt gleich.

Anfangs geblendet besah Wolfgang den Schaden. Unser Backgammonspiel fehlt auch, der Lederkoffer mit den Elfenbeinsteinen, Großvaters Lieblingsspiel. Am Ölbild der Mutter entdeckte Wolfgang eine Delle, die Adalbert noch nicht bemerkt hatte. Unter Ruths Lippen zeigte sich eine schlimme Verschandelung. Adalbert heulte auf vor Wut. Am Boden vor dem Bild fand Wolfgang das Feuerzeug. Es hatte als Wurfgeschoß ausgedient. Knallhart, Lollos Drohung, lief Wolfgang durch den Kopf. Er legte seine Hand um den Arm des Vaters.

Adalbert hatte sich von Ruths entstelltem Gesicht abgewandt und gewann die Fassung zurück. Du könntest dem Wagen der Strolche begegnet sein, sie waren gerade erst fort.

Wolfgang erinnerte sich. Auf der Marlistraße kam mir ein großer Opel entgegen, sehr schnell. Sie schalteten Fernlicht ein, solche Frechheit, ich konnte nichts mehr erkennen. Wie sind sie denn hereingekommen?

Adalbert wurde der Antwort enthoben, die Beamten klingelten. Sie waren zu dritt. Ein Kriminalinspektor, ein Wachtmeister und ein Assistent vom Erkennungsdienst. Dieser begann sofort Aufnahmen zu machen und an der Vitrine und auf dem Feuerzeug Fingerabdrücke zu nehmen. Die Teppiche gaben nichts her. Der Inspektor ließ sich in die Veranda führen.

Sehr leichtsinnig, sagte er. Die kleine Scheibe neben dem Türschloß eingedrückt und mit leichtem Arm von innen aufgeschlossen. Den Schlüssel haben Sie den Tätern mitgeliefert. Der Assistent nahm auch vom Schloß Abdrücke. Die Scherben wurden in einen Plastikbeutel geschoben, der Platz vor der Veranda auf Fußspuren ausgeleuchtet. Der Kies ließ nicht viel erkennen, ein großer und ein kleiner Fuß? Möglich, aber nicht eindeutig.

Wachtmeister und Assistent fuhren ab, der Inspektor bestellte den Wagen für sich auf später, ein Glas Wein schlug er nicht aus. Noch einmal wurde der Tatablauf zurückverfolgt, und danach befragte er Vater und Sohn auf ihre Vermutungen hin. Adalbert wußte keine Erklärung, Wolfgang kam langsam mit Wichtigem heraus.

Du sprachst von Pat und Patachon, Vater, eine lange und eine kleine Gestalt. Im Wagen, der mir entgegenkam, konnte ich niemanden erkennen. Ich frage mich nur, warum sie das Feuerzeug nicht mitgenommen haben, sein Wert ist nicht zu übersehen. Er erzählte von seinem Streit mit Lollo.

Der Inspektor fand Wolfgangs Verdacht einleuchtend. Die kleine Lollo hatte den Langen angestiftet, um bei dieser Gelegenheit Rache an Wolfgang und seinem Hause zu nehmen. Wolfgangs Zimmer zu verwüsten, etwa sein Hi-Fi-Gerät kurz und klein zu schlagen, wäre zu auffällig gewesen, außerdem hätten sie auf der Treppe abgeschnitten werden können. Einbrecher pflegen nur sinnlos zu zerstören, wenn sie wütend werden, weil sie nichts zum Mitnehmen gefunden haben. Also war der Wurf gegen das Bild ein persönlicher Racheakt, der Koller, mich hat noch keiner gemalt. Am Feuerzeug hatte sich Lollo schon einmal die Finger verbrannt, deshalb überwand sie sich und ließ es zurück. Berufseinbrecher nehmen alles mit, was nach Gold aussieht. Wo wohnt das Mädchen, wie heißt sie mit Nachnamen, ist ihr Arbeitsplatz bekannt?

Da dem Inspektor mitgeteilt war, daß Lollo in Wolfgangs Zimmer übernachtet hatte und das nicht nur einmal, war es für diesen peinlich zu bekennen, er wisse kaum Näheres über sie. Ein eigenes Zimmer besitzt sie nicht. Zuletzt muß sie in einer Kommune untergeschlüpft sein, davon gibt es in Lübeck nicht viele. Gearbeitet hat sie nur aushilfsweise. Ihren Nachnamen kennt niemand, selbst in der Tarantel werden sie nicht wissen, wie sie heißt. Vielleicht wohnt sie jetzt bei dem Langen, mit dem sie heute hier aufgekreuzt ist.

Adalbert griff ein. Diese Lollo ist verhältnismäßig leicht einzukreisen. Höchstens ein Meter fünfzig groß, vormals grün eingefärbtes Haar, jetzt blond, nur noch über den Ohren getönt. Ihr Lieblingswort heißt tierisch, nach jedem dritten Satz sagt sie, völlig sinnlos: und so.

Wenn sie Lübeck nicht verlassen hat, schloß der Inspektor die Ermittlung ab, werden wir sie schnell ausfindig machen und den Kumpanen aus ihr herauskriegen, wird nicht schwerfallen. Das Mädchen ist allenfalls eine kleine Diebin, mit ihm aber könnten wir einen Einschlägigen fassen, am Ende sogar Ihr Silber festhalten, bevor es abgewandert ist, nach Kopenhagen oder über Göteborg nach Stockholm.

Nachdem der Inspektor abgeholt worden war, nahmen Vater und Sohn das Bild von der Wand, um den Schaden aus der Nähe zu besehen. Jedes andere zeitgenössische Bildnis wäre von dem Aufprall zerstört gewesen. Die Farben dieses Meisters hatten eine unvergleichliche Widerstandskraft gezeigt, einen länglichen Kratzer konnte man feststellen, mehr nicht. Auch die Festigkeit der Leinwand hatte sich bewährt, handelsübliche wäre vom Fuß des Feuerzeugs durchschlagen worden. Es blieb bei dem Ratscher, den ein Restaurator ausbessern müßte. Adalbert stellte Ruths Bild mit dem Gesicht zur Wand und ließ sich auf einen Stuhl fallen. Innerlich kochte er vor Zorn, aber er zwang sich zur Mäßigung, weil seine Mutter gestern so anerkennend von Wolfgang gesprochen hatte. Der Vorfall sollte dir für die Zukunft zu denken geben, mein Junge. Sei in deinem Umgang bitte etwas wählerischer.

Der Sohn nickte schuldbewußt. Er war mit der Aufklärung des Einbruchs noch nicht fertig. Umständlich entleerte er sämtliche Taschen seines Anzugs und fand endlich, was er suchte, den geplatzten Scheck, den er noch immer bei sich trug. Dieser feine Pinkel, gegen den ich im Poker gewonnen habe, war ein ziemlich langer Lulatsch. Immerhin kannte ihn Lollo, bevor er sich zu uns setzte. Versuchs mal mit ihm, sagte sie mir, und als er im Poker verloren hatte, wollte er mich zu Backgammon verleiten, natürlich mit hohem Einsatz. Großvaters Spiel stand bei uns nur herum, ich kenne kaum die Regeln und schlug es ihm ab. Auf dem Scheck hier haben wir seine Kontonummer, die Unterschrift ist zwar unleserlich, aber der Polizei muß die Sparkasse Auskunft geben, um wen es sich handelt.

Adalbert ließ sich den Mitspieler so genau wie möglich beschreiben. Dunkles Haar, Rechtsscheitel, Monjoubärtchen, braun kariertes Jackett zu schwarzer Hose, vielleicht ein Aushilfskellner. Schräg über dem rechten Handrücken eine lange Narbe, vermutlich von einem Messerstich. Adalbert ging noch einmal ins Schlafzimmer, um den Inspektor anzurufen. Diesmal hielt Giselas Schlaf nicht durch, erschreckt fuhr sie auf und wollte wissen, was vorginge. Adalbert legte einen Finger über seinen Mund.

Ihr Sohn sollte meine Laufbahn einschlagen, sagte der Beamte, er hat den Scharfblick, auf den es bei uns ankommt. Mit so genauen Angaben haben wir das Pärchen schnell am Bändsel, immer vorausgesetzt, die zwei haben Lübeck nicht verlassen. Einen Augenblick bitte, auf der anderen Leitung kommt eine Meldung.

Adalbert hielt die Sprechmuschel zu und klärte Gisela in kurzen Worten über das Geschehen auf. Ruths Bild schien ihn am meisten verwundet zu haben. Unser schwarzer Freitag, sagte Gisela. Wenn dein Gespräch beendet ist, kommst du zu mir und wirst mir alles der Reihe nach erzählen.

Der Inspektor meldete sich wieder. Gute Nachricht für Sie! Bei einer Routinekontrolle auf der B 404 ist kurz hinter Segeberg ein nach Lübeck gehöriger Opel Kapitän festgestellt worden, der am Nachmittag in Bad Schwartau als gestohlen gemeldet war. Die beiden Insassen, den anfänglichen Fahrer müssen sie unterwegs abgesetzt haben, sind Ihre Pat und Patachon. Er ist Vertreter eines Bestattungsinstituts, durch Führerschein ausgewiesen, sie verweigerte alle Angaben zur Person, trägt aber die fraglichen grünen Haare. Ihr Silber ist sichergestellt. Zufrieden?

Sehr, Herr Inspektor, meinen verbindlichen Dank. Ohne sich um Gisela zu kümmern, lief Adalbert ins Wohnzimmer zurück. Wolfgang sollte als erster die Neuigkeit hören. Dieser saß vorm Bild seiner Mutter, das er wieder gewendet hatte. Seine Freude blieb geteilt. Der Zufall ist uns zu Hilfe gekommen, Vater, Alkoholsündern wollte man auflauern und hat Lollo samt Großmutters Silberschatz geschnappt. Mutters Bild habe ich auf dem Gewissen. Wolfgang zerschnitzelte den Scheck und warf die Schnipsel in den Aschenbecher. Das Stück Papier hatte ausgedient.

Adalbert legte den Arm um die Schulter des Sohnes. Mache dir keine Gedanken mehr, diese Lollo hätte uns Schlimmeres einbrocken können. Nun aber zu Bett, ich bin hundemüde.

Anders Gisela. Mit wachen Sinnen erwartete sie den Freund. Sonst hatte er die kühlen Arme an ihr geliebt, Giselas Nestwärme war ihm ein neues Erlebnis. Siehst du, Bert, samstags bist du immer gut, wir brauchen nur auf unseren Tag zu warten.

Danach fehlte es nicht mehr an Gesprächsstoff. Adalbert schilderte nicht nur den Ablauf der Nacht, angefangen, wie er von der umgerissenen Lampe erwachte, er gab auch Lollos Auftritt beim Frühstück zum besten. Hier ist alles so tierisch heile, da gibts überhaupt kein Problem. Mich hat mal einer angemacht, der stand auf Bücher und so. Gisela hüpfte im Bett vor Lachen und kannte den sonst so ernst veranlagten Adalbert nicht wieder.

Bert, du mußt dir einen Hund anschaffen. Wir, wir haben in Wandsbek einen Teckel, der tut niemandem etwas. Wenn Mutter und ich verreisen, nimmt ihn meine Freundin, die Margot, in Pflege. Du brauchst einen richtig scharfen, der auf fremde Leute losgeht und sich nicht durch einen Wurstzipfel ablenken läßt. Sicher gibt es hier in Lübeck eine Hundehandlung. Laß uns heute einen aussuchen.

Adalbert stützte sich auf die Ellbogen und sah finster zu Gisela hinüber. Daraus wird nichts. Ich mag keine Hunde, sie stinken. Bald riecht die ganze Wohnung nach so einem Köter. Er will ausgeführt sein, muß gefüttert und sauber gehalten werden, wer soll das alles machen? Ich lasse eine Alarmanlage einbauen, direkt zur Polizei geschaltet. Sie erfüllt den gleichen Zweck. Einen Hund kann man mit einer Gaspistole betäuben, die elektrische Anlage wirkt immer.

Wirkt immer . . . An der Bank bei uns auf der Ecke ertönt alle naselang die Sirene, immer blinder Alarm. Schützt du die Haustür, kommen sie durchs Fenster, Gewitzte verstehen auch, eine Anlage lahmzulegen. Ja, wenn du im Hause einen Tresor oder einen echten Rembrandt hättest oder deine Erstausgaben in einem Schrank verschlossen hieltest, dann könntest du solch einen Einzelgegenstand mit Erfolg sichern. Für ein ganzes Haus bleibt der Hund der beste Wächter. Ich suche dir einen Prachtkerl aus und du wirst dich mit ihm anfreunden. Am Wochenende komme ich ihn baden, die übrige Versorgung übernehmen Mackeprangs gegen ein kleines Aufgeld.

Adalbert stöhnte. Wer war eigentlich Herr in diesem Hause? Würde er sich Gisela beugen, könnte er seine Rolle schnell ausgespielt haben. Zum Glück übermannte ihn bald der Schlaf.

Nach dem Frühstück, Gisela richtete Rührei mit Speck an, schlugen sie einen großen Bogen durchs Burgtor in die Breite Straße, wo Gisela noch einmal nach einem Hut Ausschau halten wollte. Am Koberg wies Adalbert sie auf das größte Lübecker Bürgerhaus hin, einstmals wahrscheinlich Kaiserliche Reichsvogtei, jetzt von der Handelskammer für Zwecke der Berufsausbildung erworben. Die Erforschung der Baugeschichte hat schon Überraschungen zu Tage gefördert, erklärte Adalbert. Man hat unter einer Putzdecke barocke Riesenjungfrauen entdeckt, zur Verschalung mißbraucht, ursprünglich wohl auf Trennwände gemalt. Die Symbolik dieser Rubensnachfolge gibt noch Rätsel auf. Schlüter hält mich auf dem Laufenden. Er kann es nicht abwarten, seine Kaufmannsweisheiten unter die jungen Leute zu bringen, sobald er bei mir aufhört.

Hast du dich schon nach einem Nachfolger umgesehen? Gisela war vor einer Auslage stehen geblieben und von einem Pelzhut mit Bersaglierifedern sofort mehr gefesselt als von Herrn Schlüter. Sie schwärmte so ausdauernd von dem Stück, daß ihre Frage unbeantwortet blieb. Das silbergraue Breitschwanzgeschöpf paßte so vortrefflich zu ihrem Mantel. Adalbert wollte es ihr schenken.

Sehr lieb von dir, aber dieses verwegene Ding möchte ich mir selbst leisten. Halt du dein Geld für den Hund beisammen. Sie ließ Adalbert auf der Straße stehen und eilte hinein. Sieghaft kehrte sie zurück, ihr seidenes Kopftuch hatte sie bereits mit der Neuerwerbung vertauscht. Adalbert war von der aufgestülpten Krempe und den moosgrünen und tintenblauen Federn, die sich um Giselas Haar herabschwangen, begeistert. Dir fehlt nur noch der Degen in der Hand, sagte er.

Vor dem Mühlentor zeigte er ihr den Platz, wo früher die Tollkiste, das Unsinnigenhaus gestanden hatte. Noch zu Anfang des vorigen Jahrhunderts gab es die Unsitte, diese Tollkiste den Fastnachtsumzügen zu öffnen. Die am

Fastelabend Umherziehenden waren natürlich schon halb betrunken und spielten den Geisteskranken üblen Schabernack, bis ein weiser Rat dem unmenschlichen Treiben ein Ende setzte. Um eine Heilung der sogenannten Unsinnigen hat sich als erster Erlenbachs Urgroßvater bemüht. Vorher sperrte man sie einfach nur ein, um den Mitbürgern ihren Anblick zu ersparen.

Auf dem Rückweg gingen sie über den Markt. An der Stelle, wo vormals der Kaak gestanden hatte, war der Hundefänger Göckel von einer Kinderschar umlagert. Er saß auf dem Pflaster, stopfte sich eine Pfeife und wurde heute von fünf Hunden, deren verschieden lange Leinen er sich um den Leib geschlungen hatte, hin und her gezerrt. Was er seinen Schutzbefohlenen, vom Pekinesen bis zur Deutschen Dogge an Schmeichelhaftem oder Bitterbösem aus zahnlosem Munde zurief, ließ die Zuhörer mit Vergnügen verweilen. Sein Wortschatz war unerschöpflich und reichte in singendem lübschen Ton vom Hochdeutschen, nach Bedarf plattdeutsch durchwirkt, über Dänisch und Italienisch zu einem kaum verständlichen Englisch. Auch das Latein der Zoologen war ihm vertraut.

Dieser Göckel war gar kein Hundefänger wie Schweijk, als den ihn die unbedarften Leute ansahen, er führte ein Doppelleben. Nachmittags saß er in seinem Kontor auf einem Hinterhof der Schwartauer Allee mit Blick auf eine schier endlose Reihe von Zwingern und studierte Zuchtbücher und Stammbäume. Noch nie hatten sich Nachbarn über Hundegebell beschweren müssen, Göckel besaß die Gabe des Zuredens, ein Wort von ihm genügte, um seiner Gefolgschaft friedfertige Gesinnung einzuflößen. Das zeigte er auch auf dem Markt. Ein Zuruf und die ganze Meute streckte sich nieder, das Zerren fand augenblicklich ein Ende.

In der Schwartauer Allee trug Göckel Maßanzüge und ein strahlendes Gebiß, ein Erfolgsmensch mit Fernsprecher und gedruckten Briefköpfen, die mehrere Bankkonten aufführten. Nur am Vormittag spielte er in Lumpen den Hundejäger, gleichsam um sich täglich vor Augen zu führen, wie weit er es auf seiner Lebenswanderschaft gebracht hätte. Frau Göckel, der die Fütterung und Reinhaltung der Tiere oblag, duldete die Narrheit dieses Doppelspiels, war es doch Göckel gewesen, der sie von der Liebesfron auf Sankt Pauli heimgeführt hatte, gerade an der Wende, als ihre Gäste Jüngeren den Vorzug zu geben begannen. Wenn allerdings im Theater, Göckels hatten die große Stammiete belegt, Besucher stutzten, weil sie im Herrn mit der Perle auf der Krawatte den Lumpenkerl hinterm Rathaus wiederzuerkennen glaubten, schämte sich Frau Göckel ein wenig.

Gisela war erstaunt über die Rasse der von Göckel mitgeführten Hunde. Keine Promenadenmischung, das waren, jedes in seiner Art, auserlesene Tiere. Sie bahnte sich durch die Kinder einen Weg zu dem Mann. Haben Sie noch mehr Auswahl?

Göckel lächelte zu ihrem abenteuerlichen Hut hinauf, griff in die Brusttasche und reichte ihr eine elfenbeinfarbene Büttenkarte. Für so schöne Damens hält Buttje Göckel schede Menge parat. Prego, follow me, Mylady!

Göckel sprang auf und ließ sich von der Hundekarawane fortziehen. Gisela winkte Adalbert herbei. Widerstrebend folgte er und achtete auf gehörigen Abstand, es sollte nicht so aussehen, als ob sie dem Rattenfänger hinterherliefen. Von Zeit zu Zeit wendete sich Göckel um, freundlich nickend, daß sie noch nicht ausgeschert waren.

Adalbert wäre danach zu Mute gewesen. Am Holstentor hätte er sich am liebsten versteckt. Der Major mit seiner hübschen Frau lief ihnen über den Weg. Auf Hundekauf, Herr Direktor? Der Bernhardiner des Prokuristen stammte aus Göckels Aufzucht.

Im Kontor angelangt, seine Meute hatte er der Frau überantwortet, bot Göckel Sessel an und entschuldigte sich für eine kurze Wartezeit. Adalbert warf Gisela ein anerkennendes Auge zu, Göckels Möbel hielten dem Vergleich mit Adalberts Arbeitszimmer im Werk durchaus stand. Die Wände waren mit Urkunden übersät, lauter

Preise auf zum Teil internationalen Ausstellungen. Wir sind beim Fachmann, sagte Gisela nicht ohne Stolz, daß sie es war, die diese Quelle aufgespürt hatte.

Nach Kurzem öffnete sich die Tür und ein verwandelter Herr Göckel trat ein. Rasiert, blendende Zähne vorweisend, trug er einen gebügelten langen grauen Kittel, unter dem freilich noch die ausgefranste Morgenhose hervorsah. Mit einem Griff entnahm er dem auf seinem Schreibtisch stehenden Karteikasten ein Bündel Blätter, offenbar Aufzeichnungen über seinen gegenwärtigen Warenbestand, wenn man denn in etwas so sprechend Lebendigem, wie es ein Hund darstellt, eine Ware erblicken darf.

Vær så venlig, sagte Göckel. Zu dritt stiegen sie in den Hof hinab, Adalbert hielt sich ziemlich weit ab von den Zwingern, während Gisela dem Getier nicht nahe genug kommen konnte. So waren auch alle Auskünfte Göckels an sie gerichtet, Adalberts Anteil am Geschäft erwies sich als zu bescheiden. Nachdem die Front abgeschritten war, kehrte Gisela zu einer Dobermannhündin zurück und erklärte: diese oder keine. Etwas Edleres habe ich noch nicht gesehen.

Indeed, Mylady, das mögen Sie wohl sagen, ich auch nicht. Und ich bin kein Dicketuer, Flora ist erste Klasse. Er blätterte in seinen Aufzeichnungen, machte einen Bogen um Gisela und trat zu Adalbert hin, um ihm aus der Ahnentafel vorzutragen. Floras Großeltern väterlicherseits, Alf von Hagenfreund und Dina von Klockenhof, haben einen gemeinsamen Vater, den Bundessieger Alex von Kleinwaldheim, der auf Ajax von Simbach und Carola von Südharz zurückgeht, den Hochadel unter den Dobermännern. Von der Mutter her steht es nicht schlechter. Er gab Adalbert Einblick.

Inzucht? Adalbert entsetzte sich.

Tscha, sagte Buttje Göckel, ohne ein Büschen von dem wird aus der Zucht nichts. Ist ja man eher Zwischenzucht. Woher sollten Alf und Dina wissen, daß Alex beiden Vater war. Hauptsache, der Züchter wußte und wollte es. Das Ergebnis, unsere Flora, spricht dafür.

Nun war es an der Zeit, den Star in Freiheit vorzuführen. Frau Göckel entriegelte die Zwingertür, und Flora tänzelte in ihrer ganzen Schönheit auf Adalbert zu und begann ihn zu beschnuppern. Der Hundefeind wich zurück, Buttje stellte sich dazwischen und rief: Platz!

Flora drehte sich und legte sich quer zu Giselas Füßen. Ohne Mucken ließ sie sich von ihr streicheln. Göckel lief um Adalbert herum und trug weiter sein Wissen vor. Floras Stamm geht auf den Grauschakal der Älteren Steinzeit zurück. Aus der Paarung mit dem Wolf entsteht im Neolithikum der canis familiaris decumanus, aus dem Friedrich Louis Dobermann, ein Steuereinnehmer aus Apolda, vor über hundert Jahren die deutsche Rasse des Dobermannpinschers gezüchtet hat. Ihm kam es auf Mut und Schärfe des Hundes an, er sollte mannfest sein und sich vor Stökken und Schießerei nicht ängstigen.

Hörst du? rief Gisela Adalbert zu.

Auf die Schönheit des Standards achtete man erst später, fuhr Buttje fort. Die schwarze Nase, das aufrechte Ohr, die angeborene, darauf kommt es an, Stummelrute und kurzes hartes Haar gehören zu den Merkmalen.

Geduldig ließ sich Flora von Göckel das Maul aufreißen. Gebißfehler drücken die Wertnote, überzeugen Sie sich, meine Herrschaften, Flora fehlt keiner der 42 Zähne, sie ist weder Vor- noch Hinterbeißer, wirklich ein prächtiges Scherengebiß, wie man es fordern muß.

Göckel ließ Flora bis zur Wand des Nachbargrundstükkes und zurück laufen. Kinder, ist das ein Gang! Elegant, wendig, elastisch. Kein Trippeln. Paßgang, er kommt vor, wäre ein schwerer Fehler. Bemerken Sie den sauberen Brand, keine weißen Abzeichen, nirgendwo Unterwolle. Formwert sehr gut, Note I A.

Adalbert nahm Gisela beiseite. Ich habe nichts gegen Flora, auch wenn ich ihren Namen albern finde. Da ließe sich ein anderer ausdenken. Muß es aber eine Hündin sein? Zweimal im Jahr sollen sie drei Wochen läufig sein, ein schrecklicher Gedanke, ein halbes Dutzend Welpen vor der Tür zu haben.

Dem Händler, der verschwiegen zurückgetreten war, entgingen Adalberts Bedenken nicht. Der Name ist im Zuchtbuch festgehalten, Flora von der Trave. Das Tier hat sich an ihn gewöhnt, man sollte nichts ändern. Vor unerwünschtem Nachwuchs schützt die Chlorophylltablette, macht den Hund völlig geruchlos, verstehen Sie, unser Fräulein hat zur fraglichen Zeit ihre Anziehungskraft eingebüßt. Ist ein Pfui angebracht, muß es dem Fehler auf dem Fuße folgen, sonst weiß der Hund nicht, wofür er gescholten wird und dreht durch. Sparen Sie nicht mit Brav, Flora ist für Lob sehr empfänglich. Ich zeige jetzt ihre Leistung als Schutzhund. Kein Bandit kann vor ihr ausbüchsen.

Frau Göckel streckte ihren Arm aus und Buttje rief: hopp! Bei nur kurzem Anlauf setzte Flora zu einem Hochsprung an, der sie zu einem flachen Bündel zusammenschrumpfen ließ, mühelos nahm sie die Höhe. Dann stülpte sich Frau Göckel einen gepolsterten Armschutz über und Buttje rief: faß! Flora stellte ihre Herrin in Angriffshaltung und verbellte sie. Als sich Frau Göckel zur Flucht zu wenden drohte, faßte Flora zu und verbiß sich in den Armschutz, kein Entrinnen möglich.

Gisela war gebannt, Adalbert hatte nur halbherzig hingesehen, er drängte fort von hier. Wieviel verlangen Sie, ging er den Händler an, um zum Ende zu gelangen.

Buttje wand sich. Eigentlich steht die Flora gar nicht zum Verkauf, Frau Göckel und ich können uns von dem Schuwel nicht recht trennen. Aus purem Stolz habe ich unsere Flora den Herrschaften vorgeführt, weil die Dame das Tier so gut leiden mochte. Pronto! Was meinst du, Frau Göckel, zwölfhundert?

Statt einer Antwort zog Frau Göckel das Taschentuch. Sie schneuzte sich umständlich. Ich denke, unsere Flora wird es bei der Dame bestens haben.

Adalberts Hoffnung wuchs, daß der Handel noch platzen würde. Tausend und keinen Pfennig mehr, sagte er. Können Sie sich verbürgen, daß die Hündin nicht belegt ist?

Und ob! Eine zweijährige Jungfrau, rein wie ein Backfisch und geimpft gegen Staupe und Tollwut. Den Düwel, Flora gehört Ihnen!

X

Liese

Brennend gern hätte Gisela auf der Stelle Flora mitgenommen, nachdem Adalbert den Scheck ausgefertigt hatte. Wir haben noch Zungenwurst im Kühlschrank und zur Nacht mache ich Flora aus alten Decken ein Lager im Tischtennisraum.

Adalbert blieb standhaft. Daraus wird nichts. Der Major soll erst alles besorgen, was wir brauchen, Hundehütte, Stroh, Kette, ein neues Halsband. Um das Futter mag Makkeprang sich kümmern. Ach Gisela, was hast du mir eingebrockt. Ich fürchte, der Hund wird mich jedes Mal, wenn ich heimkomme, anbellen. Tiere haben eine Witterung, ob man sie mag. Ich kann so schlecht Neigung heucheln.

Gisela hakte ihn unter. Laß mich nur machen. Du wirst dich an Flora gewöhnen, wie du dich an mich gewöhnt hast. Sei glücklich, daß künftig ein Edelfräulein unter deinem Dach wohnt.

Adalbert wollte von solchem Glück wenig wissen, der Tag verlief einsilbig. Am Sonntag spannte Gisela den Mercedes an, um den Freund auf andere Gedanken zu bringen. Ahrensburg und Friedrichstadt, Eutin und Meldorf hatten sie an ihren Wochenenden schon besucht, heute schlug Gisela das Gut Panker vor, an das Adalbert noch eine blasse Erinnerung aus der Kinderzeit bewahrte. Damals hatte er auf dem nahe gelegenen Bismarckturm mit den Eltern Kaffee getrunken, das heißt, für ihn gab es Schokolade und Bienenstich. Frau Marianne hatte in ihrer schwärmerischen Art versucht, dem Söhnchen Achtung vor dem Eisernen Kanzler einzubleuen, aber der kleine Adalbert hatte sich nur für die Spatzen erwärmen können, die um den Gartentisch herumhüpften und die er mit Kuchenkrümeln gefüttert hatte.

Sie fuhren über Oldenburg und Lütjenburg und hielten auf halbem Wege zwischen dem Selenter See und der Ostsee auf einem Rastplatz der Landstraße. Durch einen schmalen Forst wanderten sie zum Hessenstein hinauf. Sie waren allein. Bei Adalbert machten sich die ersten Anflüge von Kurzatmigkeit bemerkbar, der Raucher wäre lieber mit dem Wagen über den Fahrweg hinaufgelangt als sich auf dem ansteigenden Wanderpfad abzumühen. Gisela zog ihn an der Hand, von Zeit zu Zeit hielt sie ihn zum Verschnaufen zurück. Nun lasse ich mich schon bemuttern, dachte er.

Oben angekommen mußten sie sich durch Ziegelhaufen einen Weg bahnen. Die Woche über wurde an der Wiederherstellung des Aussichtsturmes gearbeitet. Der Hessenstein, vor hundertfünfzig Jahren als neugotisches Vieleck mit Stützpfeilern und Zinnenkranz errichtet, war im letzten Jahrzehnt verfallen, die Scheiben hatten die letzten Besucher zertrümmert. Das baufällige Werk mußte gesperrt werden.

Jetzt war die Fassade zu Teilen erneuert, in die Ausgucklöcher hatte man schon neue schmiedeeiserne Rosetten eingesetzt, deren frisches Weiß von weitem leuchtete. Obwohl ein Querbalken den Zugang verrammeln sollte, bestiegen sie den Turm, die alte steinerne Wendeltreppe erwies sich als trittfest.

Ein herrlicher Rundblick belohnte die geringe Anstrengung. Bei verdecktem Himmel konnten sie weit ins Land und auf die Ostsee hinaussehen, der halbe Kreis Plön lag vor ihnen hingebreitet. Ein großes Kornfeld mit jung aufgelaufenem Roggen dehnte sich unter ihnen aus, der Boden wellte sich hier zu weit auf- und abschwingenden Wogen. Wie mußte das Bild erst im Hochsommer wirken, wenn der Wind durchs Korn strich.

Der Rückweg verlief wie im Fluge, manches Stück tollten sie Hand in Hand bergab. Nach Überschreiten der Landstraße tauchten sie in die Allee ein, warfen einen kurzen Blick in die Hofkapelle zur Linken, um sich dann dem Schloß auf der rechten Seite zuzuwenden. So verwahrlost es die letzten Jahre auf dem Hessenstein ausgesehen haben mochte, hier war alles gepflegt. Das Klein-Versailles mit seinen Walmdächern bot sich zur Allee hin vor einem frisch gestutzten französischen Garten dar, den Springbrunnen und barocke Figuren zierten. Auf der anderen, der Auffahrtsseite, zog sich ein englischer Park in die Länge, mit einem Gartentempel und geweißten, anmutig geschwungenen Holzbrücken. Auch Schwäne fehlten dieser Oase friedfertiger Schönheit nicht.

Über Adalbert kam ein Glücksgefühl. Daß es so etwas noch gibt! Gern würde ich dir das Innere des Schlosses zeigen, aber es ist bewohnt. Hier sitzt der Prinz Moritz von Hessen, Anrede Königliche Hoheit, wenn man das alte Spiel noch mitspielt. Es gibt zwei weitere solcher herausgehobenen Hoheiten im Lande, den Herzog zu Mecklenburg auf Hemmelmark und den Erbherzog von Oldenburg mit Sitz in Güldenstein. Dieser hat dem Verwalter seiner Liegenschaften sogar den Titel eines Hofrats verliehen, du siehst, einiges hat sich über die Stürme der Zeit hinweg bewahrt.

Gisela behandelte Adalberts Ader für alte Formen mit Nachsicht. Der Weg führte sie an der Wagenremise vorbei, die vom zurückliegenden Kavaliershaus überragt wurde, zum klassizistischen Marstall hin. Gisela hätte nicht durch seine vergitterten Fenster zu spähen brauchen, die jungen Trakehner tummelten sich seitlich auf der Hofweide. Als sie in die Handtasche griff, sie hatte sich aus der Wullenweverstraße mit Zuckerstücken versorgt, kam die Koppel auf sie zugetrabt, die Rückwärtigen schlugen Galopp an. Auch Adalbert beteiligte sich an der Fütterung. Gegen Pferde und gar solchen Trakehnerzauber hatte er nichts einzuwenden. Sie sind wie unsere Geschwister, sagte er. Sein Abscheu galt den fleischfressenden Haustieren, Flora und kein Ende. Dieser Widerwille wurde noch bekräftigt, als ihm ein krummbeiniger Dorfköter, von der Kätnerin vergeblich zurückgerufen, zwischen die Beine fuhr. Gisela besänftigte das Viech spielend. Sie konnte sich vom Anblick der Pferde nicht losreißen, auch als der Zuckervorrat erschöpft war.

Adalbert verwies auf einen Anschlag, der für die Ausstellung von Zeichnungen des Schriftstellers Günter Grass im Torhaus warb. In drei Räumen glotzte der Butt von allen Wänden, mit der Liebe zum genauen Strich festgehalten, satt und weise, aber auch traurig entgrätet. Nebenan Entwürfe von A. Paul Weber, die in Gisela Schauer hervorriefen. Sie erholte sich bei einigen eingestreuten Kleinplastiken Goedtkes, von denen viel Bewegung ausging.

Endlich meldete sich der Hunger. Während sie auf den Gasthof zugingen, wurden sie jenseits des Gatters von den anhänglichen Trakehnern begleitet, alle Braunfüchse, jung und übermütig. Adalbert blieb vor dem Hause, das 1797 erbaut, aber nach einem Brand erneuert war, stehen und las Gisela die Inschrift vor, die auf einer Tafel über dem Eingang hing:

In de ole Liese,
Hier geiht dat na de ole Wiese,
De Werth de süpt das Beste
segt prost mien lewen Gäste.

Sie bestellten Fasan und Adalbert erzählte die Geschichte von der Gründung des Hauses. Fürst Friedrich Wilhelm von Hessenstein, Feldmarschall in schwedischen Diensten, hatte seinem Reitknecht die Schankerlaubnis in dem vom Fürsten erbauten Gasthaus Pankers versprochen, wenn er das Leibpferd des Herrn, die alte Liese, bis zum Tode versorgen werde. So ist es geschehen. Früher gab es noch einen Seiteneingang, der zur Kutscherstube führte. Dort wurde nicht Fasan oder Damhirsch aufgetischt sondern Linsensuppe mit Speck.

Gaststube und Nebenräume waren dicht besetzt von Handwerkern aus der näheren Umgebung, aber auch von Anwälten und Ärzten aus Hamburg, Lübeck und Kiel, die die Wildküche der Olen Liese zu schätzen wußten. Gisela hatte das Pelzgeschöpf auf dem Kopf behalten und mußte Adalberts Frage anhören, ob sie sich nicht die Fasanenfedern, die der Wirt zum Schmuck der Tafel an einem Flunk belassen hatte, zu den übrigen an den Hut stecken wolle. In der Tat war sie die einzige, die sich im Zimmer bedeckt hielt, die einzige aber nach Adalberts Urteil auch, die sich ein solches Auftreten leisten durfte. Seine Musterung der Gäste, beide ließen sich viel Zeit beim Essen, fiel eindeutig zugunsten Giselas aus.

Bisher hatte er sie kaum mit anderen verglichen, daß sie zu ihm hielt, genügte. Wäre auszudenken, daß er sie verlöre? Weil ihr Zusammensein vom Wochenalltag unterbrochen blieb, so hatte sich Adalbert eingeredet, erneuerten sich Giselas Reize von einem Wochenende zum anderen. Wie lange noch?

Unter diesen Gedanken kam ein großer schwarzer Neufundländer an ihren Tisch geschlappt und schnupperte an Adalberts Schuhen und Hosenbein. Vergeblich sah sich dieser nach einem Besitzer des Hundes um, der ihn von der Belästigung befreien könnte. Das Tier kam offenbar aus dem Dorfteich, seine Pfoten hinterließen nasse Flecken auf dem Boden, aus dem Fell stieg ein Adalbert übel riechender Dunst herauf. –

Das ist doch der Gipfel, empörte er sich und warf Messer und Gabel auf den Teller. Gisela rief das Zottelwesen zu sich und schickte es mit freundlichen Worten von Tische fort. Der Neufundländer gehorchte ihr und wurde von seinem Herrn im Nebenzimmer, der sich entschuldigend zu Adalbert hin verbeugte, in Empfang genommen.

Adalbert atmete auf, sah Gisela dankbar an und wandte sich wieder dem Fasan zu, der nicht besser hätte schmekken können, wenn nicht Flora dem Speisenden erneut durch den Kopf gegangen wäre. Sie stand ihm wie eine Riesenlast, über seine Kräfte gehend, bevor. Darf ich dir Flora schenken, willst du sie nicht anstelle deines Teckels, der wohl kaum mit ihr wetteifern kann, bei euch in Wandsbek aufnehmen?

Gisela blickte bestürzt auf. Flora würde unsere kleine Wohnung sprengen. Du bist es, der sie braucht. Sie legte die Hand auf seinen Arm. Bert, du siehst Schwierigkeiten, wo es keine gibt. In einem Monat wirst du Flora nicht mehr missen wollen.

Adalbert kniff die Augen zusammen, als drängte es in

ihm auf einen Entschluß hin. Zu Giselas Erstaunen bestellte er bei der Kellnerin Sekt. Um es kurz zu machen, sagte er, bevor er den Kelch hob, ich möchte dich bitten, ganz zu mir zu ziehen, als meine Frau. Du sollst es nicht bereuen, ich habe lange darüber nachgedacht. Bitte, schlag es nicht aus. Giselas Zweifel an Adalberts reiflicher Überlegung, eben noch Flora nach Wandsbek, jetzt sie selbst nach Lübeck, drückte sich in einem Lächeln aus. Willst du unsere Verlobung begießen? Mein Gott, Bert, was ist über dich gekommen? Ich kann doch nicht meine Mutter einfach in Wandsbek allein sitzen lassen und frage im Ernst, wie du es aushalten wirst, mich Tag für Tag um dich zu haben. Aber zunächst einmal schmeichelt mir dein Antrag. Prost!

Die Gläser berührten sich kaum, der Sekt, in einem Eiskübel herangeschafft, hatte schon für genug Aufsehen in der Gaststube gesorgt. Adalbert entfaltete sich zum beredten Freier, stellte Giselas Mutter eine hübsche Lübekker Wohnung in Aussicht, nur im eigenen Haus schien er die alte Frau Storz nicht unterbringen zu wollen. Während Gisela sich als Fahrerin zurückhielt, ließ sich Adalbert vom Trinken befeuern und gab nicht Ruhe, bis die Flasche geleert war. Er überschüttete Gisela mit Huldigungen und gewann zuletzt ihre Zustimmung, sich daheim bei Frau Marianne als Verlobte vorzustellen. Nur das Verlöbnis schien zu eilen, die Gewißheit. Die Hochzeit mochte folgen, wenn die ganze Umsiedlung abgeschlossen wäre, vielleicht zum Ende des Jahres.

Den Beschluß des Mahles bildete ein Stück Marzipantorte zum Mokka. Nachdem Adalbert sein Schäfchen, wie er glaubte, ins Trockene gebracht hatte, wich die Emsigkeit von ihm und er fiel in seine gelassene Art zurück, den Fremdenführer zu spielen.

Es war 1407, begann er, im belagerten Lübeck gingen die Brotbestände zur Neige, kein Nachschub an Mehl in Sicht. Nur noch Kisten voll Nüssen und Zuckersäcke fanden sich auf einem Speicher. Ein Findiger machte sich anheischig, aus diesen Vorräten Brot zu backen. Am Markustag wurde es an die Bürger ausgegeben und vom Rat der Stadt panis Marci, Markusbrot oder Marzipan, genannt. Hundert Jahre später gab es Marzipan nur auf Verschreibung in Apotheken, als Mittel zur Stärkung auch gegen Ehekümmernisse. Erst der Bäckergeselle Johann Georg Niederegger, der seiner Wanderschaft in Lübeck ein Ende setzte, erkannte die kaufmännischen Möglichkeiten, die in diesem Erzeugnis steckten, und leitete 1806 die Herstellung im Großen ein. Am Zarenhof genoß das Naschwerk bald allerhöchste Gunst, heute zählt die Ausfuhr nach Tonnen.

Adalbert erhob sich und sah sich im Hause um. Neben dem Aufgang zu den Übernachtungszimmern hing die Erntekrone des Gutes von der Decke herab, in einem Nebenraum entdeckte er mehrere große englische Pferdestiche in leuchtenden Farben aus Moore's Celebrated Winners. Schon lösten die ersten Kaffeegäste die Mittagsbesucher ab, als sie aufbrachen.

Es ging nicht gleich zur Jürgen-Wullenwever-Straße, vorher hatte Adalbert noch zu wählen. Auf den heutigen Sonntag waren die Gemeindewahlen ausgeschrieben, nach einem Kampf, der, verglichen mit früheren, von allen Seiten nur lau und halbherzig geführt wurde. Adalbert ließ sich von den Machenschaften des Kreisvorsitzenden der CDU, die eine Niederlage befürchten ließen, nicht beirren. Diesen Herrn würde man maßregeln, Hauptsache, der tüchtige Bürgermeister Dr. Knüppel blieb in seinem Wirken unterstützt.

Sie hielten an der Schule, die Adalberts Wahllokal beherbergte. So klar war er noch, daß er sein Kreuz an der richtigen Stelle machte. Aus dem Wählerverzeichnis konnte er über Kopf erkennen, daß Wolfgang bereits gewählt hatte. Natürlich die Grünen. Nicht die Grüne Liste Schleswig-Holsteins, eine Partei für Umweltschutz, der Frau Spangenschild durch Briefwahl ihre Stimme gegeben hatte, wie sie zu aller Überraschung verkündete, nein, Wolfgang hatte sich den anderen Grünen verschrieben, die sein Vater schonend die Bunten nannte, in dessen Augen ein Gemengsel aus Pflastermalern, Schwulen und Feministinnen, kommunistisch beträchtlich unterwandert, die reinsten Chaoten.

Frau Spangenschild hatte den grünen Unterschied erfaßt und vergeblich versucht, Ida klar zu machen, daß für die Bewahrung einer gesunden Umwelt politisch mehr geschehen müßte. Für mich ist der kleine Hauptschüler André Friede ein Held. Entdeckt nicht nur als erster die Giftkapseln auf der Müllhalde bei der Moislinger Allee, sondern läßt sie, das helle Köpfchen, vom Apotheker untersuchen und hat vielleicht manchem Kind das Leben gerettet. Kinder sind so wißbegierig, nehmen alles in den Mund, mit Blausäure ist wahrhaftig nicht zu spaßen. Jetzt hat man hunderte der Zyankalikugeln auch in Pachtgärten aufgespürt, die Menschheit läßt sich von Gift zerfressen, wenn wir nicht aufpassen wie mein Freund André. Ich will ihm eine Postkarte schreiben, er soll sich eine Tafel Schokolade bei mir abholen.

Dafür läuft ein Junge nicht durch die halbe Stadt, er hat schon gesagt, er will in Ruhe gelassen sein. Was Ida nicht sagte, hätte in Frau Marianne lähmendes Entsetzen hervorgerufen. Ida selbst hatte Kindern zwei solcher Kapseln, wie in der Zeitung abgebildet, weggenommen. Hinter den Tennisplätzen belauschte sie ein Spiel: Wer hat das böse Gift versteckt? Die zwei Kugeln liefen hinter den Rücken von Hand zu Hand, das Ratekind stand in der Mitte des Kreises. Ida griff ein. Die bösen Dinger gehören zur Polizei, ich werde sie hinbringen. Hier, nehmt dies, damit macht es genausoviel Spaß. Sie holte aus der Handtasche zwei eingewickelte Hustenbonbons hervor und verschwand mit ihrer Beute. Wenn die Russen kommen, dachte sie, kann mir jetzt nichts mehr geschehen. Auch Göring und Himmler haben einfach das dünne Glas zerbissen. Und doppelt hält besser.

Ich gehe nicht zur Wahl, sagte sie zu Frau Marianne, mir reicht es. Ida hatte, solange sie zurückdenken konnte, sozialdemokratisch gewählt, zwischendurch hatte sie sich von Lena Ohnesorge für den Block der Heimatvertriebenen gewinnen lassen, in beiden Fällen eine Gelegenheit, sich ihre Unabhängigkeit von der Arbeitgeberin zu bestätigen. Als der Briefträger ihr schilderte, welchen Ärger er mit seiner Hausverwaltung, der Neuen Heimat, hätte, bedurfte es nur noch der Enthüllung von den Abwegen des Herrn Vietor, König Alberts, und seiner Genossen, um Ida untreu werden zu lassen. Da mochten Mackeprangs in der Küche mit Engelszungen geredet haben, die Spitzen des Gewerkschaftsbundes und der Neuen Heimat hätten ihre Gehälter nicht ungesetzlich angelegt, jeder Kapitalist machte es genau so, Ida ließ sich nicht mehr herumkriegen.

Bei Mackeprang hielt die Bindung fester. Otto Mackeprang war Fahrer beim Volksboten gewesen. Wie oft hatte er den Redakteur und Senator Paul Bromme, einen Mann von Gewicht, lebhaft und gutmütig, zu den Versammlungen begleitet, nicht um draußen im Wagen zu warten, er war mit hineingegangen und hatte sich Brommes kämpferische Ansichten zu eigen gemacht. So etwas hält auch für schlechte Zeiten vor.

Mackeprangs kehrten vor Wahlschluß aus Ratzeburg zurück, sie hatten ihre Pflicht also ernst genommen. Ida tat es wohl, mit ihrer eigenen Enthaltung die letzte Gemeinsamkeit mit den Kellerleuten zerschnitten zu haben. Sollte Frau Spangenschild sie ruhig als unbelehrbar schelten.

Zwei Stunden später begaben sich Adalbert und Gisela ins erste Stockwerk, um bei Frau Marianne anzuklopfen. Mutter, darf ich dir meine Verlobte, Gisela Storz, vorstellen?

Einen Augenblick faßte sich Frau Marianne ans Herz, die Nachricht glich einem Überfall, hinterrücks und schmerzhaft. Gisela, die sie bisher nur aus der Entfernung vom Fenster her gesehen hatte, war ihr von Anfang an ein Dorn im Auge gewesen, ein Eindringling ins Gehäuse, das in ihrer Erinnerung noch immer der so geliebten Ruth gehörte. Wenn Adalbert Gisela heiraten wollte, sah sich die Sache natürlich anders an. Eine sehr gut aussehende Person, gewinnend, voller Geschmack, stellte sie bei sich fest. Schnell hatte sie sich gefangen. Willkommen! Ich freue mich von Herzen für euch beide. Ach, daß ich das noch erleben darf, wieder eine Frau im Hause. Adalbert wird seine ernste Miene ablegen, wenn du, Gisela, es verstehst, ihn aufzuheitern. Frau Marianne hielt Giselas Arm mit beiden Händen umklammert und befühlte beiläufig den Stoff der Bluse, daß es raschelte. In Panker wart Ihr? Weißt du, daß Adalbert von dort her seinen Namen hat?

Frau Marianne erzählte aus den Anfangstagen des ersten Weltkriegs, wie sie als kleines Mädchen mit ihrer Tante in der Olen Liese saß und Limonade trank. Da sah Prinz Adalbert herein, der dem Schloßherrn einen Besuch abgestattet hatte. Meine Tante, die ihn an seiner Marineuniform erkannte, wurde ganz aufgeregt. Mein Gott, der Prinz hier und so aus der Nähe, flüsterte sie mir zu. Ich rief, hat der Prinz seine Krone zu Hause vergessen? Der Kapitän trat heran und fuhr mir über den Wuschelkopf, die Tante versank in einen Hofknicks.

Als du geboren wurdest, ich hatte mir eigentlich eine Tochter gewünscht, habe ich zu meinem Kurt gesagt, nennen wir ihn Adalbert, ein besonders hübscher Name für unseren Prinzen. Frau Marianne blickte ein wenig boshaft von Gisela zu Adalbert. Nun ja, er ist mir ein rechter Prinz geworden, das kann man wohl sagen. Wenn ich an meinen Mann denke . . . Sie wies Gisela auf das Bild von Adalberts Vater, kaum zu glauben, daß der Bräutigam von dem grobknochigen Mann mit dem breiten Gesicht abstammte.

Der Fernseher lief ohne Ton. Adalbert stellte ihn ein, als sich das Landesstudio auf dem Schirm meldete. Endlich brachte man das Lübecker Ergebnis. Bürgermeister Knüppel geht gestärkt aus der Wahl hervor, darauf kam es mir an, stellte Adalbert befriedigt fest. Auch seine Mutter hatte nichts gegen den Bürgermeister einzuwenden, wenn sie davon absah, daß Knüppel den Kaak nicht auf den Markt zurückkehren lassen wollte. Anderswohin, vielleicht. Dieser Jammer, rief sie aus, Wolfgang und ich hatten das gleiche Ziel, der Stimme der Natur in der Bürgerschaft Gehör zu verschaffen. Vereint hätten wir bestimmt einige Rufer in der Wüste hineingebracht, jetzt haben wir jeder nur drei Prozent der Stimmen erhalten und bleiben draußen vor der Rathaustür. Aber es soll denen eine Warnung sein, was wir vereint ausrichten könnten.

Adalbert tröstete sie auf seine Art. Ein Glück für dich, Mutter, du wärst eurer Vertreter nicht froh geworden. Wenn diese Leute den Mund aufmachen, kommt nur unausgegorenes Zeug heraus.

Es klopfte, Wolfgang trat ein. Die Gesellschaft war entsetzt. Wolfgangs Haar hatte sich zur Kürbisgröße ausgewachsen. Wo früher das Haar glatt herabfiel, kräuselten sich tausend Löckchen. Was soll dieser Wirsingkohl? Adalbert machte aus seinem Ärger keinen Hehl. Das stimmte Frau Marianne, die das Bild durchaus unschön fand, milder. Soll sich der Junge schmücken, wie er mag. Mein Fall ist es nicht, Wölfchen, offen gesagt. Gisela zeigte sich am duldsamsten. Wolfgang im Afrolook, es gibt Schlimmeres.

Wir leben hier nicht im Busch, wollte Adalbert sagen. Er besann sich, Wolfgang mußte es verwundern, Gisela oben bei der Großmutter vorzufinden. Er ergriff ihre Hand und trat einen Schritt auf Wolfgang zu. Frau Storz wird deine Vizemutter, jetzt darfst du Gisela zu ihr sagen.

Der Morchelkopf wünschte der Verlobten alles Glück mit seinem schwierigen Vater und drückte ihr einen Kuß auf die Wange. Nun können wir ja Mutters Bett wieder vom Speicher herunterholen. Die Großmutter horchte auf, sie wußte nicht, daß und wann es hinaufgelangt war. Das Wahlergebnis schien Wolfgang nicht zu erschüttern. Solch ein Anlaß und Ihr sitzt hier trocken herum? Ich hole Flüssigkeit.

Das nun ließ die Großmutter in ihren Räumen nicht zu. Sie schellte nach Ida. Als Ida kam und sah, wer sich da bei Frau Spangenschild versammelt hatte, schreckte sie zurück, als ob vor ihr die Höllentür aufgeflogen wäre. Draußen war sie.

Frau Spangenschild schickte die Augen zum Himmel.

Ich weiß nicht, wie lange ich es noch mit der närrischen Person aushalten werde. Was ist eigentlich der Grund, Adalbert, daß sie dich wie den leibhaftigen Gottseibeiuns meidet?

Adalbert wußte es, aber er zuckte die Achseln. Zwei Jahre nach Ruths Tod, Adalbert schlich immer noch wie ein Geprügelter durch das Haus, konnte Ida sein Elend nicht länger mitansehen. Für sie war der Hausherr zum Inbegriff des Mannes schlechthin geworden. Ihr fehlte in Lübeck jeder Anschluß, wie wohltuend klang Adalberts Stimme, wenn man den ganzen Tag nur das Nuscheln seiner Mutter anzuhören hatte. Als Adalbert eines Abends zu einem Vortrag fortgegangen war, fand Ida aus dem ehelichen Schlafzimmer nicht hinaus. Wöchentlich pflegte sie sein Bett frisch zu beziehen, das der verstorbenen Ruth war alle Vierteljahr mit neuer Wäsche zu versehen. Ein sinnloser Aufwand in ihren Augen, wem nützte diese Heiligenverehrung? Alltags schlug sie am Abend nur die Steppdecke zurück und legte Adalberts Schlafanzug schräg über das Kopfkissen.

Irgendetwas hielt sie heute fest. Zum Schließen der Fenster brauchte sie eine Ewigkeit, tief sog sie den Duft der Holunderbüsche aus dem Nachbargarten ein. Als sie die Vorhänge zugezogen hatte, fühlte sie sich von der Süße der Blüten wie abgeschnitten. Aber auf Ruths Frisierkommode gab es viele Fläschchen, die niemandem mehr dienten, nur aufbewahrt wurden. Ida betupfte mit dem einen Wasser die Ohrläppchen, mit einem anderen die Wange, ein drittes strich sie über den Hals, verwirrende Düfte! In solcher Wolke konnte sie unmöglich Frau Spangenschild den Kamillentee zur Nacht bringen.

Also wusch sie die Köstlichkeiten wieder ab, erledigte ihre Pflicht, konnte aber nicht widerstehen, an den Tatort zurückzukehren. Sie ließ ein Bad einlaufen, versäumte nicht, Fichtennadelsalz hineinzugeben, und hätte, während der Schaum sie umspielte, gesungen, wenn sie nicht von der Schule her wußte, daß ihr die Töne stets daneben gerieten. Ausdauernd rubbelte sie sich ab, bis sie meinte, ihre Haut habe den rechten rosigen Schimmer gewonnen. Vor dem Spiegel löste sie den Haarknoten und fand sich unwiderstehlich. Beim zweiten Versuch ging sie wählerischer mit dem Parfüm um. Die Feinheit liegt in der Andeutung. Jetzt bedachte sie den ganzen Körper, es kühlte so schön, denn Ida war es heiß geworden bei ihrem gewagten Vorhaben.

Voller Erwartung streckte sie sich auf dem Leinen von Ruths Bett aus, die Decke hatte sie so gerafft, daß sie nur über die, zugegeben, kräftigen Knie fiel. Als sie die Hände unter dem Nacken verschränkte, fiel ihr Seitenblick auf die langen, lästigen Haare unter den Achseln. Sie hatte gelesen, daß Damen diese vor Bällen, wenn sie schulterfrei gehen, entfernen. Ida sprang auf und suchte ein Mittel gegen die Zotteln, fand aber keines. Beherzt beseitigte sie das Ärgste mit einer Schere, an Adalberts Klingen traute sie sich nicht, Blut, das fehlte noch. Nun hielt sie sich für vollkommen, um Herrn Spangenschild Trost zu spenden. Sie löschte das Licht und nahm sich vor, nicht einzuschlafen. Sich schlafend zu stellen, wie Dornröschen, schien ihr der gerade Weg zum Glück, das sie dem Prinzen zu bescheren gedachte.

Es wurde sehr spät, ehe Adalbert ins Schlafzimmer fand. Der Vortrag, Bereichert Thomas Manns Lotte in Weimar unser Goethebild?, von einem Altgermanisten gehalten, verdroß ihn. Dieser saftlose Wortgelehrte hatte keinen Hauch von der Gabe des Erzählers verspürt, hatte Entstellungen gerügt, wo er Erfindungsvermögen hätte entdecken sollen. Adalbert nahm sich die Lotte noch einmal vor, Lilli Palmer vor Augen, und las sich fest, ganz entrückt in den Weimarer Elefanten.

Als er, nicht ohne Erstaunen schnuppernd, das Licht anknipste, starrte er entgeistert auf Idas Brustknospen, die sich ihm, den Spitzen von Trommelstöcken ähnlich, entgegenreckten. Solche Zitzen hatte er im Leben noch nicht zu Gesicht bekommen. Ida mußte sie unter einem sehr undurchlässigen Büstenhalter zu verbergen gewußt haben. Diese Person auf Ruths Lager? Nicht zu fassen! Er wandte sich ab. Scheren Sie sich augenblicklich auf Ihr Zimmer und wagen Sie es nicht, diesen Raum jemals zu betreten. Ihn übernimmt die Putzfrau. Mein Bett kann ich selbst aufschlagen.

Nichts rührte sich, Ida stellte sich tot, aber nur für drei Atemzüge. Ein Schluchzen überlief ihren Leib, es durfte doch nicht wahr sein, daß ihr Opfer so verkannt würde. Sofort begann sie den Mann zu hassen, der ihr da an der Tür den Rücken kehrte, der verkörperte Hochmut mit einem Herzen von Stein. Sie riß das Laken ab, schlang es sich um, raffte ihre Kleidung zusammen und stieß Adalbert zur Seite, als sie das Zimmer verließ. Sie Unmensch! warf sie ihm über die Schulter zu.

Adalbert sprach mit keinem Menschen über den Vorfall. Ruths Bett schaffte er nächsten Tages mit dem eben konfirmierten Wolfgang auf den Speicher, Ruths Garderobe ging in drei Säcken ans Rote Kreuz, die Tiegel, Tuben und Fläschchen versenkte er eigenhändig in die Mülltonne. Kein Wort zur Großmutter, sagte er zu Wolfgang, sie würde dahinter tiefere Bedeutung wittern, die es nicht gibt. Frau Mackeprang übernahm später Idas Aufgaben in Küche und Erdgeschoß, Ida aber fand künftig viel Zeit, ihren Groll gegen den Hausherrn in sich schwären zu lassen.

Wolfgang trat sich auf den Fuß, er hatte den Vater nicht verraten wollen. Das Bett auf dem Dachboden, das lag schon viele Jahre zurück. Keine Antwort ist auch eine Antwort, sagte Frau Marianne und wandte sich von Adalbert ab. Wölfchen, du bist sicher gekommen, um dein Videogerät abzuholen. Du kannst es wieder mitnehmen, vielen Dank! Ich habe mir den ganzen Krull auf einen Sitz zu Gemüte geführt. Kein Vergleich mit den getreulichen Buddenbrooks bei beiden Verfilmungen. Was fällt diesem Bernhard Sinkel ein, Thomas Mann so zu verfälschen? Die abartige Neigung des Lord Kilmarnok, man muß sie so schicklich hinnehmen, wie sie der Dichter dargeboten hat. Nun aber auch den harmlosen Mr. Twentyman auf das gleiche Gleis zu schieben, in wirklich widerwärtigen Worten, das finde ich abscheulich. Die ganze Weltreise des

Marquis de Venosta, will sagen des Krull, verlöre den Sinn, wenn Loulou und Zaza, dieses entzückende Pärchen, ihrer Liebe zueinander nicht sicher sein könnten. Im Roman zwinkert Zaza dem Felix einmal heimlich zu, weil der hübsche Bursche – Wolfgang, wie entstellt siehst du neben ihm aus – den beiden hilft. Mehr nicht. Bei Herrn Sinkel vergnügt sich Zaza mit Felix im Bett. Unerfindlich, dreist und geschmacklos, wie sich da ein Filmemacher vergreift. Ich werde an Golo Mann schreiben und ihn fragen, ob er sich nicht für seinen Vater hätte zur Wehr setzen können. Man darf kein Schindluder treiben mit unserem Ehrenbürger.

Ach Mutter, sagte Adalbert, du meinst, alle Welt warte nur auf Post von dir, die Leute sind mit sich selbst beschäftigt genug.

Die Anschaffung von Flora wurde Frau Spangenschild schonend nahegebracht, den Einbruch hatte man ihr vorenthalten, um sie nicht zu ängstigen. Seit wann liebst du Hunde? Die Frage war an Adalbert gerichtet, dessen Abneigung Frau Marianne kannte und teilte. Ihr Blick durchbohrte Gisela, nur von der neuen Hausfrau konnte dieser Sinneswandel ausgehen. Eines sage ich euch gleich, in meine Räume gelangt das Tier nicht, das möchte ich mir ausdrücklich verbitten.

Gisela mußte innerlich lachen, mit welcher Überzeugungskraft Adalbert Floras Einzug vertrat. Als ob ihm ein jahrelanger Wunsch in Erfüllung ginge. Mutter, wenn du sie vom Fenster aus beobachtest, wird dir der Adel ihrer Erscheinung ins Auge fallen. Adalbert versprach jedoch, die Mutter mit Floras Besuchen zu verschonen.

Wolfgang machte darauf aufmerksam, daß Mackeprang vorgefahren sei, um Gisela nach Wandsbek zu bringen. Man trank aus. Du hast jederzeit Zutritt bei mir, Gisela, sagte Frau Marianne zum Abschied.

Als Adalbert und Gisela die Treppe hinuntergingen, fragte sie ihn, was es mit Idas Widerborstigkeit auf sich hätte. Eine lange, dumme Geschichte, gab es zur Antwort. Ich erzähle sie dir ein andres Mal.

XI

Eva

Flora gehörte nun seit zwei Wochen zum Hause. Adalbert schlug einen Bogen um sie, Wolfgang schmückte sich in seinem Wagen mit ihr, aufrecht sitzend und vorschriftsmäßig angeschnallt verfolgte sie neben ihm das Geschehen auf der Straße. Ihre tägliche Versorgung hatte Ida übernommen, glücklich, einen Gesprächspartner gefunden zu haben. Frau Marianne bestand darauf, Ida hätte sich die Hände zu waschen, wenn sie vom Hunde käme. Mackeprangs waren zufrieden, daß ihnen die neue Belastung abgenommen wurde, das vom Direktor für Floras Unterhalt bestimmte Geld gaben sie ungeschmälert an Ida weiter.

Ida erblickte in Flora nicht Adalberts Geschöpf, sonst hätte sie sich geweigert, für den Hausherrn einen Finger krumm zu machen, Flora war ihr die Freundin. Gegen Wolfgangs Ausflüge mit dem Tier empfand sie keine Eifersucht. Wenn sie abends, nachdem sie Frau Marianne den Nachttee gereicht hatte, Flora von der Kette löste, überkam sie ein ungekanntes Glücksgefühl. Floras Freudensprünge, die Pfoten auf Idas Schultern, was gibt es nach einem Leben voller Bitterkeit Versöhnlicheres als den Dank, der sich darin ausdrückte. Guter Dinge liefen sie zur Wakenitz hinab.

Gisela blieb dieses Wochenende in Wandsbek, die alte Dame hatte Geburtstag, Gisela wollte sie nicht allein lassen. Adalbert schickte der künftigen Schwiegermutter durch die Fleurop einen Chrysanthemenstrauß, einer persönlichen Begegnung mit ihr war er bisher ausgewichen. Er hatte sich den Kieler Antiquar Wilhelm Langfeld eingeladen und ihm anheimgestellt, seine Frau mitzubringen.

Seine Beziehung zu Langfeld reichte in die ersten Nachkriegsjahre zurück. Ein einziges Mal hatte Adalbert den

Antiquar in seinem Gewölbe aufgesucht, als er selbst noch an der Christian-Albrechts-Universität Betriebswirtschaftslehre hörte. Es war die Zeit gleich nach der Währungsreform, plötzlich gab es Bücher die Fülle, aber kaum Geld, sie zu erwerben. Spangenschild schien eine Ausnahme zu bilden, die väterliche Ausfuhr von Strickmaschinen brachte über gute fremde Währung laufend Bares herein.

Von Langfelds Anfangseifer blieb später nicht viel übrig, seit einigen dreißig Jahren betrieb er sein Einmanngeschäft, eine beschauliche Sache, soweit er nicht gerade umziehen mußte. Das Pech wollte es, daß er, kaum Fuß gefaßt, seinen Laden verlegen mußte, weil die Hauswirte ihren Eigenbedarf geltend machten. So war er ein halbes Dutzend mal in der Stadt umhergezogen, saß in einer Ecke des Geschäfts neben der Ladentür, wippte auf seinem Stuhl und las von früh bis spät, wenn er nicht gerade von Kunden in seiner Lektüre gestört wurde. Diese sitzende Lebensweise hätte ihm wohl zwei Zentner angemästet, nur unaufhörliches Rauchen hielt sein Gewicht in Grenzen.

Für Spangenschild strengte er sich an. Wilhelm, der eher bequem zu nennen war, hatte dem Sammler im Lauf der Jahrzehnte an die hundert zum Teil wertvolle Bücher vermittelt. Fast jubelnd rief er ihn an, er könnte heute bieten, weshalb Herr Spangenschild 1948 seinen Laden betreten hätte, Goethe's neue Schriften in sieben Teilen, bei Unger 1792–1800, drei Kupfer und mit acht Musikbeilagen, allerdings späterer Pappband. Preis neunhundert Mark. Die Erstausgabe des Wilhelm Meister fehlte Adalbert noch immer, er besaß nur die von Erich Schmidt entdeckte und erst 1911 ans Licht gebrachte Urfassung, Wilhelm Meisters theatralische Sendung. Deshalb im Überschwang die Einladung. Adalbert wollte sich bei dieser Gelegenheit von einigen minder erhaltenen Doppelstükken, wie er sagte, trennen, auch brannte er darauf, seine Schätze einmal einem Kenner zu zeigen.

Zwei Tage vor der Fahrt nach Lübeck wurde Wilhelms Frau nach Köln gerufen, ihr erkrankter Bruder verlangte

Pflege. Wilhelms Cousine Eva befand sich, als das Hilfegesuch eintraf, bei Langfelds, wohin sie sich gern in ihrer Einsamkeit flüchtete. Sie hatte nach ihren Adoptiveltern, Onkel und Tante von Wilhelm, vor einem Jahr auch ihren Mann, den Fregattenkapitän a. D. Momme Olden verloren, als Einhandsegler war er in einer Bö gekentert und an Unterkühlung verstorben. Zwischen Langfelds und Oldens bestand keine Blutsverwandschaft, aber Wilhelm nannte Eva seit je das Kusinchen. Wenn deine Frau nicht kann, fahre ich dich nach Lübeck, ich war so lange nicht dort, sagte sie zu Wilhelm. Wilhelm hatte sich nie der Mühe unterzogen, einen Führerschein zu machen, zwischen Geschäft und Wohnung gab es einen häufig verkehrenden Omnibus.

Am Sonntag holte sie den Vetter Wilhelm mit ihrer Ente ab. Gemächlich schaukelten sie auf der B 76 dahin, noch waren die Bäume kahl, aber das Grün der Weiden und jungen Saat tat dem Auge wohl. Eva trug ein flott geschnittenes mausgraues Kostüm ihrer Mutter, das junge Gesicht verriet nicht, daß sie die Mitte der Fünfzig schon überschritten hatte. Halt! Wohin willst du? Nach Lübeck müssen wir rechts abbiegen, rief Wilhelm.

Eva ließ sich nicht beirren. Sie wollte über die Bäderstraße fahren. In Süsel hielt sie an und zog Wilhelm um die Feldsteinkirche. So alt wie Bosau, glaubte sie zu wissen. In Bosau hat der Pastor den Männern der Nachbargemeinde einen Schnaps versprochen, wenn sie den Weg zu seiner Predigt nicht scheuten. Das hat ihm Ärger mit dem Propst eingebracht.

Mit Bosau, das sie im Westen hatten liegen lassen, verband sich für Wilhelm eine böse Erinnerung an seinen ersten ehelichen Urlaub. Seine junge Frau rauchte damals noch, die erste Zigarette schon vor dem Frühstück. Der Gasthof lag unmittelbar neben der Kirche. Beim Morgenkaffee entdeckte sie, daß ihr Süßstoff oben liegen geblieben war, erzählte Wilhelm. Ich lief hinauf und traute meinen Augen nicht. Auf ihrem Nachttisch kippt diesen Augenblick eine glimmende Zigarette über den Rand des

Aschenbechers. Sie hätte das Bett, den Gasthof, ja die Kirche, dieses Juwel des Holstenlandes mit seinem Triumphkreuz und den vier Blut auffangenden Engeln in Flammen aufgehen lassen können. Wir würden heute noch für den Frevel zu zahlen haben, die Zerstörung des Gotteshauses wäre unersetzlich gewesen. Meine Frau tat Buße, es war von einem Tag zum anderen ihre letzte Zigarette. Tapfer erträgt sie mein unentwegtes Schmöken, nur im Schlafzimmer und wenn sie mich fährt, bleibe ich enthaltsam.

Ihr habt Glück gehabt, sagte Eva. Nicht auszudenken, wenn deine Frau mit Zucker, der sicher auf dem Tisch stand, vorlieb genommen hätte. Der liebe Gott hielt die Hand über sein Kleinod.

Sie wollte noch über den Kirchhof von Süsel gehen, sie las gern alte Grabinschriften, aber Wilhelm drängte, wir kommen schon verspätet durch diesen unnötigen Umweg. An die Bäderstraße knüpfte sich für Eva manches Gedenken. In Scharbeutz hatte sie mit Momme mehrmals Ferien gemacht, ins Seeschlößchen in Timmendorfer Strand fuhren sie seit Jahren Ostern und Pfingsten, um sich im Hotelbad auszuschwimmen, in Niendorf hatte sie als Sekundanerin sehr gegen den Willen der sozialdemokratisch gesinnten Adoptiveltern ein Lager des Bundes Deutscher Mädchen besucht. Bis auf die Graupensuppe hatte es ihr damals dort ganz gut gefallen, einmal frei zu sein von der häuslichen Miesmacherei. Heute mußte sie natürlich der Einsicht der Eltern den Vorzug einräumen.

Als sie Wilhelm vor dem Gartentor an der Wullenweverstraße absetzte, überfiel sie eine Neugier, das Innere des Hauses kennenzulernen. Ich habe wenig Lust, allein in Lübeck herumzulaufen, nimm mich bitte mit!

Wilhelm mochte es nicht abschlagen, ihr fragendes Lächeln, dem er sich nur schwer entziehen konnte, bezwang ihn. Mackeprang öffnete in grüner Weste. Weil Gisela nicht gekommen war, entfiel sein Wochenende mit Frau Else. Platz! rief er Flora zu, die anschlug und an der Kette hochsprang.

Schon die Diele machte auf Eva Eindruck. Zwischen

den hohen Paneelen hingen Piranesi aus den Vedute di Roma, sechs an der Zahl, eines großartiger als das andere. Zum Anschauen blieb wenig Zeit, Mackeprang hielt die Tür geöffnet, kündigte den Besuch an, und Eva mußte sich von Wilhelm, der seinen Bücherpacken unter dem Arm trug, vom Spiegel fortzerren lassen. Sie hatte kaum Zeit, den Kamm im Täschchen zu versorgen.

Spangenschild kam ihnen entgegen. Ein Herr wie aus dem Modeblatt, stellte Eva bei sich fest. Eine noch drahtige Gestalt wie ihr Momme bis zuletzt, wenn sie damit Wilhelms Bauch und Doppelkinn verglich. Gut geschnittenes Gesicht und der Anzug gewiß nicht aus dem Warenhaus. Teure Krawatte. Wilhelm trug sommers billig gemusterte Hemden und im Winter, auch heute, einen Rollkragen. Mit Schlips hatte Eva ihn, einhäusig wie er war, seit Ewigkeiten nicht mehr gesehen.

Wilhelm erklärte mit gewundenen Worten, warum die Cousine seine Frau verträte. In der Art, wie Spangenschild sich bewegte, auch in der Tonlage seiner Stimme fühlte sich Eva an Willi Birgel erinnert. Dieser Mann gab sich, wie wenn er über allen Dingen stünde. Herr Mackeprang, bringen Sie uns bitte einen Sherry. Ob Eva lieber Orangensaft genommen hätte, danach fragte er nicht. Sie blickte auf den Stapel dürftiger Bücher, die Herr Spangenschild auf den Rand des Nußbaumtisches, an dem sie saßen, niedergelegt hatte. Keine zehn Mark wert, dachte sie. Wilhelm soll sich nur nicht zu Entgegenkommen verpflichtet fühlen. Wenn sie nichts Besseres vorhatte, vertrieb sie sich manchmal die Zeit damit, Wilhelm im Geschäft zu vertreten und staunte nicht schlecht, wie hoch Wilhelm manche Bücher bewertete, die ihm durch Leute von Rang hinterlassen waren. Am liebsten hätte sie bei der Auszahlung gehörig abgezogen, zu Wilhelms Gunsten. Was Wunder, wenn er auf keinen grünen Zweig kam.

An Spangenschild beobachtete sie ein leises Zittern der Finger, als er Wilhelms Bände durch die Hand nahm. Sie kannte diese innere Erregung bei Kunden, die einen Fang gemacht zu haben glaubten, das Bibbern hielt noch an, wenn sie sich an der Kasse mühten, den Schein aus der Brieftasche zu ziehen.

Die Ecken sind etwas bestoßen, räumte Wilhelm ein. Der Einband stammt, dem Vorsatzbezug nach zu schließen, etwa von 1840. Pappbände dieser Zeit sind selten unversehrt. Herr Spangenschild zog aus der Weste eine flache, zusammenklappbare Lupe und musterte die Kupferstiche, während Langfeld den für ihn bestimmten Haufen sichtete.

Von Doppelstücken konnte nicht die Rede sein, Spangenschild trennte sich von einem Sammelgebiet, bei dem er offensichtlich in den Anfängen steckengeblieben war. Freiligraths und Herweghs Gedichte, Spaziergänge eines Wiener Poeten, ohne Verfasserangabe in Hamburg erschienen, Wilhelm wußte, daß es sich um Anastasius Grün handelte. Börnes Briefe aus Paris, nur vier von sechs Bänden, Tulifäntchen von Immermann, noch ohne Hosemanns Holzschnitte. Dies eine Erstausgabe, die meisten anderen in frühen Ausgaben. Alles durchweg mäßig erhalten, Gelegenheitskäufe. Noch weniges von Laube und Nestroy.

Ich würde zweihundert Mark gegenrechnen, sagte Wilhelm. Eva glaubte nicht recht gehört zu haben. Wie wollte Wilhelm denn dieses Sammelsurium auszeichnen? Sie hatte sich vorgebeugt, um durch die Flügeltür Ruths Bild in ganzer Gestalt in sich aufzunehmen. Darf ich? fragte sie, ging ins Eßzimmer und trat nahe heran.

Spangenschild, der sich mit Wilhelms Angebot einverstanden erklärt hatte, begleitete sie. Meine verstorbene Frau, noch zu Lebzeiten gemalt. Übersehen sie bitte den Schaden am Kinn, er entstellt das Gesicht. Ein kürzliches Attentat, erlassen Sie mir die lange Geschichte. Wird demnächst gebessert.

Ihre Frau muß eine sehr schöne Erscheinung gewesen sein, dieser Maler schmeichelt nie. Ich kenne sein Werk, wir besitzen ein Bild von ihm, Igel und Katze darstellend, auf Holz gemalt. Mein Vater hat es von ihm erworben. Wenn Sie einmal ins Kieler Rathaus kommen, können sie meinen Adoptivvater, von seiner Hand gemalt, auf dem Wandelgang vor dem Ratssaal sehen. Er war Stadtverordnetenvorsteher, ein sehr sprechendes Bild. Auch als Mensch ist der Meister liebenswert, er weiß, was er gilt, tritt aber ganz bescheiden auf. Hat die Harfe eine besondere Bedeutung?

Vor unserer Ehe besuchte Ruth die Musikhochschule in den Fächern Bratsche und Harfe. Über Schulkonzerte ist sie dann nicht mehr hinausgelangt, sie kränkelte oft. Als unser Sohn geboren wurde, legte sie die Geige aus der Hand. Würden Sie mir wohl einen Gefallen tun? Im ersten Stock wohnt meine alte Mutter, sie fühlt sich sehr einsam, ein Besuch aus der Landeshauptstadt würde sie aufmuntern. Ich führe Sie hinauf und holte Sie später wieder ab.

Ohne Evas Antwort abzuwarten, schob er sie sacht auf die Diele, sie merkte, er wollte sie von dem Bild fortlotsen, es war eine Saite in ihm angeschlagen, die zur glatten Oberfläche seines Wesens nicht stimmte. Sie folgte ihm über die breite Treppe nach oben und ließ sich Frau Marianne vorstellen. Die Cousine eines Geschäftsfreundes von mir, die sich freundlicherweise bereitgefunden hat, dir etwas Gesellschaft zu leisten, während ich dem Vetter meine Büchersammlung zeigen will.

Adalbert zog sich zurück, Ida brachte Portwein und machte sich mit dem Einschenken ein möglichst langes Geschäft. Die fremde Frau hatte sie noch nie gesehen, so ganz unangekündigt. Ich rufe Sie, Ida, wenn ich Sie brauche. Ach, dieser Spruch fiel immer, wenn mal endlich jemand hereinschneite.

Cousine sagt man, wenn man mit seiner Freundin reist, dachte Frau Spangenschild, nahm aber Eva freundlich auf, immerhin eine neue Zuhörerin. Eva kam kaum zu Worte, Frau Mariannes Gedanken sprangen hin und her. Versäumen Sie nicht, sich in Sankt Jakobi unsere schönste Orgel zeigen zu lassen, sie stammt aus Buxtehudes Zeiten. Die Possehlstiftung hat es sich etwas kosten lassen, sie wiederherzustellen. Ein herrlicher Klang, ich habe ihn seit vielen ren nicht mehr gehört, so lange bin ich schon an den

Stuhl gefesselt. Buxtehude war ja Marienkantor, hinterließ eine wenig ansprechende Witwe, die zu ehelichen, das forderte ein sparsamer Rat, sich Johann Sebastian Bach leider weigerte. So entging er uns Lübeckern und wurde Thomaskantor. Sie werden die Geschichte kennen.

Eva nickte, Wilhelms Vater hatte sie ihr mehr als einmal erzählt. Wir Lübecker, fuhr Frau Marianne fort, das heißt, die Eingefleischten, nicht die Flüchtlinge wie meine Stütze, sind ziemlich stolz auf die Vergangenheit unserer Stadt. Als Lübecker zählt für uns nur, wer beide Großeltern auf dem Burgtorfriedhof liegen hat. Das kommt Ihnen sicher hochmütig vor, ist es vielleicht auch ein wenig. Leben Ihre Eltern noch?

Eva verneinte, sie hätte beide schon in den dreißiger Jahren verloren. Sie wäre an Kindesstatt angenommen worden, als nach dem frühen Tod der Mutter ihr Vater Opfer eines politischen Mordanschlags geworden wäre. Er war Schriftleiter am Blatt der Eisernen Front und hatte Schandtaten der Hilfspolizei, damals von der SA gestellt, enthüllt. Meine Adoptiveltern haben mich wie ihr eigen Kind aufgezogen, ich habe es sehr gut bei ihnen gehabt und lebe jetzt in dem Hause, das sie mir hinterließen. Mein Mann ist beim Segeln ertrunken.

Welche Schicksalsschläge, Sie Ärmste! Ich verlor meinen Mann beim Bergsteigen in den Dolomiten, er hat sich übernommen. So trägt jeder sein Kreuz, Hauptsache, man kann sich an ein glückliches Familienleben erinnern. Bei uns ist das Verhältnis jetzt etwas gespannt. Mein Sohn geht mit meinem Enkel Wolfgang zu hart ins Gericht, deshalb zanken wir uns zuweilen, wenn ich Gelegenheit dazu finde, er besucht mich nicht oft. Ich lebe sehr einsam, Ida ist mit Geistesgaben nicht gesegnet, ich habe mir schon überlegt, ob ich mich im Alten- und Pflegeheim Haus Schönböken einkaufen soll. Nur der Geselligkeit halber.

Eva widerriet entschieden. Die eigenen vier Wände verlassen? Niemals! Frau Spangenschild sollte sich Leute einladen. Geben Sie eine Anzeige auf, suchen Sie sich zum

Beispiel Rommépartner, Gespräche ergeben sich dann von selbst.

Ein guter Vorschlag. Ich schreibe viele Briefe. Ich bin dem Arbeitskreis für Familienforschung, einer Tochter der Gesellschaft zur Beförderung gemeinnütziger Tätigkeit, beigetreten. Wir sammeln im Mühlentorturm geschichtliche Urkunden. Vorige Woche habe ich den Meisterbrief meines Schwiegervaters hingeschickt und heute einen sehr freundlichen Dankesbrief von der Sachbearbeiterin erhalten.

Frau Marianne sah aus dem Fenster. Das Wetter scheint angenehm zu bleiben. Sie sollten einen Abstecher nach Travemünde machen, um das Kommen und Gehen der Schiffe am Skandinavienkai zu beobachten. Vor genau zwanzig Jahren wurde er eingeweiht, ich sehe noch heute das Bild in der Zeitung vor mir, wie der von Schmissen zerhackte Kugelkopf unseres Bürgermeisters Wartemann, eines kleinen, sehr tatkräftigen Mannes von einem Ohr zum anderen strahlte, als das erste Schiff, die Nils Holgersson, aus Trelleborg einlief. Bald werden wir im größten Fährhafen Europas sieben Anleger haben, und die Schiffe sind inzwischen um ein Vielfaches so groß geworden wie die erste Fähre.

Eva hielt den kleineren Kieler Oslokai entgegen, Kiel hätte auch Fährschiffe, deshalb brauchte sie nicht nach Travemünde zu fahren.

Sehen Sie, da trennen sich unsere Wege. Es genügt doch wohl, daß Kiel zur Landeshauptstadt wurde, unfein von Ihren Leuten, uns die Göteborglinie abzujagen und nun noch mit uns um die künftige Eisenbahnfähre nach Memel wetteifern zu wollen. Behalten Sie Ihren Marinehafen, die Handelsschiffahrt der Ostsee gehört nach Lübeck. Ich sage es immer wieder, unser Doppeladler fehlt im Landeswappen, man vergißt uns. Eva mußte sich die Wappenentwürfe von Dr. Erlenbach ansehen. Sie verzichtete auf Widerspruch.

Ich habe an den Bürgermeister geschrieben, der Senat sollte mehr tun, um in Amerika für den Besuch Lübecks zu werben. Alle Leute reisen nach Heidelberg und Rothenburg. Hat Lübeck etwa nichts zu bieten? Man muß es etwas anpreisen. Lübeck war immerhin nach Köln die zweitgrößte deutsche Stadt im Mittelalter. Die Menschen vergessen so schnell. Mit der Wirtschaft geht es zu Tale, nur das Reisen bringt noch Auftrieb, die Bevölkerung hat viel mehr Zeit, sich die Welt anzusehen als früher. Ach ja, es gibt nicht nur erfreuliche Gedenktage. Frau Spangenschild redete ohne Punkt und Komma. Palmsonntag vor vierzig Jahren wurde unser Lübeck von den Schreckensvögeln, den Wellington und Lancasters der Royal Air Force, heimgesucht. Nach zweihundert blinden Luftalarmen ging kein Mensch mehr in den Keller, es sah wieder so aus, als ob auch dieser Angriff Ihrem Kriegshafen gelten sollte.

Uns hat es häufiger erwischt, bemerkte Eva, Kiel hat jahrelang gelitten. Ich habe nur die Anfänge erlebt, dann wurde ich auf die Insel Föhr verschickt.

Dann können Sie nicht mitreden. Es macht einen Unterschied, ob einer ehemals grundhäßlichen Stadt Gelegenheit geboten wurde, sich schöner wieder aufbauen zu lassen, oder ob ein altehrwürdiger Stadtkern mit unersetzlichen Kunstschätzen betroffen wurde. Lassen Sie mich fortfahren, damit Sie ein Bild von dem Verhängnis gewinnen. Schon war Entwarnung gegeben, unsere friedliche Stadt lag in hellem Mondschein nahezu unverteidigt da. Dann kamen hunderte von Bombern mit ihrer Vernichtungslast in drei Wellen über uns, Leuchtkugeln ließen die Dächer silbern schimmern, für die Flieger ein Märchenziel. Ich habe mich stundenlang an meinen Mann geklammert und gebetet. Seine Ruhe ging auf mich über. Unser Haus blieb unversehrt, mein Mann war der erste, der nachher dem Pförtner im Werk löschen half.

Churchill soll sich die Hände gerieben haben über die geglückte Täuschung, Lübeck war das Versuchskaninchen für die schweren Schläge gegen die deutsche Zivilbevölkerung, eine späte Antwort auf Coventry. Rostock, Köln und Hamburg folgten. Die Holzdächer in den Gängevierteln brannten wie Zunder, unsere Kirchen wurden enthauptet, ein Wunder, daß sich das meiste hat wiederaufbauen lassen. Viel Opfersinn ist aufgebracht worden, der Präses der Kaufmannschaft hat allein das ganze Holz für das Gerüst zweier Kirchtürme gespendet. Ich verstehe meinen Enkel Wolfgang, wenn er mit der Friedensbewegung gegen eine Wiederholung solchen Wahnsinns aufbegehrt. Meinem Sohn fehlt das Verständnis für diesen Widerstand der Jugend. Damals erhielt ich von unserem Freund Erlenbach, er stand als junger Feldarzt an der Ostfront, ein Gedicht. Einige Zeilen weiß ich noch heute:

Lübeck, du bleibst uns im Herzen,
Des Domes ragende Helme,
Krone der Bürger, Marien,
Petri, dein gütiges Haupt,
Trauernde Türme von Lübeck . . .

Nun ja, es standen auch bittere Anklagen gegen Albion drin, ein Kriegsbeitrag, wenn man so will. Zum Glück vergessen. Und jetzt haben wir das Goethejahr. Ich lasse mir nichts entgehen. Ohne Fernseher möchte ich nicht leben, er bringt mir die Welt in meine trübselige Kammer. Sahen sie den Faust aus der Freien Volksbühne Berlin?

Eva bejahte und erzählte der alten Dame, in welchen Rollen sie Bernhard Minetti in den ersten Nachkriegsjahren auf der Bühne erlebt hatte. Er ist gebürtiger Kieler und besuchte oft das Antiquariat meines Vetters. Wilhelm hält ihn für den größten lebenden Schauspieler in der Bundesrepublik und fand seine Faustdeutung unübertroffen. Ich meine, Klaus Michael Grüber, der Spielleiter, hat ihn etwas zu einseitig herausgestrichen, indem er Mephisto und dem Gretchen das Blut entzog, sie blieben eigentlich nur Puppen.

Besser als Gründgens, wandte Frau Spangenschild ein, der als Mephisto jeden Faust an die Wand spielte. Grüber hat im Grunde ein einziges Selbstgespräch Fausts geboten und damit Goethes Gedanken und Minettis Kunst zur vollen Entfaltung verholfen. Wir am Fernseher haben mehr davon gehabt als die Besucher der Volksbühne, wenn man den Besprechungen folgt. Die Cameraleute holen uns das Mienenspiel des Darstellers aus dem Dunkel ganz nahe heran.

Während Frau Spangenschild weiter auf ihre Besucherin einredete, nahm unten vor der Bücherwand Wilhelm Langfeld Band für Band aus dem Bord und ließ Adalbert seine Einschätzung der Werte wissen. Der Sammler schien auf die Kupfer von Chodowiecki aus zu sein. Er besaß Goethes Erwin und Elmira, Berlin 1776, und Hermann und Dorothea, das Taschenbuch für 1798.

Ich hätte gern auch die zweite verbesserte Auflage, die im folgenden Jahr erschienen und erheblich billiger zu haben ist. Sie enthält sechs Kupfer von Chodowiecki und Küffner. Wilhelm vermerkte auch diesen Wunsch auf seiner Liste, die in der Summe ein kleines Vermögen bedeuten sollte, aber eine Wunschliste läßt sich nicht auf einen Schlag erfüllen, es bedarf jahrelangen Suchens.

Das Römische Carneval, 1789 bey Johann Friedrich Unger gedrucktes Prunkstück der Sammlung, mochte Wilhelm gar nicht ins Bord zurückstellen. Immer wieder blätterte er in den herrlichen Farbtafeln von Melchior Krauss. Unbezahlbar heute, sagte er. Darf ich fragen, wo sie daran gekommen sind?

Auf einem Bücherkarren in London für zwanzig Pfund, der Preis war nicht ausgezeichnet. Ein alter Mann, mit Holzbein aus der Tankschlacht bei Cambrai, feilschte um das Schaustück, sein einziges Korn unter lauter Spreu. Als der Handel getätigt war, zurrte er eine Plane über seinen Wagen und lud mich in den nächsten Pub ein. Er wollte viel wissen über Deutschland, es tat ihm wohl, daß wir jahrelang britische Besatzung zu ertragen hatten. Natürlich war ich es, der die Zeche bezahlte, dem Kaufpreis wären also noch zehn Schillinge zuzuschlagen. Ich habe zwei Monate darben müssen, aber es hat sich gelohnt. Wilhelm fand den Preis geschenkt.

Der erste Druck des Götz, 1773, noch ohne Goethe zu nennen, befand sich in erbärmlichem Zustand. Sollte ersetzt werden, empfahl Wilhelm. Vom Clavigo besaß Spangenschild den dritten Druck, wie der erste aus dem Jahr 1774, ein hervorragend erhaltenes Stück in einem tiefbraunen Ganzlederbändchen mit querlaufendem roten Rückenschild. Vom Werther gab es zwei Ausgaben. Die zweyte ächte Auflage, in Leipzig erschienen und von Wilhelm für Adalbert einst ersteigert, sowie einen Nachdruck aus Hanau, den der Student Jahre vorher bei Wilhelms Kollegen Wulfen erstanden hatte. Lebt Wulfen noch?

Wilhelm schüttelte den Kopf. Vor drei Jahren ist er seiner Frau gefolgt. Er war mein Lehrmeister, an Kenntnissen allen überlegen. Frau Wulfen hat für junge Dichter mehr getan, als ihre Kräfte zuließen. Beide konnten im Ellbogenkampf des Wirtschaftswunders nicht mithalten, sie waren der Ruppigkeit im geschäftlichen Wettbewerb nicht gewachsen, bis zuletzt die Wellen über ihnen zusammenschlugen. Als er mir den Büchernachlaß seiner Frau anbot, für jedes Stück hatte sie in Jahren brav in die Ladenkasse eingezahlt, bestand er darauf, daß der Erlös zur Masse geschlagen würde. So viel Redlichkeit ist mir nie wieder begegnet. Wulfen starb in Armut, ein Diener am Buch, der das Kaufmännische zu gering geachtet hatte.

Wilhelm nahm Stella, ein Schauspiel für Liebende, in die Hand. Spangenschild besaß einen Schweizer Nachdruck von 1776. Ich sah vorige Woche im Fernsehen Dietlinde Turban als Stella, sagte Adalbert. Ein Wundermädchen, ihr Wesen schien mir ganz Goethes Empfindungen auszudrücken, als er seinem Geschöpf Gestalt verlieh. Das Innige, verstehen Sie, das man in unseren Tagen verloren glaubt, hier ist es durch eine Darstellerin über zweihundert Jahre hinweg wiederbelebt. Tröstlich zu wissen, daß noch Kräfte wie diese das Herz entzückende Turban nachwachsen.

Meine Frau hat die Sendung gesehen, steuerte Wilhelm bei, auch sie war von der Schauspielerin bezaubert. Er hielt einen unrechtmäßigen Druck in der Hand: Goethens Schriften, 2. Auflage, 1778 in Reutlingen. Einen Raubdruck würde man das heute nennen.

Ach, meinte Spangenschild, damals wurde das Unrechtmäßige solcher Nachdrucke nicht so empfunden, es fehlte das Schuldbewußtsein gegenüber den privilegierten Ausgaben. Aber heute! Sie sollten sich die Bücher meines Sohnes ansehen, welche Mengen von Raubdrucken er ins Haus schleppt. Was Sie in der Hand halten, ist von einem so angesehenen Manne wie Fleischhauer verlegt worden. Die Ende, Freud und Reich meines Sohnes stammen aus dem Untergrund, von Dunkelmännern im Keller gedruckt und über ein undurchsichtiges Vertriebsnetz an die Leute gebracht. Man sollte schon den Besitz solcher Machwerke als Hehlergut mit Strafe belegen, dann fände diese Pest ein Ende.

Herr Spangenschild hatte seine Sammlung nach den Erscheinungsjahren geordnet, erst ein Bruchteil war von Wilhelm durchgesehen. Über das Zimmer hin zogen Rauchschwaden, eine Luft zum Schneiden. Als Adalbert es bemerkte, griff er zu seinem Lieblingsdichter, Johann Christian Günther, von dem er nahezu alle Ausgaben besaß, angefangen bei der ersten Sammlung, ein Jahr nach Günthers Tode in Breslau herausgegeben, bis zur historisch-kritischen Gesamtausgabe bei Hiersemann. Er las Wilhelm aus dem Lob des Knastertobaks vor:

Andre mögen sitzen
Und die Lippen spitzen,
Bis ihr Mägden will,
Gelt, du hälst mir immer still
Und vermehrest meine Plagen
Durch kein Hörnertragen.
Laß den ekeln Frauen
Vor dem Dampfe grauen!
Die, so klüger sind,
Sprechen: Allerliebstes Kind,
Mich ergötzet deine Pfeife,
Die ich selbst ergreife.

Hübsch, nicht wahr? Was wäre aus dem jungen Goethe ohne Günthers Anregungen geworden. Er verdankt ihm viel.

Wilhelm konnte mit den Versen nichts anfangen. Goethe hat den jungen Günther in Dichtung und Wahrheit verurteilt: Er wußte sich nicht zu zähmen, und so zerrann ihm sein Leben wie sein Dichten. – Nun ja, da war Goethe ein Sechziger und wollte von Sturm und Drang nichts mehr wissen.

Mit den Propyläen brach die Goethesammlung ab. Ich habe mich beschränkt, um in der Lage zu sein, die Lücken zu schließen. Der ganze Goethe, mein Gott, ich hätte nur Stückwerk zusammengebracht. Haben Sie mehr bei mir erwartet? Adalbert, der geschwankt hatte, ob er Langfeld zu sich bitten dürfte, sah der Antwort mit einigem Bangen entgegen.

Über sechzig Titel Goethes, sämtlich vor 1800 erschienen, das habe ich so geschlossen weder leibhaftig noch in Versteigerungskatalogen beisammen gesehen. Ich kann Sie zum Erfolg Ihrer Ausdauer nur beglückwünschen. Wilhelm überflog das übrige. Gründlichkeit und Geschmack zeichneten diesen Liebhaber aus, nichts Überflüssiges, keine Verirrung ließ sich entdecken, auch in der modernen Literatur ein sicheres Urteil.

Sie hatten sich gesetzt und sprachen wieder dem Sherry zu. Adalbert öffnete eine Fensterklappe. Ich halte mich beweglich, sagte er und zeigte auf den an Wilhelm abgetretenen Stapel. Bei den Modernen siebe ich häufiger und behalte nur, was ich ein zweites Mal lesen würde. Ihre hiesigen Kollegen kennen mich schon. Man zahlt erheblich drauf, aber befreit sich von Ballast. Wenn Sie, Herr Langfeld, auf die berühmte Insel nur ein Dutzend Bücher unseres Jahrhunderts mitnehmen dürften, sagen wir Romane, die Sie wiederholt vornehmen könnten, auf welche fiele Ihre Wahl?

Wilhelm wand sich. Darüber hatte er noch nie nachgedacht. Wenn ich sage, ich nehme Thomas Manns Werke in der zwölfbändigen Taschenbuchausgabe mit, sind Sie um die Antwort betrogen. Aber mindestens Buddenbrooks, den Zauberberg und die Bekenntnisse des Hochstaplers Felix Krull. Nun muß ich überlegen. Musils Mann ohne

Eigenschaften und Canettis Blendung. Dann Bauern, Bonzen und Bomben von Fallada und Bölls Ansichten eines Clowns und die Blechtrommel von Grass. Genehmigen Sie mir Fontanes Stechlin? Knapp vor der Jahrhundertwende erschienen, dabei unglaublich gegenwärtig.

Eva war eingetreten und hatte Wilhelms Auswahl noch aufgeschnappt. Sie wollten mich abholen, Herr Spangenschild, ich denke, länger durfte ich Ihre Frau Mutter nicht anstrengen.

Adalbert blickte erschrocken auf die Uhr und entschuldigte sich. Ich habe Zeit und Stunde vergessen, einen so kundigen Fachmann hat man nicht alle Tage im Hause. Eva lächelte über Wilhelms Aufzählung. Gewiß schätzte er die aufgezählten Bücher, aber wenn sie ihn im Geschäft besuchte, hatte er stets Thomas Mann oder Fontane vor der Nase.

Nur deutsche Schriftsteller? Adalbert wollte es nicht fassen. Wilhelm gab Die Wörter von Sartre und Thomas Wolfes Schau heimwärts Engel! hinzu. Das sind elf, sagte Spangenschild, Gnade wird nicht gewährt, nur mit einem Dutzend erreichen sie die rettende Insel.

Wenn es sein muß, nehme ich noch Der Mädchenkrieg von Manfred Bieler mit, es fällt einem nicht alles sofort ein.

Das Lieblingsbuch Ihrer Frau Mutter, sagte Eva zu Spangenschild. Sie hat mir eben davon geschwärmt. Nun bin ich auf Ihre Bücherliste gespannt.

Adalbert bereute schon seinen Einfall. Auch er hatte sich zu der Augenblicksfrage noch nie Gedanken gemacht. Sicherlich Kafkas Schloß und Breitbachs Bericht über Bruno. Dann Aldous Huxleys Kontrapunkt des Lebens und Lawrence Durrels Mountolive. Und Gide und Montherlant und Nabokov und Thornton Wilder. Und Döblins Berlin Alexanderplatz und homo faber von Max Frisch. Aber auch Am grünen Strand der Spree von Hans Scholz und eigentlich alle Ihre Vorschläge, Herr Langfeld. Ach, Die Islandglocke von Laxness habe ich vergessen, meine Liste reicht für zwei Schiffbrüchige. Lassen wir die Spielerei!

Nein, diese Männer! Eva war aufgebracht, nicht nur obenhin. Sind euch schreibende Frauen ein Ärgernis? Nie etwas von Ricarda Huch, Luise Rinser oder Mary MacCarthy gehört? Mit dem Narrenschiff der Katherine Anne Porter hielte ich es einen Monat auf eurer Insel aus und Das Gör von Geno Hartlaub wiegt einen ganzen Berg von Gelehrsamkeit über Jugendfragen auf.

Adalbert horchte auf. Wirklich? Er zog einen Kalender aus der Tasche und vermerkte sich den Titel. War nicht auch Wolfgang ein Gör? Sicher hätte Ruth ihn besser zu lenken gewußt. Meine Herrschaften, wenn es Ihnen recht ist, lade ich Sie ein zum Mittagessen in der Schiffergesellschaft.

Bevor sie aufbrachen, händigte er Wilhelm einen Scheck über siebenhundert Mark aus. Eva fuhr sie hin, aber weit und breit kein Parkplatz zu entdecken. Adalbert hatte noch nie in einer Ente gesessen, recht besinnlich fand er das Dahinschnurren, nur vor den Ampeln bangte ihm, daß sie rechtzeitig über die Kreuzung gelangten.

Woher sollen in einer engen Altstadt Parkplätze kommen, fragte sich Eva. Was mich in Kiel ärgert, ist der Vorsatz, mit dem viele geeignete Plätze durch Pfähle versperrt werden. Man erhofft sich davon, uns Selbstfahrer in die öffentlichen Verkehrsmittel zu zwingen. Bisher ohne Erfolg, wie sich zeigt. Schließlich fanden sie hinter der Marienkirche eine Lücke. Die Ente ließ sich hineinmogeln. Auch ein Vorteil dieses Gefährts, stellte Adalbert fest.

Ein ziemlich weiter Fußweg zurück. Die Schiffergesellschaft war dicht besetzt. Sie schoben sich in ein Gelage, blanker Eichenholztisch mit einander gegenüberstehenden hochlehnigen Bänken. Der erhöhte Platz für die Älterleute war noch unbesetzt. Eva blickte zu den schwebenden Hansekoggen unter der Decke empor, viel Seemännisches gab es hier zu sehen, sie bereute die Fahrt nicht. Ohne lange zu suchen entschloß sie sich für eine Lachsterrine mit Schwarzbrot, Adalbert und Wilhelm bestellten die Beine von Alaska, ein Langustengericht. Dazu tranken sie einen Muscadet. Eva sättigte sich hinreichend an Ihrem Suppentopf, Wilhelms Hunger war von dem Vorgericht, an dem der schlanke Adalbert offenbar Genüge fand, nicht gestillt. Er beherrschte seine Wünsche, weil der Imbiß auf Spangenschilds Kosten ging. Das Versäumte ließ sich auf der Heimfahrt im Voßhaus Eutins nachholen.

Haben Sie Kinder? fragte ihn Adalbert unvermittelt.

Wilhelm erzählte von seinem Sohn. Als Sie mich gleich nach der Währungsreform besuchten, war er noch ungeboren, wurde ein kräftiger Junge. Heute ist er Studienrat in Neumünster mit den Fächern Deutsch und Geschichte, vor zwei Jahren hat er mich zum Großvater gemacht. Wir vertragen uns wieder ganz leidlich, Ende der sechziger Jahre sah es böse mit ihm aus, er neigte zur Apo, selbst nicht gerade gewalttätig, aber voller Verständnis für seine umstürzlerischen Mitschüler auf der Gelehrtenschule, von denen zwei bei Auseinandersetzungen niedergeschossen sind. Sie können sich unsere damaligen Sorgen vorstellen, wir wußten nicht, was wir falsch gemacht hatten, wir standen vor einer Wand des Schweigens, suchten vergeblich das Gespräch. Ich meinte, Berend wollte nur erproben, wie weit er damit gehen könnte, uns nicht zu beachten.

Wer die Jugend in sich begraben hat, ist unfähig sich in Jugend hineinzuversetzen, sagte Eva. Euch fehlte die Bereitschaft, euch in Berend wiederzuerkennen. Mit mir hat er immer gesprochen, ich habe nie an seinem guten Kern gezweifelt, war allerdings auch nicht so selbstgerecht wie Ihr.

Erlaube bitte, fuhr Wilhelm dazwischen, hältst du es für richtig, daß ein Kind im Elternhaus wie ein mürrischer Untermieter auftritt? Spielt sich als Erwachsener auf, was Alkohol und das Mitnehmen von Mädchen aufs Zimmer betrifft, aber die Mutter soll dem Herrn die Schuhe putzen und das Brot streichen, das kann er leider noch nicht selbst besorgen.

Ich sehe, Sie haben hinter sich gebracht, worin ich mit meinem Wolfgang mitten drinstecke. Schauspieler wollte er werden. Er hat die Schauspielschule schon wieder verlassen. Tanzen und fechten zu lernen, hielt er für albern, die Ausspracheschulung war ihm lästig. Er meint, es käme allein auf die Selbstdarstellung an, das krause Innere vor den Leuten schreierisch auszubreiten, dann werde die Bühne es schaffen, die Gesellschaft zu verändern. Hoffnungslos. Zur Zeit tut er für seine berufliche Ausbildung gar nichts. Ohrringe hat er sich zugelegt und vertreibt am Holstentor Flugblätter der Volksmodjahedin. Er richtet sich damit auch gegen mich. Ich bin, weiß Gott, kein Anhänger Khomeinis, soll ich aber deshalb die Lieferung von Strickmaschinen in den Iran einstellen? Mich wundert, daß Wolfgang nicht zu den kommunistischen Volksfedajien hält, nein, er wirbt für den Widerstandsrat Radjavis und damit die Exilregierung des Präsidenten Bani Sadr. Fehlt nur noch, daß er zum Islam übertritt. Man kann doch den Ajatollah nur in Persien, nicht in Lübeck bekämpfen.

Sagen Sie das nicht. Ich habe Verständnis für Ihren Sohn, wandte sich Eva ein. Khomeinis Revolutionswächter schwärmen in unseren Universitäten aus und bedrohen und verprügeln junge Iraner, weil sie von ihm nichts wissen wollen. Was gestern in Mainz geschah, kann sich morgen bei uns ereignen. Im übrigen muß das Weltgewissen wachgerüttelt werden, es ist unerträglich, wie die Ajatollahs die Frau ins Mittelalter zurückstoßen.

Wilhelm befürchtete bei solcher Parteinahme für Wolfgang einen Ausbruch Herrn Spangenschilds, aber dieser lenkte auf Wilhelms Sohn zurück. Wie hat Ihr Berend von seinen Jugendtorheiten fortgefunden oder hängt er ihnen heute noch an? Ich suche einen Hoffnungsschimmer, bei Wolfgang dauert die Unleidlichkeit schon zwei Jahre.

Wilhelm drückte sich vorsichtig aus. Ich durchschaue ihn immer noch nicht. Äußerlich tritt Berend jetzt recht bürgerlich auf, aber er verficht eine wertfreie Erziehung, alles darf in Frage gestellt werden, sogar Recht, Freiheit und Menschenwürde, wie ich sie verstehe. Statt den Schülern Leitbilder zu geben, läßt man sie sich ausquatschen, was ihnen im Augenblick einfällt. Nichts, was der Zweifel nicht annagt. Die Jugendlichen müssen ja zum Ergebnis gelangen, es lohnte sich nicht mehr, erwachsen zu werden. Als er die Universität bezog, lief er noch der Parole nach: Schlagt die blaue Blume tot, macht die Germanistik rot! Das hat sich gelegt. Dieser Tage mißt er mit seinen Schülern unsere Zeit an 1984 von Orwell, er gehörte übrigens auch ins Inselgepäck, ein an sich einleuchtendes Vorhaben, wenn er im Großen Bruder die Ostblockgewaltigen erblickte. Er meint aber die Wirklichkeit bei uns. Wie sollen daraus Staatsbürger werden . . .

Herr Spangenschild nickte zustimmend, Eva fühlte sich zwischen Finsterlingen eingeklemmt. Berend ist ein hervorragender Lehrer, er unterrichtet den Sohn meiner Neumünsteraner Freundin, die Schüler wissen, was sie an ihm haben. Kinder sind nicht, wie Ihr glaubt, ein Besitz, der sich nur nach eurem Abbild zu formen hat. In euren Augen ist Jugend heute eine rätselhafte, eine seltsame Krankheit. Ihr habt Angst vor der Ansteckung. Das macht euch so irre unsicher, daß die Jugendlichen die Familie zuletzt als eine Idiotenwiese empfinden. Weil diese jungen Leute sich unter dem Leistungsdruck der schrecklich übertechnisierten Welt so verloren, so entleert vorkommen, haltet Ihr sie für unlustig und wehleidig. Glaubt mir, ihr Hunger drängt einfach nach Sinn, sie haben mehr Gefühle und zeigen sie auch offener als wir in unserer Jugend. Das gibt ihnen Selbstsicherheit und macht sie so hilfsbereit. Ist es ein schlechtes Ziel, die Umwelt wieder bewohnbar zu machen?

Sicher nicht, sagte Herr Spangenschild. Trotzdem sollten Sie die Angst auf beiden Seiten sehen. Angst gebiert Utopien, denen man nachläuft. Wer sich ihnen verschreibt, braucht nicht mehr hinzuhören, was jetzt zu tun ist, die Sogwirkung der Sekten rührt daher. Meinen Sie, mich bedrückte es nicht, daß alle Politik sich nur im Fortwursteln erschöpft, nirgends ein großer Entwurf, der mitreißen könnte? Seit unsere Gesellschaft nun auch im Wirtschaftlichen keine verläßliche Sicherheit mehr bieten kann, alles übrige war schon in Frage gestellt, reißen die Dämme ein. Ich sehe schwarz für die Menschheit, die Übervölkerung der Erde, an der der Papst in Rom nicht schuldlos ist, wird ihr den Rest geben. Nicht, daß ich dem bei uns verlorenen Nationalgefühl nachtrauerte, es wurde so lächerlich und gefährlich überbeansprucht. Was ich aber als Verhängnis ansehe, ist das Schwinden jeder Moral, für mich eng verbunden mit dem Verlust aller Formen. Der Nachwuchs redet eine Sprache, die für meine Ohren einem Gesabber gleichkommt.

Eva war nicht entgangen, daß Adalbert bei ihrem Wort irre, nur so herausgerutscht, zusammengezuckt war. Sie hatte genug von den Belehrungen der Männer. Herr Spangenschild, ich denke, wir sollten aufbrechen, ich möchte heute Abend noch in ein Gastspiel im Audimax gehen. Wir bringen Sie nach Hause. Im Hinausgehen taten alle drei ein Markstück in ein schwarz-weiß-rot gestrichenes Blechboot, das von der Gesellschaft zur Rettung Schiffbrüchiger aufgestellt war. Beim Aussteigen küßte Adalbert Frau Eva die Hand. Sie war es von einigen Kameraden ihres Mannes gewohnt.

Schon in der Schwartauer Allee bat Wilhelm, an einer Bude zu halten. Er konnte seinen Hunger nicht bis Eutin bezwingen und nahm Bockwurst und Brötchen mit in den Wagen. Wie fandest du meinen Kunden? Wilhelm hatte die Atzung im Nu verschlungen.

Eva gab Gas, als sie Bad Schwartau im Rücken hatten. Von Literatur, sagte sie, mag er etwas verstehen, in sie flüchtet er. Sonst halte ich ihn für kreuzunglücklich, weil er nur mit sich selbst befaßt ist. Auf die Sorge um seinen Sohn gebe ich nichts, ihm mißfällt nur, daß er nicht auch mit Wolfgang glänzen kann. Ich bin noch nie einem Menschen begegnet, der so auf seine Fassade bedacht ist wie dein Herr Spangenschild. Er lebt im falschen Jahrhundert, auf Snobs gibt unsere Welt nichts mehr.

XII

Borghild

Wolfgang hatte so unrecht nicht, die Lübecker Strickmaschinenwerke würden auch ohne des Vaters Zutun weiterlaufen. Die drei Prokuristen spielten gut zusammen, die Nummer eins unter ihnen, Herr Schlüter, ging im Geschäft auf und erreichte viel durch seine ausgleichende Art, seine Verträglichkeit. Im Grunde kam für den Direktor, für Adalbert, im Werk alles vorgekaut auf den Tisch, er brauchte nur seinen Segen dazuzugeben und zu unterschreiben. Was tat er eigentlich den lieben langen Tag?

Kurz nach neun setzte ihn Mackeprang am Haupthaus ab. Adalbert übergab seiner Sekretärin, Frau von Anden, Homburg und Schirm und ließ sich hinter dem Schreibtisch nieder. Auf ihm herrschte stumme Ordnung. In der Mitte ein Bild Ruths im Silberrahmen, links die Sprechanlage und Schreibgerät, auf der rechten Seite ein Ständer mit acht Pfeifen und eine große gläserne Tabakdose, deren Einsatz von Wasser umflossen war. Sonst nichts, auch kein Staubkorn. Zunächst stopfte sich Adalbert die Pfeife, ein umständlicher Vorgang. Zum Anrauchen erhob er sich wieder, blickte aus dem Fenster über die Hallen hin und beobachtete das Verladen der schweren Kisten in die Lastwagen. Dann drückte er auf den Knopf, Frau von Anden erschien mit der Post.

Borghild von Anden, Tochter eines mecklenburgischen Gutsbesitzers, war mit Kriegsende nach Lübeck gekommen und hatte zunächst in einer Weinhandlung gearbeitet. Als Gisela nach Hamburg verbannt wurde, trat sie deren Nachfolge an. Es fiel ihr anfangs schwer, sich an den Umgang mit Adalberts ungeschlachtem Vater zu gewöhnen, sie hatte geglaubt, Landadel und städtisches Patriziertum zögen am gleichen Strang. Kurt Spangenschild zeigte nichts von der Würde eines Senators, er erwies sich als arbeitswütiger Emporkömmling, der von Borghilds Herkunft keine Kenntnis nehmen wollte. Deshalb begrüßte niemand im Werk den Übergang der Leitung von Kurt auf Adalbert mehr als Frau von Anden.

Mit einem Schlage war der hemdsärmelige Ton aus dem Kontor verbannt. Borghild setzte alles daran, eine Rangordnung im Betrieb zu begründen, bei der sie selbst dem Direktor wie ein Filter vorgeschaltet war. Da Adalbert nur wenige Briefe ansagte, befaßte sich Borghild tagsüber damit, die Papierbächlein der Abteilungen in Vorlagemappen einfließen zu lassen, in Eingänge und die Durchschläge der Ausgänge für den kaufmännischen Bereich, die Technik und das Personal, sechs Mappen, aus denen sie nach Gutdünken über die Hälfte als für den Direktor unwichtig aussortiert hatte. Dazu gab es noch eine Mappe für Eilbedürftiges, sie war bereits bis neun Uhr zusammengestellt und wurde von Frau von Anden eingefaltet in die Lübecker Nachrichten hereingereicht.

Frau Borghild besaß die von Adalbert als störend empfundene Angewohnheit, die Hauptpunkte der Eilmappe beim Eintreten vorzutragen, wie wenn sie ausdrücken wollte, alle Neuigkeiten kommen von mir. Adalbert hatte ihr oft bedeutet, er wäre ein Augenmensch, müßte selbst lesen, um was es ginge, zuzuhören fiele ihm schwer. Wie Sie wünschen, Herr Direktor, hatte dann Borghild zurückgesteckt, um am nächsten Tage wieder überzusprudeln. Am meisten wurmte es sie, wenn sie beim Hinausgehen feststellen mußte, daß Herr Spangenschild sich nicht auf die von ihr als besonders wichtig herausgezogenen Blätter stürzte, sondern unbekümmert die Lübecker Nachrichten vornahm.

Man mußte seinen Direktor erziehen, damit aus ihm würde, was einem vorschwebte. Herr Schlüter meint, die Verdopplung des Auftrages aus Malaysia sei mit den Kräften der Gießerei nicht zu schaffen, zehn Krankheitsfälle, drei Abgänge. Der Ingenieur und der Herr Major kommen um zehn Uhr zur Rücksprache, wenn es Ihnen recht ist. Um elf Uhr wird der Mann der Hansa-Druckerei die Rohabzüge der 14b-Werbung vorlegen und danach berichtet Ihnen der Herr aus São Paulo, der unsere Vertretung in Südamerika wahrnimmt. Wollen Sie vor Tisch noch ein Vorstandsmitglied des Bundes der Steuerzahler empfangen? Hat sich gestern angekündigt.

Adalbert war es gewohnt, daß Frau von Anden seinen Tag verplante, als ob er ihr Angestellter wäre, der auf keinen Fall untätig bleiben sollte. Den Steuerzahlermann empfange ich nicht, Frau von Anden, sagen Sie ihm bitte ab. Adalbert war ein erklärter Gegner aller Vereinigungen. Mit seiner Geschäftsübernahme war der Betrieb zugleich aus dem Arbeitgeberverband und aus dem Bundesverband der Deutschen Industrie ausgeschieden. Der Handelskammer konnte sich Adalbert nicht entziehen, hatte es aber abgelehnt, sich für die Vollversammlung aufstellen zu lassen. Auch die politischen Parteien klopften vergeblich bei ihm um Spenden an.

Nach der Eilmappe sah Adalbert die Durchschläge der Ausgänge an. Von technischen Zusammenhängen verstand er fast nichts, vom Arbeitsfeld des Majors einiges, auf dem Gebiet des Herrn Schlüter fühlte er sich beheimatet, ließ ihn aber gewähren. In einem Punkt wußte er sich allen drei Prokuristen überlegen, im Briefstil. Diese Karte spielte er aus. Mit einem Rotstift unterstrich er leere Floskeln und glättete nachträglich mit der Füllfeder, die drucklosen Kugelschreiber widerstrebten seinem Schriftempfinden, mißratene Sätze auf seine Weise. Wendungen wie Voll und ganz, Wir gehen einig, Unter Beweis stellen wurden beanstandet.

Frau von Anden bewahrte Blätter mit Randbemerkungen Adalberts vor der Ablage, trug sie zu den Sprachsündern hin und bat um Gegenzeichnung. Diese Gänge bereiteten ihr ein Hochgefühl, ich und der Herr Direktor lassen keine Schlamperei durchgehen. Schrieb Adalbert an den Rand, er hätte etwas zum wiederholten Male ankreiden müssen, setzte Borghild das Wort Rücksprache hinzu und weidete sich, wenn der Betroffene mit dem hellgrünen Durchschlag antrat. Habe ich etwas von Rücksprache gesagt? fragte sich Adalbert.

Und noch eine Neuerung hatte Frau von Anden durchgesetzt. Wann immer einer der Prokuristen zum Vortrag erschien, betrat sie mit ihm das Zimmer des Direktors, um, wie sie erklärte, die Gesprächspunkte festzuhalten. Dann gäbe es nachher nicht Möglichkeiten falscher Auslegung. Borghild schrieb eine Kurzschrift, die sie sich beim Dorfschullehrer des heimatlichen Gutsbezirks angeeignet hatte, eine Mischung aus der Gabelsberger Grundschrift mit Kürzeln von Stolze-Schrey und solchen der Reichseinheitskurzschrift, für Außenstehende nicht zu entschlüsseln.

Wir brauchen fünf Gießer für Form- und Spritzguß, sagte der Ingenieur. Spangenschild sah den Major fragend an. Das Arbeitsamt kann uns nur drei vermitteln, antwortete dieser. Wenn wir Glück haben, ist ein geeigneter dabei. Leute, die sich gleich wieder krankschreiben lassen, nützen uns nichts.

Warum so schwarz sehen? Spangenschild hatte sich erhoben und ging um den Tisch. Fast zwei Millionen Arbeitslose, das sind doch nicht alles Krankspieler. Von morgens bis abends hören wir, wir sollen Arbeitsplätze schaffen, Milliarden will man dafür aufwenden, und ich, ich biete fünf offene Stellen, aber sie lassen sich nicht besetzen. Wenn das Arbeitsamt mir einen Korb gibt, muß ich andere Wege suchen. Umhören bei anderen Maschinenbauanstalten, die für Entlassungen schon Sozialpläne ausgearbeitet haben, ob sie uns Kräfte abtreten möchten. Das kann der Betriebsratsvorsitzende bei seinen Kollegen mit mehr Erfolg versuchen als Sie.

Diesen Weg habe ich schon beschritten, Herr Direktor. Er erfordert Zeit. Wenn der Ingenieur sich für den Übergang mit Hilfsarbeitern begnügen könnte, ließe sich die Frage in zwei Monaten lösen.

Ausgeschlossen, sagte der Ingenieur. Bei den Gußstükken kommt es auf Millimeter an. Was wir an Lohn sparten, würde durch Ausschuß doppelt zum Fenster hinausgeworfen.

Adalbert beendete die Erörterungen. Wie so oft verabschiedete er seine Mitarbeiter mit der Formel, lassen Sie sich etwas einfallen, meine Herren.

Frau von Anden blieb im Zimmer. Wenn ich mir eine Anregung erlauben darf, Herr Direktor, ins Lager Friedland kommen so viele Umsiedler aus Polen, sicher sind auch einige von den Danziger Werften darunter. Sollte man nicht an die Lagerleitung schreiben und um einen Aushang bitten, daß wir Gießer suchen?

Der Direktor nickte ihr anerkennend zu. Schreiben Sie bitte in diesem Sinne, der Major zeichnet mit. Man darf keinen Versuch auslassen. Anerkennung war es, für die Frau von Anden lebte, nach der sie dürstete. Sie wollte Adalbert gefallen, nicht etwa um ihn zu erobern, die Festung hielt ja Gisela unangefochten, das wußte sie, weil sie sich in alle Ferngespräche des Direktors einschaltete. Wenn sie morgens Ruths Bild abstaubte, für die sie höchste Achtung empfand, stellte sie sich vor, wie wohl Gisela aussehen möchte. Tutti, längst entlassen und in Braunschweig verheiratet, hatte nicht versäumt, die Nachfolgerin in den Fehltritt einzuweihen, der nun fünfundzwanzig Jahre zurücklag. Sie war fest davon überzeugt, daß Gisela damals den Direktor verführt hatte. Darin folgte sie Tutti, von der sie sonst nicht das Geringste hielt. Das Gefühl, dieser Gisela sittlich überlegen zu sein, kräftigte ihre Selbstachtung in einem Maße, daß sie Adalberts Unerreichbarkeit verwand.

Der Mann der Hansa-Druckerei breitete die Andrucke der neuen Werbeschrift aus. Schlüter hatte nicht mitgespielt. Herr Direktor, wir können doch für unsere Maschinen nicht werben wie ein Pelzhaus oder eine Gemäldegalerie. Unsere Kunden sind das technisch Nüchterne gewohnt. Nur nicht aus dem Rahmen fallen, wenn Sie auf meine Meinung etwas geben.

Gerade darauf kommt es an, Herr Schlüter. Eine Drucksache, wie sie mir vorschwebt, soll den Empfänger überraschen, ihn verleiten, sich mit unserem Erzeugnis zu befassen, auch wenn er es im Augenblick nicht braucht. Adalbert blätterte die Seiten fast andächtig um. Das Schriftbild ist vollkommen, das überfliegt man nicht, es wird gelesen. Die Druckfarbe würde ich noch ein wenig mehr brechen, das Papier einen Schatten heller nehmen, sonst vortrefflich. Ich lasse es im Hause auf Satzfehler durchsehen, die Abzüge gehen morgen an Sie hinaus. Auflage, sagen wir, dreitausend.

Aufgeräumt empfing er den Vertreter aus São Paulo und ließ sich seine Stimmung auch nicht verderben, als dieser den argentinischen Markt für tot erklärte. Die Handelssperre der Europäischen Gemeinschaft machte jede Reise nach Buenos Aires überflüssig, aber auch die übrigen Länder des Subkontinents verhielten sich zurückhaltend, ringsum ein Unbegreifen, wie wir dem Kolonialgeist der Frau Thatcher beispringen könnten.

Auch Santiago de Chile? Der Besucher zögerte mit der Antwort. Na also, sagte Herr Spangenschild und ließ durch Frau von Anden einen Malvasier einschenken. Er überflog die Liste der Aufträge, die der Mann aus Brasilien im letzten Jahr zusammengebracht hatte. Das ist doch recht ansehnlich, darauf kann man weiterbauen, sobald die Falklands vergessen sind. Die meisten Zahlungen von drüben gehen betrüblich schleppend ein. Nun, nächstes Frühjahr unternehme ich eine Seereise nach Rio, ich möchte meiner Zukünftigen den Karneval zeigen. Vielleicht treffen wir uns und besuchen gemeinsam einige Kunden. Eine Geschäftsreise, Sie verstehen. Spangenschild verwies den Herrn aus São Paulo für weitere Einzelheiten an Schlüter.

Als er allein war, rief er seinen Anwalt an und bat ihn um einen Entwurf, die Lübecker Strickmaschinenwerke in eine Stiftung umzuwandeln. Es eilt nicht, ich möchte mich mit dem Rahmen vertraut machen. Wert lege ich auf eine starke Stellung des Beirates, dem ich auf Lebenszeit vorzustehen gedenke. Der Vorstand selbst sollte aus zwei Köpfen bestehen, die Prokuren können auf die Dauer erlöschen, sonst werden wir zu kopflastig. Den Einwand des Notars, Herr Spangenschild hätte doch einen Sohn, überhörte der Anrufer, es war ihm lästig, seine Schwierigkeiten mit Wolfgang Außenstehenden zu erklären.

Eben hatte er den Hörer aufgelegt, als der Sohn unangemeldet das Kontor betrat. Adalbert war es gewöhnt, daß die Besucher von Frau von Anden angesagt und meist auch hineingeleitet wurden. Wolfgang überflog den abgeräumten Schreibtisch. Viel zu tun? Ich hoffe, ich störe nicht.

Was gibt es? Wolfgang im Werk, das war eine Seltenheit. Adalbert hatte Frau von Anden Weisung erteilt, wenn der Sohn sich in Geldnöten an sie wandte, dürfte sie eine Anweisung an die Kasse ausstellen, zu Lasten von Adalberts Privatkonto bis zu zweihundert Mark zu zahlen. Hiervon hatte Wolfgang in den letzten Jahren wenige Male Gebrauch gemacht, auch versprochen, sich das Geld vom Monatswechsel abziehen zu lassen. Es blieb beim Versprechen. Wolfgang zögerte. Glaube nicht, daß ich für Eure Antikhomeinisache einen Pfennig herausrücke, du kennst meinen Standpunkt. Es wäre wichtiger, du faßtest endlich einen Beruf ins Auge.

Darum geht es ja, sagte Wolfgang. Bani Sadr ist für mich gestorben. Ich kann einer Band beitreten, den Hallelujas. Sie wollen mit mir als Gitarristen ein Probekonzert geben, nur verlangt der Wirt eine Ausfallbürgschaft von tausend Mark. Leihweise, Vater, wir kriegen ein volles Haus und es wird bestimmt kein Kleinholz geben.

Selbst wenn, darauf kann man keinen Beruf gründen. Du bist nicht ausgebildet, das Strohfeuer ist schnell abgebrannt, dann stehst du wieder vor dem Nichts. Diesen Weg unterstütze ich nicht, ich hoffe, du kommst bald mit brauchbaren Vorschlägen. Vorher brauchst du dich hier nicht wieder blicken zu lassen.

Wolfgang schlug die Tür hinter sich zu. Wenigstens die zweihundert Mark ließ er sich von Frau von Anden anweisen, den Rest müßte er anderswo zusammenkratzen. Auf ihre Vorhaltung, warum er so mit den Türen schlüge, hatte er geantwortet, was lange gärt wird endlich Wut. Es ginge um sein Leben, er hätte alles satt, lieber wollte er nichts tun als angestrengt doch nichts zu schaffen. Sein Vater bliese wie ein alter Platzhirsch, bei dem nur noch der Geiz strotzte. Entsetzt berichtete Borghild dem Direktor, was der Sohn bei ihr fallen gelassen hatte. Sie tat so, als ob sie die schlimmsten Ausfälle unterdrückt hätte. In Wahrheit ließ sie kein Wörtchen aus.

Sie sind künftig verschont, Frau von Anden, ich habe meinem Sohn Hausverbot erteilt. Und gezahlt wird an ihn ab heute nichts mehr. Bitte beruhigen Sie sich wieder, seien Sie froh, daß Sie sich mit so jemandem nicht täglich herumschlagen müssen. Adalbert legte für einen Augenblick seinen Arm um ihre Schulter.

Die Wärme des Glücks durchströmte Frau von Anden. Die Bluse, die seine Hand berührt hatte, würde sie am Abend nicht ausziehen dürfen, so wohl tat ihr die Geste des Direktors. Er war nicht nur ein herrlicher Mann, er besaß auch Herz, sie hatte es schon immer gewußt. Der Traum dauerte nur wenige Stunden, denn am Nachmittag erschien zum ersten Male Frau Storz im Betrieb, eine Neuigkeit, die Borghild um ihre Fassung brachte.

Bescheiden hatte Gisela ihren Namen genannt und um Anmeldung bei Herrn Spangenschild gebeten. Frau von Anden musterte sie von oben bis unten, feindseliger konnte man nicht dreinblicken. Herr Direktor, eine Frau Stolz oder Storz aus Hamburg, sie tat, als ob sie den Namen noch nie gehört hätte, ist hier und wünscht Sie zu sprechen. Darf ich daran erinnern, daß Herr Schlüter in zehn Minuten den Vertragsentwurf mit Kenia vorlegen soll.

Adalbert eilte zur Tür. Komm herein, Gisela! Zu Frau von Anden gewandt, sagte er, verständigen Sie bitte Herrn Schlüter, der Vertrag hat Zeit bis morgen. Ich benötige Sie heute nicht mehr, Frau von Anden, Sie können gehen, auf Wiedersehen!

Die Tür verschloß sich hinter den Verlobten, Borghild brauchte ihre Bluse nicht mehr bedachtsam zu hegen. Die Frauen sind es, die die Männer falsch machen, sie hatte es schon immer gewußt. Was konnte der Direktor nur an dieser Person finden, einem Kleiderständer für teure Sachen, mehr nicht. Borghild war niemand, der sich nach Belieben fortschicken ließ. Sie setzte sich an die Maschine und schrieb den Vertragsentwurf mit Kenia ins Reine, vierfach. Geändert würde morgen ja doch nichts mehr.

Gisela war gekommen, weil Adalbert angedeutet hatte, Flora könnte die Staupe haben, er wollte sie in eine Tierklinik einweisen. Ich möchte sie mir ansehen und fahre nachher gleich zurück, ich will nur wissen, ob du sie ohne Not aus ihrer gewohnten Umgebung reißt, damit sie sich womöglich erst in der Klinik ansteckt. Buttje Göckel hat uns versichert, sie wäre gegen Staupe geimpft.

Auch Ida soll ihr Mißbefinden für harmlos ansehen, wußte Mackeprang vorhin zu berichten. Mir fehlt das Urteil, sieh sie dir an!

Es klopfte und augenblicklich wurde die Klinke niedergedrückt. Glaubte Borghild im Ernst, in Tuttis Nachfolge Gisela bei Vertraulichkeiten bloßzustellen? Adalbert und Gisela saßen einander gegenüber, durch den Schreibtisch getrennt. Frau Storz hatte den Mantel abgelegt, gewiß, die Figur konnte sich sehen lassen, aber wie gering wiegen solche Äußerlichkeiten, dachte Borghild.

Der Direktor blickte zur Tür. Immer noch hier, Frau von Anden? Man soll die Arbeitswut nicht übertreiben.

Ich wollte nur fragen, ob im Fall Kenia der gleiche Mengennachlaß eingeräumt wird wie kürzlich bei Marokko. Da sonst keine Veränderungen zu erwarten sind, fertige ich, Ihr Einverständnis vorausgesetzt, den Vertrag bereits heute aus.

Marokko? Das habe ich nicht im Kopf. Fragen Sie bitte Herrn Schlüter. Mackeprang braucht mich nicht abzuholen, ich fahre mit Frau Storz nach Hause. Wie gesagt, der Vertrag hat Zeit bis morgen, aber ich will Sie nicht hindern.

Zehn Minuten später blickte Frau von Anden den Verlobten nach, als sie durch Adalberts Vorzimmer den Flügel verließen. Ein stattliches Paar, aber wie sie es wurden, bleibt empörend. Diese Ansicht wird die alte Frau Spangenschild teilen, der der Direktor eine solche Schwiegertochter zumutet.

Frau Marianne nahm Gisela freundlich auf, nachdem sich gezeigt hatte, daß von Staupe bei Flora nicht die Rede sein könnte. Im Gegenteil, die Hündin kam Gisela schon wieder recht munter entgegen.

Ach Kinder, sagte die Mutter, wie gern wäre ich im Dom dabeigewesen, um zu beobachten, welchen Eindruck unser Lübeck im Präsidenten Mitterand hinterlassen hat. Sein Gesicht ist so sprechend. Sicher besitzt er mehr Gespür für das Andachtsvolle als Giscard vor zwei Jahren, der uns politisch wohl näher stand, aber viel zu glatt ist, um ein großes Erlebnis tief innerlich aufzunehmen. Er war zu sehr auf die Figur, die er machte, bedacht. Mitterand traue ich Ergriffenheit zu. Daß unser Kanzler selbst im Dom das Schnupfen nicht unterlassen konnte, nehme ich ihm übel. Mir mißfällt auch, daß der Organist sich herabließ, Variationen über Die Brücke von Avignon und Der Mai ist gekommen einzuflechten. Das paßt nicht zu Telemann. Warum nicht gleich Vun Herrn Pastor sin Koh? Kein Wunder, wenn die Leute im Gotteshaus lachen und am Ende Beifall klatschen. Ich werde an den Kirchenvorstand schreiben.

Welch Bild dagegen der Präsident der Republik, einsam vortretend und in Ehrfurcht gesammelt zum Altar aufblickend. Süperb hat er das Holstentor genannt, vielleicht galt es auch dem Wahlspruch der Inschrift. Wißt Ihr, unserer Seite fehlt das Empfinden für Würde. Wie können die Leute auf der Straße Vive la France rufen. Sie haben vergessen, daß der Rat 1812 seinen Silberschatz und die Weinvorräte des Ratskellers verkaufen mußte, um die Kontributionen an Napoleon aufzubringen. Unsere Katharinenkirche wurde zum Marstall entweiht.

Du liebe Güte, Mutter, Napoleon! Wie lange willst du nachtragen? Wenn wir nach dem Kriege statt britischer französische Besatzung gehabt hätten, könntest du dich vielleicht über Plünderung deines Eigentums beklagen wie die Stuttgarter. Vive l'Europe wäre auch mir lieber gewesen. Man muß es den eigensinnigen Franzosen und auch den Engländern öfter in Erinnerung rufen. Übrigens, sollte dich Wolfgang anpumpen, gib ihm bitte nichts für seinen neusten Firlefanz, er will mit der Gitarre öffentlich auftreten.

Der Junge spielt so hübsch, warum sollte ich seine Musik nicht unterstützen? Seit Monaten begehen wir 800 Jahre Musik in Lübeck, ein Konzert jagt das andere. Die Pflege des Musizierens beginnt in der Familie. Spielst du ein Instrument, Gisela?

Gisela mußte verneinen. Wolfgang hat mich vorhin auf die Seite gezogen. Ich habe ihm fünfzig Mark herausgerückt.

So viel soll er auch von mir haben. Frau Mariannes Auge leuchtete trotzig gegen Adalbert auf.

XIII

Martina

Benny, der Discjockey der Tarantel, legte eine neue Platte auf. Hallo, Martina, rief er ins Mikrophon, und alle wendeten den Blick zur Treppe, auf der sich ein langbeiniges Mädchen auf hohen Korksohlen herabdrehte. Der platinblonde Pony, bis über die Augenbrauen reichend, fiel über dem Puppengesicht auseinander. Gewandet war Martina in himmelblaue Seide, die, geschnitten wie der Overall eines Tankwarts, unten zu Pluderhosen auslief, um die nach Römerart silbergeflochtene Bänder kreuzweise gebunden waren. Silbern lackiert auch die Zehen, die aus den Korksandalen hervorlugten und silbern die scharf gefeilten Krallen der unberingten Hände. Diese Hände hingen mit den Daumen in einer Kette von Holzperlen vor den fast kindlich kleinen Brüsten, und an den Handgelenken klapperten die gleichen kirschgroßen Holzkugeln.

Die achtzehnjährige Martina war Verkäuferin in einer Boutique auf der Hüxstraße und leider die beste Kundin des Geschäfts, das einer Drogistin gehörte. Sie diente ihre Wochen ab für das, was sie zuvor auf Pump mit nach Hause genommen hatte. Wenn sie ein ausgefallenes Stück vorführte, und der Kundin gefiel es nicht, sagte Martina, ich steh drauf, und behielt es an. Immer ohne Geld machte sie sich rar in der Tarantel, auch heute befanden sich in ihrer blaugefärbten Jutetasche, die sie unter der Achsel eingeklemmt hielt, nur Pfennige.

Martina schritt sogleich zur Tat, pflanzte sich vor Bennys Mischpult auf, hob die Arme halb in die Höhe, schob das Becken vor und begann die Beine in rhythmischem Drehen der Hüften träge zu schlenkern. Wolfgang, der in einer Ecke mit zwei Vietnamesen auf sein Reisweinglas starrte, drückte sich von der Tischplatte hoch und schlenderte, schon ein wenig wankend, auf Martina zu. Anfangs wollte es ihm nicht gelingen, mit ihr in den Takt zu finden, er lahmte etwas hinterher. Als aber links und rechts von ihm Popper auftauchten, die Martina in deren nur angedeuteten Bewegungen überboten, drehte Wolfgang auf und erreichte, daß die anderen in Martinas Augen zu Nullen herabsanken.

Benny regelte seine Lichtschau so, daß der Scheinwerfer über die rollende Farbkugel auf Martinas Seide traf und das Mädchen bald veilchenviolett, bald weinrot, dann wieder smaragden aufgleißen ließ. Das helle Blau trat erst wieder hervor, als Benny mit dem Auflegen einer neuen Platte die Lichtorgel abstellte. Wolfgang ließ die Vietnamesen unter sich und zog Martina in eine Nische. Er bestellte ihr eine Cola mit Rum und rauchte zwei Zigaretten an, Gaulois. Die eine schob er ihr in den Mund, genüßlich Stückchen um Stückchen, die andere paffte er ungeduldig durch die Nase. Er selbst trank nichts mehr, es war schon zu viel gewesen. Noch zweimal tanzten sie. Fährst du mich nach Hause? Mein Schlitten steht vor der Tür. Ich will nichts riskieren, habe schon jede Menge Punkte in Flensburg, sagte er.

Martina konnte es kaum erwarten, hinter dem Steuer zu sitzen. Was nützt einem der Führerschein, wenn man sich höchstens alle vier Wochen einen Leihwagen leisten kann. Sie ließ den Motor aufheulen und jagte halb nach Travemünde hinaus, bis sie auf Gegenkurs ging, Richtung Jürgen-Wullenwever-Straße. Wolfgang ließ sie gewähren, er döste vor sich her und schrak erst auf, als sie am Kreisel nahe dem Gerichtsgebäude scharf bremsen mußte, um nicht mit einem Taxi, das es noch eiliger hatte, zusammenzurasseln.

Er wäre lieber allein nach oben gegangen, der Reiswein wühlte in ihm. Martina jedoch hängte sich ein, überschätzte wohl Wolfgangs Wachsein und hielt ihr Mitgehen für eine Belohnung der unverhofften Wagenfahrt. Im Zimmer, das ihr nicht fremd war, schob sie eine Kassette mit einem alten Blues in die Hi-fi-Anlage, Wolfgang stürzte hinzu, um die Lautstärke zu mildern. Meine Oma!

Willenlos ließ er sich aufs Bett fallen, während Martina zur Dusche verschwand. Nackt kehrte sie zurück, nur auf die Korkschuhe mochte sie nicht verzichten, ein Goldkettchen lief um den Nabel. Für Wolfgang eine Neuigkeit, Martina hatte sich den Pelz des Schoßes entfernt und wirkte nun wie eine Zwölfjährige, wenn sie nicht so hoch aufgeschossen gewesen wäre. Sie tanzte ein paar Schritte zu Armstrongs krächzender Stimme, setzte sich zu Wolfgang auf die Kante und versuchte ihn auszuziehen.

Schnell hatte sie das Hoffnungslose ihres Bemühens erkannt. Du Scheißer, mit dir ist heute nichts los. Erst mich anmachen in der Tarantel und dann den Schlappschwanz mimen, das schmeckt mir.

Wolfgang zog sie am Kettchen zu sich. Du kriegst dein Teil. Paß auf! Unter uns schläft mein Vater. Der Alte hat mir meinen Auftritt mit den Hallelujas vermasselt, wollte die tausend Piepen, die der Wirt verlangt, auch leihweise nicht herausrücken. Ja, seiner Freundin hat er voriges Jahr einen Porsche geschenkt. Nagelneu. Was kann ich armer Knabe dafür, daß ich nicht sein Klasseweib bin. Du bekommst einen blauen Hunderter von mir, wenn du es ihm besorgst. Heute noch, Strafe muß sein. Zappeln lassen werde ich ihn, es mit einer Minderjährigen getrieben zu haben, vielleicht gibt er dann klein bei. Dir verspreche ich, du kommst auf deine Kosten, mein Alter ist ganz gut auf Draht. Los Mädchen, troll dich, links neben der Treppe unten die zweite Tür.

Martina, die sich nicht umsonst ausgezogen und geduscht haben wollte, bekam einen Bock auf den Freund des Klasseweibes. Hundert Mark waren kein Pappenstiel. Und wenn er mich vertrimmt?

Mein Vater hat im Leben noch niemals jemanden geschlagen, er ist von der feinen Sorte. Krame dein bestes Deutsch von der Penne aus, bloß keine Ausdrücke, sonst schaltet er ab.

Martina hatte genug von Vorschriften, sie hüpfte die Treppe herab, öffnete vorsichtig die Schlafzimmertür des Hausherrn und knipste das Deckenlicht an. So sah also Wolfgangs Vater aus. Er trug noch volles Haar, atmete mit offenem Mund, die schlanken Hände lagen zu beiden Seiten des Körpers.

Habe ich verschlafen, Herr Mackeprang? Adalbert wendete den Kopf und blinzelte gegen das Licht an. Was er neben der Tür sah, hielt er für eine Erscheinung, für eine Riesenmarzipanstange, wie ein Mädchen geformt. Aber die Nymphe flog auf ihn zu, mit einem Satz kniete Martina hinter seinen Schultern, ließ sich über sein Gesicht fallen, ihre Hände rissen die Bettdecke zu Boden. Adalbert hatte den Geschmack von Champignons im Munde. Dieses Biest überfiel ihn, Ida hatte sich damals nur stumm angeboten. Er zog sie erst behutsam, dann hart an den Haaren zurück, nicht gesonnen, sich Soixante-neuf aufzwingen zu lassen, seine Stimme wehrte sich gegen das Ersticktwerden. Was fällt Ihnen ein, wie kommen Sie hier herein? Ich habe Sie nicht aufgefordert. Vermutlich gehören Sie zu Wolfgang. Scheren Sie sich dorthin oder besser, verlassen Sie augenblicklich das Haus!

Martina, deren Haarschopf Adalberts Ziehen widerstand, hob kurz den Kopf, ohne sich umzudrehen. So soll ich auf die Straße laufen? Irre! Du bist viel besser als der müde Wolfgang, bei dir bleibe ich. Sie setzte ihre sichtlich erfolgreichen Anstrengungen fort.

Kein Gericht wird einem Mann abnehmen, daß ein Mädchen ihn vergewaltigt habe. Als Adalbert, durch Martinas Künste schon halb von Sinnen, einsah, daß er sie nicht abzuschütteln vermochte, bestrafte er sie auf seine Weise, er nahm sie und bemerkte gar nicht, wie Martinas Krallen ihm tiefe rote Risse über den Rücken zogen. Was war die Feier mit Ruth, was waren die Feste mit Gisela gegen dieses blindwütig heiße Gericht gewesen, lauwarme Speisen? Trotzdem warf er Martina wie eine angefaulte Pflaume fort.

Maulend erhob sie sich von dem Lammfell vor dem Bett

und rieb sich die Seite, auf die sie gefallen war. Ganz egal, du bist einsame Spitze, Alterchen, rief sie ihm im Hinausgehen über die Schulter zu. Wie eine doppelte Mondsichel grüßte ihre knapp geschwungene Rückseite den vom Kampf mitgenommenen Adalbert. Er löschte das Licht und schlief erstaunlich schnell wieder ein.

Gegen acht Uhr klopfte nun wirklich der Fahrer zum Wecken. Der Direktor ließ sich von ihm rasieren. Ich habe eine schlechte Nacht hinter mir, Herr Mackeprang, es schien Unruhe im Haus zu herrschen, tastete er sich vor.

Wir haben nichts bemerkt, vielleicht hatte Herr Wolfgang Besuch. Mackeprang drückte den Pinsel aus und wollte das Messer ansetzen. Vorsicht, Adalbert scheuerte die Schulterblätter an der Stuhllehne, die Wunden von Martinas Hand begannen zu brennen und zu jucken. Er warf den Bademantel ab. Könnten Sie mir den Rücken etwas einreiben? Oben im Apothekerschrank die dritte Tube von links.

Mackeprang schob den Kopf bedenklich hin und her. Sieht böse aus. Sie haben doch nicht Spießruten laufen müssen, Herr Direktor?

Ich bin in der Sauna, es war so blödsinnig heiß, gegen ein Schlüsselbrett getaumelt, lauter spitze Haken. Ich hätte mich gleich verbinden lassen sollen.

Mackeprang legte auf die gesalbten Flächen Gazestreifen und befestigte diese mit Heftpflaster. Er bürstete noch über den auf einem stummen Diener hängenden Tagesanzug, rieb die schwarzen Halbschuhe mit einem Flauschtuch ab und verließ das Zimmer. Else wollte er nicht berichten, was er gesehen hatte. An das Nagelbrett der Sauna glaubte er nicht. Mackeprang hatte im Kriege in der Normandie gelegen und als Putzer eines Hauptmanns ein recht flottes Leben geführt. Lutschflecken und Kratzwunden, das kannte man. Der Direktor war ein freier Mann. Wozu Else mit solchen Abenteuern beschweren?

Adalbert verwendete an diesem Morgen besondere Sorgfalt auf sein Aussehen, genauer gesagt, seine Gedanken irrten vor dem Spiegel hin und her. Wie sollte er seinem Sohn gegenübertreten? Der Gedanke, daß Wolfgang das Mädchen auf ihn angesetzt haben könnte, kam ihm nicht. Sie mochte das Örtchen im oberen Stockwerk nicht gefunden und sich dann unten in der Tür vertan haben. Aber so unverschämt jung, er fürchtete fünfzehn, und zugleich so mit allen Wassern gewaschen, eine Haut wie Pfirsich und darunter diese lasterhafte Gier, die Natur gab Rätsel auf. In einem war sich Adalbert sicher, Wolfgang hatte sie in der gleichen Nacht besessen, und diese heimliche Teilhaberschaft zwischen Vater und Sohn war für ihn das Unerträgliche. Wie, wenn das Flittchen Wolfgang den Hergang in allen Farben ausgemalt hatte und der Sohn sich über das hilflose Gebaren des Vaters lustig machte?

Vor der Eßzimmertür blieb Adalbert stehen, straffte sich und hatte nur den einen Wunsch, Wolfgang möchte noch nicht am Frühstückstisch sitzen. Der Straffällige soll vor den Richter treten, nicht umgekehrt. Und wenn er gar das Mädchen zum Kaffee eingeladen hätte? Adalbert wäre umgekehrt und zum Frühstück ins Mövenpick gefahren.

Er war allein. Erleichtert setzte er sich nieder, überflog die Titelseite der Frankfurter Allgemeinen und klopfte das Ei auf.

Guten Morgen, Vater, sagte Wolfgang nicht ohne Grinsen, als er eintrat und Adalbert gegenüber den Stuhl vom Tisch rückte. Gut geschlafen? Willst du mein Ei dazuhaben? Man kann es brauchen, wenn man sich verausgabt hat. Ich war ausnahmsweise solide und viel zu müde, um mich noch anzustrengen. Du siehst etwas blaß um die Nase aus, fühlst du dich nicht wohl?

Wolfgang, sonst ein Morgenmuffel, pflegte am Frühstückstisch kein Wort zu sagen. Wenn er allein war, zog er sich den Sportteil aus der Frankfurter heraus, stets etwas enttäuscht, daß selbst vom Fußball in diesem Blatt mit jenem geistigen Anstrich gesprochen wurde, der ihm fremd blieb.

Durchtriebener Bengel! Adalbert sprang auf, stürmte um den Tisch und schlug Wolfgang zweimal heftig ins Gesicht. Wolfgang war stärker als sein Vater, hätte ihn leicht niederstrecken können. Statt dessen ließ er mit Vorsatz die Tasse fallen, der Kaffee ergoß sich über die Damastdecke. Wolfgang verließ den Raum. Und nicht nur ihn. In seinem Zimmer warf er das Nötige in zwei Koffer, griff sich seine wattierte Jacke und schleppte die Habseligkeiten zum Wagen. Auf die Gitarre wollte er nicht verzichten, auch wenn sein Auftritt mangels Geld in der Schwebe hing, er ging noch einmal hinauf.

Auf dem Rückweg blieb er vor der Tür der Großmutter stehen. Sie saß gewiß mit Ida über der Buchweizengrütze. Er klopfte. Ida öffnete. Ich wollte mich nur von dir verabschieden, Großmutter.

Lassen Sie uns bitte allein, Ida. Was kümmerte es Frau Spangenschild, wenn die Grütze der Betreuerin derweilen kalt wurde. Willst du zur Konzertprobe, mein lieber Junge? Du hast so rote Backen heute. Mein Gott, hat dir jemand ins Gesicht geschlagen?

Es war Vater. Ich ziehe aus und komme nie wieder. Dich wollte ich noch einmal sehen, du warst immer so gut zu mir.

Frau Marianne holte ein Taschentuch hervor und betupfte die Augenwinkel. Nein, wie schrecklich! Wie kann Adalbert nur, so kenne ich ihn gar nicht. Hast du etwas Schlimmes verbrochen? Vielleicht eine Frechheit über Gisela? Ich habe meinen Mann immer zurückhalten müssen, wenn er auf Adalbert losging, mein Kurt wußte es nicht besser und hatte oft Grund, aus der Haut zu fahren. Dein Vater hat manche Tracht Prügel bezogen, wenn ich nicht in der Nähe war. Ob er sich heute daran erinnerte? Was ist geschehen?

Laß es dir von ihm selbst erzählen, ich weiß nicht, was ich ihm getan haben sollte. Er kann mich wohl nicht ansehen, ohne innerlich zu kochen. Es nagt an ihm, daß ich nicht in den Betrieb eintreten will, das ist der eigentliche Grund für den Haß, der sich heute Luft gemacht hat. Das nächste Mal greift er womöglich zum Brotmesser. Nein danke, die Wullenweverstraße betrete ich nicht wieder. Ich finde schon eine Bleibe. Lebe wohl, Großmutter, vergiß mich nicht ganz!

Frau Spangenschild hielt den Enkel an den Händen fest. Armer Junge, wovon willst du leben? Er wird dich auf ein Hungerbrot setzen. Hier, damit du für den Anfang weiterkommst. Sie holte aus ihrer Tasche vier Fünfziger hervor und drückte sie Wolfgang in die Hand. Geh sparsam damit um! Wer weiß, wie lange du mit dem Geld auskommen mußt. Mich alte Frau läßt du nun allein, es wird immer einsamer um mich. Behüte dich Gott, Wölfchen! Sie zog seinen Kopf an sich und küßte ihn auf die Stirn. Wenn du wieder einen netten Haarschnitt hast, schickst du mir ein Bildchen von dir. Das will ich mir auf den Nähtisch stellen, rief sie ihm nach, als er schon an der Tür war.

Die Betreuerin durfte sich noch immer nicht an ihre erkaltete Grütze machen. Ida, gehen Sie bitte hinunter zu Mackeprangs und sagen ihnen, ich wünsche meinen Sohn zu sprechen, bevor er ins Werk fährt. Eigentlich albern, daß ich Sie nicht direkt zu meinem Sohn schicken kann. Ist er zu Ihnen wirklich so hochmütig, wie Sie immer behaupten? Frau Marianne lehnte sich zum Fenster und winkte Wolfgang zu, der in seinen Wagen stieg, aber keinen Blick mehr zurückwarf.

Ida wäre lieber auch Mackeprangs aus dem Weg gegangen. Befehl ist Befehl. Nach zehn Minuten stand Adalbert vor Frau Marianne. Guten Morgen, Mutter, was gibt es so früh? Ich bin ziemlich in Eile, weil nachher die Herren von der Bauaufsicht kommen wegen der Verlängerung von Halle fünf. Der Untergrund ist sumpfig, wir werden wohl Pfähle einrammen müssen.

Frau Spangenschild forderte Adalbert mit einer Handbewegung auf, sich zu setzen. Ich möchte von dir klipp und klar hören, warum du Wolfgang geschlagen hast. Erstens ist es sonst nicht deine Art und zweitens ist Wölfchen kein Tertianer mehr. Richtige Striemen hatte der Junge auf beiden Backen. Falls du es nicht weißt, er ist Hals über Kopf ausgezogen. Für immer, sagt er. Sehr, sehr traurig, wenn ein Kind sich im Elternhaus nicht mehr heimisch fühlen darf. Nun?

Adalbert besah seine Fingernägel, Martinas Schrammen

ätzten noch immer den Rücken wie Brennesseln. Ich habe ihn nicht hinausgeworfen, Mutter, meine Hand ist mir nur ausgerutscht. Ich bereue es schon. Sein Auftreten beim Frühstück war geradezu flegelhaft, ich kann es in Worten nicht wiedergeben. Da bin ich geplatzt.

Keine Redensarten, Adalbert. Ich will genau wissen, was dich an Wolfgangs Benehmen so gereizt hat. Oder soll ich annehmen, du habest aus bloßer schlechter Laune den Jungen geohrfeigt?

Nimm das Zuschlagen meinetwegen als Laune, Mutter, der Groll über den Nichtsnutz hat sich tief bei mir eingefressen. Dir zeigt er nur die freundliche Seite. Seine Faulheit, seine Frechheiten, seinen minderwertigen Umgang, die verbohrte Gesinnung, die krummen Wege, das alles, meinst du, soll ich geduldig hinnehmen. Ich habe mir jede Mühe gegeben, aus ihm ein brauchbares Mitglied der Gesellschaft zu machen, habe ihm gegen eigene Bedenken manchen Wunsch erfüllt, nur um ihn im Hause zu halten, damit er nicht ganz abgleitet. Er fühlt sich zu einer Umgebung hingezogen, die nicht die unsere ist und nie sein wird. Meinst du, ich hätte ihn bewegen können, auch nur eines meiner Bücher in die Hand zu nehmen? Ihm fehlt jede geistige Grundlage. Hotten und Hitparade, das ist seine Welt. Er zeigt sich unfähig zu irgendeiner geregelten Arbeit. Und wie er herumläuft, abgerissen und ungepflegt, das muß doch jeden anständigen Menschen vor den Kopf stoßen. Wenn ihn jemand zurückholen kann, bist du es vielleicht, Mutter. Ich habe es heute aufgegeben.

Wie bequem, sagte Frau Marianne. Deine Ruth hätte ihr Kind, und Wölfchen ist noch ein rechter Kindskopf, an sich gezogen. Aufgeben! Was sollen die Mütter sagen, die eine Mißgeburt zur Welt bringen und das Bündel Blödigkeit über Jahre und Jahrzehnte füttern, sauber halten und in Liebe ertragen? Dir fehlt es an Herzenswärme, Adalbert. Du hättest Wolfgang die Mutter ersetzen müssen, statt dessen hast du nur den Schulmeister gespielt.

Ich sah vor Monaten ein Fernsehspiel von Manfred Bieler, fuhr Frau Marianne fort, meinem Lieblingsdichter. Es hieß: Preußische Nacht. Wir alten Lübecker wollen von Preußen, das uns kurz vorm eigenen Ende noch übergeschnappt hat, nicht viel wissen. Gerd Böckmann, der uns als schrulliger Christian Buddenbrook so belustigt hat, findet in diesem Spiel zu einer Bombenrolle, er verkörpert den angeblich großen Friedrich, vollendet bis in die Mundwinkel. Dieser Friedrich, er ähnelt dir sehr, Adalbert, wird in seiner Sterbenacht in ein erfundenes Gespräch mit Elisabeth Christine, seiner ungeliebten Gemahlin, verwickelt. Sie hält ihm vor, was ich auch dir vorzuwerfen habe, das Fehlen jeder Wärme des Gemüts. Die Leistungen und Verdienste des Königs werden nicht bestritten, sein Rang als Großer mag bestehen bleiben, aber auf wessen Kosten? Wie diese Elisabeth Christine könnte ich zu dir reden.

Adalbert wand sich. Ach Mutter, ein Fernsehspiel, sein Schauplatz liegt zweihundert Jahre zurück, wie vermöchte es, unsere heutigen Schwierigkeiten zu lösen. Ich muß in den Betrieb, wer weiß, am Ende kommt Wolfgang schon in den nächsten Tagen zurück. Er hat seinen Vater bisher nicht entschlossen erlebt, vielleicht verfehlt die Härte, zu der ich mich aufgerafft habe, nicht den Eindruck auf ihn. Ich sehe zum Abend noch einmal bei dir herein.

Gestärkt schritt Adalbert die Treppe herab, der Kelch, das in Wahrheit Geschehene zu gestehen, war an ihm vorübergegangen, Wolfgang hatte dicht gehalten.

XIV
Soraya

An einem Sonntag Anfang Juni beging Frau Spangenschild ihren fünfundsiebzigsten Geburtstag. Ein anhaltender Regen trieb die letzten, an den Rändern schon gebräunten Blüten von den Obstbäumen. Frau Marianne blickte von ihrem Fenster aus in einen schwarzgrauen Himmel. Mit den fallenden Wasserfäden sank auch ihr Lebensmut in die Tiefe. Ich harre nur noch dem Rasen entgegen, dachte sie, möge es der Herr gnädig machen. Ida hatte ihr ein gehäkeltes Halstuch geschenkt, Frau Marianne fand bei sich die Farben grausam. Auch die Gerstengrütze mit Rosinen hatte nicht geschmeckt, leicht angesetzt. Wäre Ida nur bei der täglichen Buchweizengrütze geblieben, da wußte sie im Schlaf, wie lange der Topf auf dem Feuer zu bleiben hatte.

Gisela fehlte. Eine Geschäftsreise für die Hamburger Wirkwaren zu irgendeiner Textilausstellung. Sie ließ eine Azalee schicken. Und Wolfgang fehlte. Schmerzlich. Frau Marianne wurde durch Adalberts großes Marzipanbrot und seine Schwarzwälder Kirschtorte nicht versöhnlicher gestimmt, dieser Vater hatte ihren Enkel aus dem Hause vertrieben. Die Post belohnte Frau Mariannes Zugehörigkeit zu unzähligen Vereinen, alle Vorstände gedachten ihrer am Jubeltage. Der ganze Briefstapel wurde aufgewogen von einer einzigen Bildpostkarte, Wolfgang hatte ihr geschrieben.

Hallo Großmutter! Aus Neumünster sendet Dir Wolfgang liebe Glückwünsche. Mir geht es hier gut, viel Arbeit. Hoffentlich bist Du mit meinem Foto zufrieden und feiere nicht zu doll. Beste Grüße an Vater, Ida, Mackeprangs und Gisela, wenn Du sie siehst, Dein Wolfgang.

Keine Anschrift genannt. Lange betrachtete Frau Marianne das Bild des Enkels, einen Farbabzug. Er trug einen grauen Arbeitskittel und Holzbotten. Unter dem Arm hielt er einen Hobel. Das Gesicht zeigte klare, ernstere Züge. Vielleicht lag der Ernst am Oberlippenbart, den Wolfgang sich hatte stehen lassen. Er beginnt meinem Kurt zu ähneln, auch Kurt trug bei unserer Hochzeit solch Bärtchen, den Kaiser-Wilhelm-Zwirbel hat er nie mitgemacht. Und das Haar! Der Morchelkopf war gewichen. Kurz konnte der Schnitt noch nicht genannt werden, aber sehr viel netter und ohne das dumme Stirnband. Meine Rede, wenn Adalbert ihm nicht im Nacken sitzt, wird aus dem Jungen etwas.

Zur Wakenitz hin brachen Sonnenstrahlen durch, ein Regenbogen überspannte die Straße. Sehen Sie, Ida, der Himmel hat ein Einsehen mit mir, es wird noch ein guter Tag. Löschen Sie bitte das Lebenslicht auf der Torte, wir zünden es wieder an, wenn Erlenbachs mich besuchen kommen. Sie könnten dabei sein, Ida, wenn Sie wollten, aber Sie setzen sich ja nicht an einen Tisch mit meinem Sohn. Nicht einmal heute?

Nein, sagte Ida und verließ das Zimmer. Sie hatte Wolfgangs Bild ansehen und sich Frau Mariannes Betrachtungen dazu anhören müssen. Sie schwieg. Wolfgang war der Sohn ihres Erzfeindes, nicht viel besser als sein Vater, alles in allem.

Am Nachmittag hielten Erlenbachs mit einigem Getöse Einzug. Der Doktor sprach zu allen älteren Leuten sehr laut, eine Gewohnheit, die keine Ausnahme kannte. Er war so lang gewachsen wie sein Großoheim, der legendäre Oberlehrer vom Katharineum, fast zwei Meter, trug dessen rote schmale Nase im Gesicht und hatte auch dessen beständig auf- und abgleitenden Adamsapfel. Die Ärmel waren mit Lederlappen geflickt, das Schuhwerk hätte der Erneuerung bedurft. Worin mochte wohl des Rätsels Lösung liegen, daß Erlenbach solch unerhörtes Glück bei Frauen genoß? Soraya war seine vierte Ehefrau, die Lieben nebenher nicht gezählt.

Natürlich hieß seine Frau nicht Soraya, diesen Namen

hatte Adalbert Spangenschild ihr gegeben, als er zum Trauzeugen bestellt wurde. Vor etwa zehn Jahren luden Erlenbach und seine damalige dritte Frau, sie hieß Gertrud, Adalbert zum Essen in ihr Haus auf Marli ein. Ruth hatte mitkommen sollen, kränkelte aber. Die Stimmung war von Gertruds Seite etwas gedrückt, Erlenbach überbrückte das Tief durch allerlei Geschichten aus dem städtischen Leben. Ich bin eigens nach Kiel gefahren, um unsere alte lübsche Straßenbahn dort noch einmal fahren zu sehen. Sie zieht am hohen Rathausturm vorbei. Wie habe ich darum gekämpft, daß sie uns erhalten bliebe.

Nach dem Essen, Gertrud hatte vorzüglich gekocht, kam beim Rotwein die Wahrheit ans Licht: Warum drum herumreden, Adalbert, Gertrud und ich haben uns auseinandergelebt. Wir lernten auf dem Ärzteball einen Kollegen und seine Frau aus Plön kennen, muntere, sehr aufgeschlossene Leutchen. Beim Worte aufgeschlossen stieß Erlenbach sein Meckerlachen hervor. Sie luden uns nach Plön ein, mir gefiel die Kollegenfrau und auch Gertrud hat sich mit ihm nicht schlecht vergnügt. Wieder folgte Erlenbachs Gemecker.

Gertrud erhob Einspruch: Was blieb mir übrig? Für das Wochenende eine Abwechslung so ein Bäumchenverwechselteuch, nun gut, man muß doch keinen Dauerzustand daraus machen. Ich habe keine Lust, Lübeck mit Plön zu vertauschen.

Streit nicht ab, daß er dich liebt, daß er deinetwegen die Praxis verlegen würde. Du mußt wissen, Adalbert, er ist ein sehr tüchtiger Facharzt für Hals, Nasen, Ohren, er fände überall Zuspruch. Schwierigkeiten bereiten die Kinder. Gehen sie mit den Müttern oder bleiben sie bei den Vätern? Wir sind schon zur Eheberatung gelaufen. Da saß ein schrecklich kluges, bebrilltes Frauenzimmer, das nur in Gertruds Geschlechtswünschen herumstocherte, ob sie mich oder den Kollegen als männliches Wesen betrachtet vorzöge. Meine Gefühle waren ihr schnurzegal. Erlenbach meckerte zum dritten Male.

Adalbert stand die Ratlosigkeit an der Stirn. Weil auch

Gertrud bei Erlenbachs Schilderung manchmal mitlachte, hätte er am liebsten die Eheleute mit ihren Kindereien allein gelassen. Was ihr habt, das wißt ihr, was ihr einhandeln werdet, steckt voller Unsicherheit. Ich würde euch beide nicht gern getrennt sehen. Ihr seid doch langsam über das Alter hinaus, wo allein Bettfreuden die Entscheidung über das weitere Zusammenleben bestimmen.

Die Erlenbachsche Krankheit, sagte Gertrud. Eine neue Frau, und schon ist der Verstand abgemeldet. Die neuen werden verwöhnt, die alten müssen um ihr Recht kämpfen.

Sie hatten nicht erfolglos gekämpft, Erlenbachs verflossene Frauen, Gertrud eingeschlossen. Aus seinen durch Bienenfleiß zusammengetragenen Liegenschaften schied bei jeder Scheidung ein Haus. Das eigene große füllte sich mit Töchtern fremder Väter, die beiden Söhne, die seinen Namen trugen, waren mit ihren jeweiligen Müttern fortgezogen. Ein verwirrendes und sehr kostspieliges Familienbild.

Die Trauhandlung im Standesamt ging schnell vonstatten. Der junge Beamte scheute sich, vor der stadtbekannten Gestalt Dr. Erlenbachs, der in Ehefragen wahrhaftig kein Neuling war, langatmige Ermahnungen auszusprechen. Er bezog sich auf die den Brautleuten geläufigen Scheidungsurteile. Trauzeuge Spangenschild, Ruth unterzog sich wieder einer Kur, betrachtete ungestört des Freundes Neuerwerbung. Soraya! Der erste Eindruck trügt selten, er hatte sie bei sich eingeordnet.

Erlenbachs künftige Frau strahlte Hoheit und Liebreiz aus. Sie trug ein enganliegendes schwarzes Kleid aus Chinaseide mit einem Silbergürtel. Silbern auch das schwere Armband und die Plattenkette um den Hals. Weder Platin noch Weißgold, Verwöhnung durch Schmuck sollte Soraya erst in den Ehejahren mit Erlenbach erfahren. Ihre Figur wirkte sehr anziehend. Um neben dem langen Mann nicht zu klein zu erscheinen, stand sie auf Lackpumps mit hohen Bleistiftabsätzen. Das ebenmäßige Gesicht, von leicht gewelltem, vorteilhaft geschnittenem Haar zur Geltung gebracht, verriet eine Bestimmtheit, die mancher der Schrullen Erlenbachs den Garaus machen würde.

Am Hochzeitstag hatte sie es noch nicht geschafft, den Bräutigam dafür zu gewinnen, seinen abgetragenen dunklen Anzug durch Anpassen eines neuen zu ersetzen. Auch mußte sie es hinnehmen, daß der Doktor an dem alten offenen Austro-Daimler von 1931 festhielt, vom Vater ererbt, der einer der ersten Autofahrer in Lübeck war. Um sich das Kennzeichen HL A 3 zu erhalten, hatte Erlenbach Jahrzehnte an seinem Wagen herumflicken lassen, wohl auch selbst gepusselt und jedesmal eine Flasche Sekt mit dem Kraftfahrzeugmeister geleert, wenn sein altes Stück wieder über den TÜV gelangt war.

Der Wagen erregte überall Aufsehen, nicht zuletzt durch schneeweiße Reifen, und diente Erlenbach, das ließ sich standesmäßig nicht belangen, zur Werbung für seinen ärztlichen Betrieb. Der Doktor ist da, riefen die Kinder, wenn er in ihrer Straße hielt, und manche Frau kam aus den Häusern ringsum, sich eine Arznei verschreiben zu lassen, oder bat wohl auch zur ärztlichen Beratung hinauf. Erlenbach graste in verschiedenen Stadtteilen, nahm alles mit und sammelte Krankenscheine wie andere Leute Briefmarken. Geben Sie einen handwarmen Umschlag, liebe Frau, nicht vergessen, handwarm, weder zu kalt noch zu heiß, handwarm! Erlenbach erteilte seine Anweisungen stets dreifach, so viel Zeit nahm er sich.

Soraya und er stülpten sich ihre Windkappen mit den eingebauten Staubbrillen über, Gertrud hatte auf deren Besitz mit Freuden verzichtet, endlich durfte sie im geschlossenen Wagen fahren. Es ging zunächst nach Marli zu einem kurzen Hausempfang, danach zum Ratskeller. Adalbert war schneller als der bedächtige Daimler, im Ratskeller verlief er sich ins Zimmer der hansischen Admirale.

Es war leer. Er sah sich um. Noch nie hatte er den Raum betreten. Der Einfall zu seiner Einrichtung stammte von einem Kaiserlichen Konteradmiral lübscher Herkunft, einem Manne mit musealen Neigungen, der das eigene

Wappen, vermehrt um seinen höchsten Orden, als Schlußstück neben die Kette großer Seefahrer aus der Blütezeit der Hanse hatte an die Wand malen lassen. Neben ihm entdeckte Adalbert auch die Wappen eines Onkels von Erlenbach und des ersten Chefs der Marineleitung, Admiral Behnke, der den Grundstein zur Reichsmarine gelegt hatte. Behnke Lübecker? Das war neu für Adalbert. An der Wand las er einen Spruch:

Wat wassen will, lat di bedüden,
Anbinnen mußt du dat bi Tiden.

Der damals achtjährige Wolfgang brauchte noch nicht angebunden zu werden, er klammerte sich an Ruths Rock, ein Muttersöhnchen.

Adalbert riß sich los, eilte zum Brautgemach des Ratskellers und machte sich mit den Hochzeitsgästen bekannt. Ein alter, offenbar schwerhöriger Schulkamerad Erlenbachs entzifferte laut und stockend die eiserne Inschrift des Kamins:

Mannig man lude singet,
Wen man em de brut bringet.
Wuste he, wat man em brochte,
dat he wol wenen mochte.

Des altertümlichen Platts unkundig, vergaß der Lesende am Ende schon wieder, was er am Anfang buchstabiert hatte, und schüttelte den Kopf. Adalbert sprang ihm in freier Übertragung bei:

Ein Mensch, wenn man die Braut ihm bringt,
Ihr freudevoll entgegen singt.
Ach, wüßt' er, wen man ihm da brächte,
Der Mensch, mich deucht, bald weinen möchte.

Das anfängliche Lachen verschwand schnell aus dem Gesicht des Schwerhörigen. Mein Gott, die vierte Hochzeit des guten Erlenbach, hoffentlich hat er diesmal die Richtige gefunden, auf daß er nicht weinen möchte.

Das Gesicht hellte sich sogleich auf, als unter den Klängen des Hochzeitsmarsches von Mendelssohn, sie kamen leise aus dem Ventilator unter der Decke, Erlenbach die Braut ins Gemach führte. Den Deubel auch, die neuste fällt immer schöner aus als die frühere. Was finden die Frauen nur an unserem Freier? Der Schulkamerad glaubte zu flüstern, alle hatten es mitbekommen. Soraya verzog keine Miene, Erlenbach schlug dem Freund auf die Schulter. Da staunste, was? Sein Meckern schepperte hinterher.

Bei Tisch, Hauptgang Hirschmedaillon, wurden viele Reden gehalten. Erlenbach begrüßte die Gäste während der Suppe mit einer Ausführlichkeit, daß Soraya ihm auf den Fuß treten mußte. Meine Angetraute bedeutet mir, ich soll aufhören.

Ist doch wahr, sagte Soraya zu dem an ihrer Rechten sitzenden Spangenschild. Erlenbach war noch nicht fertig. An der langen Tafel sollte jeder wissen, mit wem er es zu tun hätte. Die eigenen und die angeheirateten Kinder, lückenlos versammelt, waren zwischen die Gäste gestreut. Bei der Entwirrung des verwandtschaftlichen Knäuels verhedderte sich der Hausherr gelegentlich zum Gelächter der Betroffenen. Zuletzt kam er bei Adalbert an. Deine liebe Mutter war meine erste Patientin, eine echte Lübekkerin, bei der ich für meine vaterstädtischen Bestrebungen immer Gehör gefunden habe, eine Freundschaft, die ins vierte Jahrzehnt geht und sich auf dich, lieber Adalbert, übertragen hat.

Im Verlaufe des Mahls erhob sich Erlenbach mehrfach. Er, der im Gespräch eher nuschelte, genoß es, bei seinen Ansprachen die Stimme donnern zu lassen. Der Pudding, meine Herrschaften, der vor ihnen steht, entstammt dem von Hand geschriebenen Kochbuch meiner guten Großmutter aus der Roeckstraße. Die alte Dame war in der Stadt berühmt für ihre süßen Nachspeisen. Erlenbach blickte ungeduldig zur Flügeltür. Keine Minute zu früh traten der Koch und seine Gehilfen in den hohen Kochmützen ein und nahmen den Beifall entgegen. Erlenbachs Vorbereitungen liefen stets am Schnürchen. Auch seine Ausgaben steckte er bei aller Großzügigkeit auf den Pfennig ab.

Man saß bei Kaffee und Weinbrand, als er sich nochmals Gehör verschaffte. Ich hoffe, meine Herrschaften,

Sie haben alles empfangen, was das Herz begehrt. Es war meiner Frau und mir ein Vergnügen, ihre Gastgeber zu sein. Was jetzt noch gewünscht wird, geht auf die Kappe jedes einzelnen. Gesegnete Mahlzeit!

Das fängt ja gut an, sagte Soraya zu Adalbert. Ich habe gar nicht gewußt, wie geizig er sein kann. Und dann wieder mit vollen Händen unter die Leute! Er wird bei mir noch sehr umlernen müssen. Was sollte der Tischherr zur Rechten antworten? Adalbert kannte Erlenbach besser. Soraya würde sich ihre hübschen Zähnchen an ihm ausbeißen. Hier ein Pelzchen, dort ein Brillant, mit solchen Geschenken entschädigte Erlenbach sie dafür, daß er blieb, wie er war.

Frau Marianne, die selbst ihr halbes Geld für Schmuck ausgab, staunte, mit welchen Kostbarkeiten Soraya behängt war, und konnte ihre Bewunderung nicht unterdrücken. Erlenbachs Frau glitzerte von den Ohrbaumeln bis zu den Fingerringen, beneidenswert. Alles von mir, verehrte Freundin, ich weiß, was ich meiner Frau schuldig bin. Erlenbach wickelte einen gerahmten Linolschnitt aus, eine Rückansicht Sankt Mariens, die dem Chor galt, die Türme ließen sich nur erahnen, als ob sie vom Nebel verschleiert würden. Mein Geschenk zum heutigen Tage. Erlenbach hielt das Bild hoch.

Denken Sie bitte nicht, daß es aus unserem Hause stammt, sagte Soraya, mein Mann kann sich von keinem Stück trennen. Neulich habe ich einmal gezählt, an unseren Wänden hängen nicht die sieben Türme, wenn man alle zusammenrechnet, sind es zweiundachtzig, von oben, von unten, von hinten und vorn, in Öl und Kohle, mein Mann kann nicht genug kriegen. Unsere Wohnung ist das reinste Museum, der Raum zum Leben wird immer enger. Ein ganzes Zimmer habe ich der Praxis opfern müssen, ständig baut er um, jetzt verkürzt ein abgeschnittener Gang sogar meine Küche. Die Flohmärkte werden mein Untergang. Immer neue Altertümer schleppt er herbei. Einen Stuhl, auf dem der Herr Senator gesessen, eine Vase, in die die Frau Konsulin ihre Lilien gesteckt hat, und

Schiffsglocken, Kompasse, alte Seekarten, nein, denken Sie sich, vorige Woche brachte er eine völlig verrottete Galeonsfigur mit. Jetzt baut er sich einen Teil des Kellers zum Kapitänssalon um, der Maurer soll Bullaugen herausstemmen.

Frau Marianne streichelte Erlenbachs Hand. Wie soll ich alte Frau Ihnen danken für das Kunstwerk, welches Sie mir zugedacht haben? Daß Sie die Seefahrt begeistert, wußte ich noch nicht. Warum sind Sie nie als Schiffsarzt gefahren?

Soraya lachte auf. Alle Fäden habe ich zu den Reedern geknüpft, endlich eine Gelegenheit, einmal aus der Stadt herauszukommen. Mein Mann liebt die See, aber nur hübsch vom Trockenen aus. Nie würde er die Planken eines Schiffes betreten, schon der Gedanke machte ihn seekrank. Alle Angebote hat er ausgeschlagen, wasserscheu, wie er ist. Meinen Sie, ich kriegte ihn auf irgendeinen ärztlichen Kongreß? Es gibt so viele und schön gelegene, von Bad Reichenhall bis Acapulco und Sidney, von der Steuer abzusetzen! Nein, wir bleiben in Lübeck festgenagelt, die Kongreßberichte lassen sich auch in Zeitschriften nachlesen, sagt mein kluger Mann.

Man muß ihn so nehmen, wie er ist, er bleibt der beste Freund unseres Hauses. Überraschend erwies sich Frau Marianne als wenig gesprächig. Seit dem Tode Kurts hatte sie sich in Süßigkeiten noch mehr Mäßigung auferlegt, heute sündigte sie drauflos und vergaß darüber das Reden. Von dem schokoladenüberzogenen Marzipanbrot hatte Ida ihr schon die erste Scheibe abschneiden müssen, bevor Erlenbachs kamen. Jetzt verzehrte sie bereits das dritte Stück Torte. Adalbert sah mit Bangen zu, wollte ihr aber das Vergnügen nicht verderben.

Haben Sie niemals Schwierigkeiten mit der Linie, wie schaffen Sie es nur, so rank und schlank zu bleiben? Frau Marianne blickte bewundernd auf Soraya.

Ich rauche. Darf ich? Die Tasche flog auf, Erlenbach stand mit einem Feuerzeug bereit und entzündete ihre Zigarette. Er wußte, welche Not sie die ganze Zeit ausgestanden hatte. Er selbst rauchte nicht, hatte es sich während der russischen Kriegsgefangenschaft abgewöhnt, vielleicht das Pfand für sein Überleben.

Ich liebe es, wenn mir Zigarettenduft an der Nase vorbeistreicht, sagte Frau Marianne. Nur Adalberts Pfeifenqualm kann ich nicht ausstehen. Der Sohn steckte den Tabaksbeutel zähneknirschend wieder ein und ließ sich von Soraya eine Zigarette abtreten.

Nach dem dritten Stück legte Frau Spangenschild die Tortengabel aus der Hand, stopfte die Bluse, deren Zipfel aus dem Rock gesprungen war, wieder hinein und war bereit, ihrem Redefluß Lauf zu lassen. Letzten Sonntag bin ich mit Helmut von der Lippe die Trave entlang gewandert, von ihrer Quelle in Gießelrade bis Travemünde. Ich habe den Aufsatz ausgeschnitten und will ihn unserem Bundespräsidenten schicken. Diesen lieblichen Weg muß er nachholen, entweder jetzt oder wenn er aus dem Amt geschieden ist. Professor Carstens wird es mir zu danken wissen. Wir lernen ja nie aus. Wo jetzt das Landesgestüt Traventhal liegt, erhob sich einst ein Schloß, in dem sich die Königin Caroline Mathilde mit dem Grafen Struensee vergnügte. Christian VII. hat seinen Leibarzt bekanntlich hinrichten lassen. Wußtet Ihr, daß es einer Moränenkette aus der Eiszeit zuzuschreiben ist, weshalb die Trave nicht nach zehn Kilometern bei Sierksdorf in die Ostsee fließt, sondern sich zunächst westwärts hundert Kilometer durch Ostholstein windet, ehe sie Lübeck erreicht?

Erlenbach wandte sich an seine Frau. Hörst du, mein Schatz? Ohne die Moränen keine Trave bei Lübeck, kein Lübeck, kein Garnischt! Das Meckern wollte sich nicht beruhigen. Wir alle flupp!

Soraya hörte nicht hin. Sie hatte an Frau Mariannes Handgelenk ein Armband entdeckt, einen Goldreif mit Rubinensternen. Sieh dir das an, ganz genau! So ein wunderbares Stück schuldest du mir noch, sagte sie zu ihrem Mann. Wer, mein lieber Schlemihl, hat vorige Woche Gertrud besucht? Da gibt es nichts abzustreiten, das kostet dich noch diese Kleinigkeit.

Gertrud hat sich von mir behandeln lassen, eine leichte Verstauchung der Fessel, ihr Fuß war umgeglippt.

Schöne Behandlung, das kenne ich. Wenn dir Gertrud nachträglich besser gefällt, du weißt, was ich meine, dann hole sie dir aus Plön zurück. Uns beide kannst du nicht haben, du Struensee!

Kinder, muß das sein? Frau Marianne mühte sich, den Verschluß ihres Armrings zu öffnen. Ich habe keine Töchter, wer soll all meinen Schmuck tragen, wenn ich nicht mehr bin? Ich schenke Ihnen den Reif mit warmer Hand, wenn Sie mir versprechen, Ihren lieben Mann, meinen Freund, nie wieder Struensee zu nennen. Ich habe seine Frau Gertrud gekannt, keine Caroline Mathilde, solche Vergleiche sind hergeholt, kein Mensch gleicht dem anderen. Sie legte Soraya das Gold um. Auf jungem Arm wirkt es viel schöner, tragen Sie es mit Gott.

Als Adalbert Erlenbachs hinausbegleitete, rief ihm Frau Marianne nach, er solle später noch einmal zurückkommen, sie habe ihm etwas zu zeigen. Es wird dich hoffentlich glücklich stimmen.

Adalbert rätselte, was es sein könnte, während er mit den Freunden im Garten stand. Wie fandet Ihr meine Mutter? Soraya nannte sie, was Wunder, eine großartige und reizende alte Dame. Der Doktor wußte, wie die Frage gemeint war. Eigentlich unverändert. Mit der Torte hat sie sich vielleicht übernommen, bißchen mächtig auf einen Schlag, aber ich wollte kein Spielverderber sein. Wenn der Stoffwechsel sonst in Ordnung ist . . . Versuche, ihr zu einem Magenbitter zu raten, ein Magenbitter schmiert die Schleimhäute im Pansen, hörst du, ein Magenbitter wäre das Richtige.

Adalbert ging mit der Flasche nach oben. Frau Marianne sträubte sich: Jagen kannst du mich damit, dein Vater trank solch Zeugs, mir war es immer zuwider. Sieh dir lieber diese Karte an. Sie reichte dem Sohn Wolfgangs Glückwunsch.

Hoffentlich bist Du mit meinem Foto zufrieden und feiere nicht zu doll, las er laut. Er warf die Karte hin. Verheerender Satzbau! Das will ein Abiturient sein? Wie sollen wir bei solchem Nachwuchs unsere Wirtschaft, unsere ganze Gesellschaft in Gang halten? Armes Europa!

Frau Marianne lief blaurot an: du mäkelst am Satzbau herum, statt dich zu freuen, daß der liebe Junge sich gefangen hat, daß er arbeitet, daß er jetzt anständig dreinsieht. Du Unmensch! Frau Spangenschild schlug mit der flachen Hand auf das Nähtischchen, ihre Goldketten klirrten, der Stapel mit den Glückwünschen kippte über den Rand.

Adalbert sammelte die Briefe vom Teppich zusammen. Ihn beängstigte, wie sehr die Fußgelenke der Mutter angeschwollen waren. Rege dich bitte nicht auf, schließlich ist heute dein Ehrentag. Gut, wenn Wolfgang dir eine Freude bereitet hat, sein Gruß an mich ist reiner Hohn.

Frau Mariannes Hände flogen über den Tisch hin und her. Du hast ihn hinausgeworfen. Und was tut der gute Junge? Er läßt dich grüßen. Schlicht und herzlich, gar nicht nachtragend. O, wie häßlich bist du! Sie griff nach der Handglocke, nicht nach dem Griff, sie umschloß die Schelle und hob sie auf, als ob sie auf Adalbert werfen wolle. Der Sohn drückte ihre Hand nieder.

Rühre mich nicht an! Ihr Kinn zitterte. Das Haus mag dir gehören, in diesem Zimmer bestimme ich. Sie atmete tief ein und stieß mit letzter Stimme, laut genug, um es auf dem Flur zu hören, hervor: Hinaus mit dir, ich will dich nicht mehr sehen!

Wie du wünschst, Mutter. Laß mich wenigstens Wolfgangs Grüße mitnehmen. Er griff nach der Postkarte, staunte über das Bild des Sohnes, suchte noch einmal seinen Namen im Text und nickte befriedigt. Morgen, Mutter, blickst du freundlicher in die Welt, gute Nacht!

Er verließ das Zimmer und bemerkte draußen, wie sich die Tür zu Idas Zimmer schloß. Daß Ida horchte, wenn er sich mit seiner Mutter zankte, hielt er für möglich. Er schwankte, ob er es ihr auf den Kopf zusagen sollte. Nein, ihm graute vor Idas Kammer. Er unternahm etwas, was er noch nie getan hatte, er ging zu Flora. Die Hündin nahm ihn freundlicher auf als erwartet. Sie hechelte glücklich, als er die Kette mit der Leine vertauschte, und zog ihn zur Wakenitz herab, auf den gewohnten Spuren mit Ida. Adalbert ließ sich willig ziehen, seine Gedanken waren zu Wolfgang abgeirrt. Hatte der Sohn wirklich festen Boden unter den Füßen gewonnen? Wieder nahm er sein Bild vor. Ernster schaut er aus, das Flackernde ist aus den Augen gewichen, dachte er. Sie waren nach einem Abstecher an den Krähenteich noch nicht bis zum Burgtor gelangt, da setzte erneut Regen ein. Sie kehrten um. Diesmal zog Flora, weil es auf ihre Abendmahlzeit zuging.

Vor dem Hause stutzte Adalbert. Was führte Erlenbachs Austro-Daimler schon wieder hierher? Auf den Stufen, über die der Goldregen hing, sah er den Doktor, der sich von Ida verabschiedete. Er trug seine brüchige Arzttasche, die schon seinem Vater gedient hatte, also war er als Arzt unterwegs.

Erlenbachs Gesicht bedeckte sich zur Trauermiene: Herzliches Beileid, lieber Freund, deine gute Mutter ist eingeschlafen, eine Coronarinsuffienz, wie wir es nennen. Verstehst du, plötzlich reicht das Blutangebot nicht mehr aus, um eine für den Herzmuskel tragbare Durchblutung zu gewährleisten, ein Sekundenherztod. Der liebe Gott hat es gnädig mit ihr gemeint. Da gibt es keine Vorboten, das kündigt sich nicht an, die Kammern flimmern aus. Fast hätte Erlenbach wieder gemeckert. Die Anlässe sind unterschiedlich. Magenüberfüllung kann auf die Zwerchfellkammern drücken, was zur Coronarverengung führt, bei Ansprechbarkeit des Gemüts kann auch eine seelische Erregung einen absteigenden Ast der Gefäße verschließen. Manchmal wirkt mehreres zusammen.

Komm herein! Ich fasse noch nichts, bin völlig durcheinander. Laß uns nur eben den Hund anketten. Erlenbach folgte ihm zur Hütte. Er hatte es eilig wegzukommen, seine Frau wollte heute abend ins Theater, er müsse sich noch umziehen, das verlange sie überflüssigerweise.

Als sie das Wohnzimmer betraten, lag auf dem Tisch nicht nur der Totenschein sondern auch Erlenbachs Rechnung. Nach dem Goldreif ein Freundesdienst eigener Art.

Zum Sonntagstarif! Erlenbach war der Segeberger Abrechnungsstelle nicht angeschlossen, Soraya mußte sich selbst durch die Berge von Krankenscheinen durchkämpfen und die Durchschläge seiner Rechnungen spätestens nach vier Wochen in den Mahngang nehmen, wenn eine Zahlung inzwischen nicht zu verbuchen war. Gute Ware, promptes Entgelt, hieß Erlenbachs Wahlspruch.

Adalbert bekannte, daß für ihn mit Ida nicht zu sprechen wäre, Erlenbach sollte ihm erzählen, was er wüßte.

Ich wartete auf das Klingelzeichen, sagte Ida, um den Kaffeetisch abzuräumen. Als ich um sechs immer noch nichts gehört hatte, klopfte ich an, ging hinein und sah zu meinem Entsetzen Frau Spangenschild neben dem Stuhl liegen. Sie wird nicht mit Wucht heruntergefallen sein, eher zusammengesackt, Idas Worte, und dann hinabgeglitten. Ich versuchte sie aufzurichten und merkte, es war kein Leben mehr in ihr. Ich horchte auf Herztöne, nichts. Dann rief ich Sie an. Gemeint bin ich. Wir trugen deine Mutter auf ihr Bett nach nebenan. Meine Untersuchung in Idas Gegenwart ergab, wie gesagt, den plötzlichen Herztod, eine sehr häufige Ursache für das Ableben von Menschen jeden Alters. Passe auf! Du brauchst nur ein Bestattungsunternehmen anzurufen, die Leute nehmen dir alle Gänge ab, setze ihnen die Todesanzeige auf, und verständige dich mit dem Pastorat von Sankt Jakobi über den Rahmen der Trauerfeier. Und nun entschuldige mich bitte. Kopf hoch, mein Freund! Kein Grund zu tiefer Trauer, dieses Leben, es kümmerte ja nur noch, war ausgelebt. Ich finde allein hinaus.

Adalbert blieb stumm im Sessel sitzen, ihm fehlte die Kraft, den Arzt hinauszugeleiten. Noch immer wollte er die Wahrheit nicht annehmen. Ich kann doch nicht eine Beerdigung bestellen, weil mir von Mutters Tod geträumt hat. Er kniff sich ins Kinn. Wäre es nur ein Traum gewesen! Schrecklich, daß sie im Zorn von mir geschieden ist. Er ging nach oben und betrat leise ihr Schlafzimmer. Das vorhin noch blaurote Gesicht hatte eine gelbwächserne Farbe angenommen, der Kopf schien zusammengeschrumpft zu sein, die Hände, von Leberflecken gepunktet, lagen ineinandergelegt über der grünen Steppdecke. Zum ersten Male seit fünf Jahren, wie damals bei Ruths Begräbnis, sprach er ein lautloses Vaterunser. Dann wandte er sich mit versteinerten Zügen zum Gehen und erledigte unten die Anrufe, wie sie Erlenbach ihm aufgetragen hatte.

Liebe Mutter, geliebte Mutter; Gisela und Ida nennen oder nicht, das waren Zweifelsfragen. Schließlich hatte er die Vorlage in seiner steilen Handschrift auf dem Papier.

Am Tage der Vollendung ihres 75. Lebensjahres verstarb plötzlich und unerwartet in festem Glauben an ihren Erlöser

Frau Marianne Spangenschild
geb. Gerdes

In tiefer Trauer
Adalbert Spangenschild
Wolfgang Spangenschild
Gisela Storz
Ida Pommerenken als langjährige Betreuerin

Die Beisetzung hat im engsten Familienkreis stattgefunden.

Am Rande vermerkte er: 1/8 Seite, nicht vor dem 12. Juni zu veröffentlichen.

Mackeprangs kamen heute spät aus Ratzeburg zurück. Es fiel Adalbert schwer, ihre Beileidsbekundungen über sich ergehen zu lassen. Nachdem sich Frau Else beruhigt und zurückgezogen hatte, schenkte er sich und Mackeprang einen Weinbrand ein. Hier ist der Text für die Anzeige. Ich muß morgen um acht im Werk sein. Verhandeln bitte Sie mit dem Mann vom Bestattungsinstitut und verständigen Sie das Pastorat über den Beisetzungstag mit

Uhrzeit. Der Pastor möchte mich im Kontor anrufen. Das Ganze nicht knauserig, aber schlicht, Herr Mackeprang. Der Vertreter wird Ihnen allerlei vorschlagen wollen, worauf wir verzichten können. Ich vertraue Ihrem Geschmack, Sie kennen mich lange genug.

Mackeprang schwirrte der Kopf. Noch nie hatte er neben dem Direktor im Sessel gesessen, er vergaß das Trinken und mußte sein halb gefülltes Glas hinaustragen, als Adalbert sich erhob.

XV
Ida

Was würden Sie, Frau Kollegin, unternehmen? Der Staatsanwalt reichte der ihm zugeteilten Referendarin ein Blatt mit aufgeklebten Zeitungsbuchstaben hinüber. Die Rechtsjüngerin las:

Frau Spangenschild ist keines Natuerlichen TodeS gestorben, der Sohn hat sie umgebrachT. Von einem der Es besser weisS.

Die Referendarin dachte nicht länger nach. Anonymes gehört in den Papierkorb. Ein schlechter Scherz, vielleicht lebt diese Frau noch. Wir kommen schon mit den formgerechten Anzeigen nicht nach.

Der Staatsanwalt sah die sich so bestimmt äußernde junge Dame über den Brillenrand an. So schnell läßt sich das nicht erledigen. Nach Ihrer Lesart kann, ich sage, kann ein Mörder unbehelligt bleiben, falls wir der Sache nicht nachgehen. Wenn es sich um den Sohn handelt, wird er vermutlich nicht weitermorden, aber die Tat, unterstellt, es gebe eine solche, darf nicht ungesühnt bleiben. Ein Anruf sollte dransitzen.

Der Staatsanwalt blätterte im Fernsprechbuch. Hier: Adalbert Spangenschild, Marianne Spangenschild, die gleiche Nummer. Nennen Sie sich Lisa Müller und verlangen Sie, Frau Spangenschild zu sprechen.

Die Referendarin bestand die Probe. Am anderen Ende meldete sich Mackeprang und bedauerte, Frau Spangenschild sei gestern Nachmittag plötzlich verstorben. Ob er Herrn Direktor etwas ausrichten dürfe. Nein, danke. Die Anruferin legte auf.

Bemerken Sie etwas? Der Staatsanwalt winkte mit dem Briefumschlag.

Der Einsender, sagte sie, hat es sehr eilig gehabt. Der

Tod kann erst wenigen aus der nächsten Umgebung bekannt gewesen sein. Vielleicht sind Mörder und Buchstabenkleber ein und dieselbe Person. Er will von sich ablenken, weil er kein Alibi besitzt. Es kann sich auch nur um einen Racheakt im Hause handeln, es wäre also gar kein Mord geschehen.

Sie lesen zuviel Kriminalromane, Frau Kollegin, lauter Mutmaßungen. Richtig haben Sie erkannt, daß der Einsender blitzschnell gehandelt hat. Oft erhalten wir solche Anschuldigungen von mißgünstigen Verwandten nach Jahren. Dann muß exhumiert werden, ein schauderhafter Aufwand. In keinem Falle dürfen wir hier untätig bleiben, je schneller der Zugriff, umso schwieriger, die Spuren zu verwischen. Der Staatsanwalt verständigte die Mordkommission.

Mackeprang rannte hin und her. Die Leichenwäscherin hatte ihre Arbeit beendet, eben wurde der Sarg hinaufgetragen, der Vertreter des Bestattungsinstituts überhäufte ihn mit Fragen: Lorbeerbäume, Kerzendicke, gemischter Chor? Und nun stand ein Kriminalkommissar mit einem Mann, den der Polizeimensch Herr Doktor anredete, auf der Diele. Erste Forderung des Herrn, der Sarg dürfe noch nicht geschlossen werden. Mackeprangs Gegenmaßnahmen: Frau Else in die Küche zurückschicken, den Vertreter aus dem Tempel jagen, Ida ließ sich zum Glück nicht blicken, den Direktor zu Hilfe rufen. Mit der Taxe könnte er schnell hier sein.

Die Herren bewegten sich im Hause, als ob es ihr Eigentum wäre. Der Doktor – war er Mediziner oder war es ein Chemiker? – begab sich nach oben, der Kommissar ließ alle Ausgänge der Villa verschließen, die Schlüssel abziehen. Mackeprang litt darunter, daß er das Tun der Herren nicht unter Aufsicht behalten konnte, sie wirkten in verschiedenen Stockwerken. Leider kann man sich nicht zerreißen.

Nachdem der Kommissar die Räume durchschritten hatte, zog er Mackeprang ins Wohnzimmer und begann mit der Ermittlung, wer alles im Hause wohne. Mackeprang zählte auf, der Kommissar schrieb. Und wer ist dies? Der Kommissar hielt Wolfgangs Postkarte hoch, die er von Adalberts Schreibtisch, wo sie an die Lampe gelehnt war, an sich genommen hatte.

Das ist der Sohn des Herrn Direktors, wohnt schon seit Monaten nicht mehr bei uns, unbekannt, wo er sich herumtreibt.

So, so. Hier steht, daß er Arbeit in Neumünster hat.

Das Neuste! Ich sehe das Bild zum ersten Male. Er hat sich verändert. Es wird Herrn Direktor freuen, daß Herr Wolfgang auf dem Weg ist, ein brauchbarer Mensch zu werden. Herr Wolfgang hing sehr an seiner Großmutter.

Sie behaupten, etwa zwei Stunden nach dem Ableben von Frau Spangenschild mit Ihrer Frau aus Ratzeburg zurückgekehrt zu sein.

Das ist keine Behauptung, Herr Kommissar, das ist die Wahrheit. Der Herr Direktor rief uns gleich nach der Ankunft zu sich und sagte, vor zwei Stunden ist meine Mutter eingeschlafen. Eingeschlafen, hat er gesagt. Was soll das mit Mord zu tun haben?

Der Kommissar hielt ihm die Anzeige vor.

Mackeprang sprang auf. Herr Spangenschild ein Mörder? Niemals! So eine Gemeinheit, ihn zu verdächtigen. Gut hat es die alte Dame bei ihm gehabt, sehr gut sogar. Sie konnte nicht verzehren, was er ihr aussetzte, jede Menge Schmuck legte sie sich zu. Haben Sie schon geprüft, ob noch alles da ist?

Wir wollen mal sehen, sagte der Kommissar. Als sie Frau Spangenschilds Wohnzimmer betraten, schob der Doktor gerade das Marzipanbrot und das Messer, mit dem es angeschnitten war, in zwei Plastiktüten. Keine äußeren Einwirkungen, flüsterte er dem Kommissar zu. Eine ganz leichte Prellung an der Schulter, wohl vom Fall. Bleibt nur Gift. Ich sehe mich noch einmal in der Küche um.

Dem Kommissar glitten die Halsketten, Armbänder und Broschen durch die Hand. Manches gute Stück! Das läßt niemand liegen, da wird nichts fehlen. Schicken Sie mir bitte, der Kommissar blickte auf seine Liste, Frau Pommerenken.

Mackeprang klopfte an Idas Zimmertür. Nichts regte sich. Er drückte die Klinke. Verschlossen. Ich habe sie nicht aus dem Hause gehen sehen. Montags läuft sie immer auf den Markt. Jetzt hat sie nur noch für sich zu kochen. Mein Gott, wie soll das alles werden?

Auf der Treppe kam ihnen Ida entgegen. In Hut und Sommermantel, einen gedeckten Korb über dem Arm. Seit wann wird über Tage an der Haustür das Sicherheitsschloß verriegelt? fragte sie Mackeprang. Der Kommissar wies sich aus und bat sie, ihr Zimmer aufzuschließen. Das nun wollte Ida um keinen Preis zulassen. Alles in Unordnung, ich bin noch nicht zum Aufräumen gekommen. Im ganzen Haus können Sie mich vernehmen, wenn es sein muß.

Der Kommissar ließ nicht locker, doch Ida war nicht auf den Mund gefallen. Haben Sie einen Durchsuchungsbefehl?

Den kann ich mir schnell besorgen. Sichern wir solange den Zugang zu Ihrem Zimmer. Er versiegelte die Tür und bat Ida ins Wohnzimmer von Frau Spangenschild. Frau Pommerenken, schildern Sie mir bitte Ihren gestrigen Tag, wobei mir wichtig ist, was nach Ihren Beobachtungen Frau Spangenschild im Lauf des Sonntags zu sich genommen hat.

Ida fing mit der mißglückten Gerstengrütze an, etwas Milch dazu und Rosinen, zum Mittag eine Scheibe Schinken mit Spinat und zwei Kartoffeln, vor dem Kaffee hat sich Frau Spangenschild von dem Marzipanbrot abschneiden lassen. Wo ist es geblieben? Ihr Sohn hatte es ihr zum Geburtstag geschenkt.

Wir untersuchen es, sagte der Kommissar. Es bleibt Ihnen erhalten. Weiter?

Dann hat Frau Spangenschild in Gegenwart von Gästen, unser Arzt, Dr. Erlenbach, seine Frau, auch Herr Spangenschild war dabei, von der Torte gegessen und Kaffee getrunken. Das war das letzte vor ihrem Tod.

Kein Alkohol?

Gestern nicht.

Demnach hat, vom Marzipan abgesehen, an allen Speisen und Getränken, die Frau Spangenschild zu sich genommen hat, mindestens eine weitere Person teilgehabt. Hat Frau Spangenschild Ihnen vom Marzipan nichts abgegeben?

Nein, besten Dank. Ich weiß nicht, warum die Lübekker von diesem Mischmasch so viel Wind machen, mir käme er hoch.

Es klopfte. Mackeprang trat ein und meldete die Ankunft des Direktors. Der Kommissar entließ Ida vorläufig und versprach, noch heute ihre Tür aufzuschließen. Dann begab er sich nach unten und entschuldigte sich bei Adalbert, daß er ihn habe herbemühen müssen, die Staatsanwaltschaft habe die Ansicht vertreten, einer anonymen Anzeige nachgehen zu sollen.

Adalbert hielt das beklebte Blatt gegen das Licht und schüttelte den Kopf. Hirnrissig würde mein Freund aus Wien sagen. Unser Hausarzt, Dr. Erlenbach, hält die Todesursache für ganz natürlich. Herzversagen. Adalbert holte mehrere Todesurkunden hervor, die sich Frau von Anden auf Grund des Totenscheins hatte ausfertigen lassen. Eine zum Verbleib bei Ihnen! Sehe ich wie ein Mörder aus? Wichtiger scheint mir, Herr Kommissar, diesen Verleumder zu fassen. Mit dem Tode spielt man nicht. Bei der Morgenpost in der Staatsanwaltschaft eingegangen, sagten Sie? Wer wußte denn in der Nacht schon, daß meine Mutter verstorben wäre. Erlenbachs, Mackeprangs, Frau Pommerenken und ich. Und der Bestattungsunternehmer, da habe ich auf Band gesprochen. Rufen Sie doch den Doktor einmal an, ob er anderen davon Kenntnis gegeben hat.

Den Kommissar befriedigte Erlenbachs Auskunft sehr. Zum zweiten Mal mußte der Arzt Idas Schilderung wiederholen. Ihre Gattin, das versteht sich. Sonst also niemand? Bitte weiter Verschwiegenheit! Der Kommissar ging in die Küche hinunter, die der Gerichtsdoktor schon vor einer Stunde nach Durchsicht der Speisekammer verlassen hatte. Hier ist Ihr Reich, Frau Mackeprang. Wem gehört die grüne Weste? Er leerte die Taschen. Ein Streichholzbrief und ein flacher Zigarrenabschneider kamen zum Vorschein.

Mein Mann trägt sie beim Anrichten, zu den Mahlzeiten, die Herr Direktor oben im Speisezimmer einnimmt.

Der Kommissar stellte sich dumm. Saß Frau Spangenschild mit zu Tisch?

Wo denken Sie hin, Herr Kommissar! Die alte Dame war so gut wie gelähmt. Seit Jahren kocht Ida für sie und ißt mit ihr. Damit haben wir nichts zu kriegen.

Mochten Sie Herrn Spangenschilds Mutter nicht leiden?

Was heißt leiden? Sie hat uns nichts getan. Weihnachten sind wir hinaufgegangen und haben Frohes Fest gewünscht und sie dann zwölf Monate nicht gesehen. Hier unten gibt es genug zu tun.

Hat Frau Pommerenken ihre eigene Küche?

Das war Frau Elses Dollpunkt. Eben nicht! Immer steht sie mir im Weg, läuft Herrn Mackeprang, was mein Mann ist, vor die Füße, tut so, als ob ich an ihre Gewürze gehe. Ich habe das nicht nötig, alles reichlich da, aber bei ihr fehlt immer was, und dann kommt sie angeschnorrt. Ich denke, es ist eine Familie, und gebe ihr, aber Dank habe ich noch nie zu hören bekommen. Herr Spangenschild will am Haus nichts umbauen, wie oft habe ich ihn um eine Küche für Ida gebeten, wo Herrn Wolfgangs Zimmer leersteht. Nun ist es nicht mehr nötig, Herr Direktor hat Recht behalten. Ida war die längste Zeit hier.

Wem trauen Sie so etwas zu? Der Kommissar hielt ihr das Blatt vor.

Frau Elses Gesicht verfärbte sich: Sone Schuftigkeit, die gibt es nicht! Wissen Sie was Genaues? Haben Sie das zusammengeklebt, um einen aufs Glatteis zu führen? Nein, o nein! Ich habe nichts Schlechtes gegen Ida gesagt, das wollen wir festhalten, nur, daß wir uns nicht so gut vertragen. Aber wer verträgt sich schon außer Flora mit ihr . . .

Der Kommissar beauftragte Mackeprang, alle Zeitungen im Hause einzusammeln und Seite für Seite zu ordnen. Fehlt ein Blatt, bitte Laut. Hatte Ihre Frau Mutter eine Lebensversicherung abgeschlossen? wandte er sich an Adalbert.

Der Sohn verneinte. Für wen? Als mein Vater in den Dolomiten abstürzte, wurde seine Lebensversicherung fällig, die Zinsen boten meiner Mutter, abgesehen von den Ausschüttungen des Werks, einen sorgenfreien Lebensabend. Der Fernsprecher klingelte. Für Sie, Herr Kommissar, ich gehe hinaus.

Während der Beamte sich das Ergebnis von der Untersuchung des Marzipanbrotes durchgeben ließ, berichtete Mackeprang dem Direktor, welche Anordnungen er für die Bestattung getroffen hatte. Bestellen Sie den Chor bitte wieder ab, Herr Mackeprang, er singt am Ende fünf Strophen, und statt der Lorbeerbäume nehmen wir Vasen mit Immortellen, meine Mutter liebte sie so. Das Ferngespräch war beendet, der Kommissar trat ein. Neue Erkenntnisse gewonnen?

Es tut mir sehr leid, Herr Spangenschild, ich werde wohl eine Obduktion beantragen müssen. Im Marzipan, den Sie Ihrer Frau Mutter geschenkt haben, ist ein konzentriertes Blausäuregemisch festgestellt worden, das gleiche, das wir im Frühjahr in den Giftkapseln, die überall herumlagen, gefunden haben. Merkwürdig bleibt, daß nur die Anschnittstelle dieses Gift aufweist, es kann aber ohne Sektion nicht ausgeschlossen werden, daß auch der Kanten, den Ihre Frau Mutter verzehrt hat, etwas von dem gleichen Gift enthielt. Dann wäre ein Mord bestätigt, da für Selbstmord keine Anzeichen vorliegen. Rätsel, ich spreche ganz offen zu Ihnen, gibt uns das Messer auf. An ihm befinden sich keine Spuren des Gifts. Das läßt wieder auf Vortäuschen einer Straftat schließen. Die Entscheidung, wie verfahren wird, liegt beim Richter. Haben Sie nach diesem Befund eine Erklärung abzugeben?

Adalbert bewahrte mit Mühe Haltung. Lassen Sie der Hülle meiner Mutter den Frieden. Ich bin überzeugt, daß hier etwas vorgetäuscht wird, wie Sie selbst vermuten, nur weiß ich niemanden, den ich belasten dürfte, dazu ist die Sache zu ungeheuerlich.

Dann möchte ich Frau Pommerenken noch einmal hören. Sie können ruhig zugegen sein. Ein Gespräch zu dritt. Vielleicht bringt es uns weiter.

Adalbert wollte nicht, daß der Kommissar von Ida erführe, daß sie sich weigerte, mit ihm zusammenzutreffen. In kurzen Worten schilderte er den Anlaß des jahrelangen Zerwürfnisses.

Verschmähte Jungfrauen können fürchterlich Rache nehmen, sagte der Kommissar. Unwahrscheinlich allerdings, daß der Ausbruch des Zorns über Jahre niedergehalten wird.

Bis auf die Ausgabe von Donnerstag, die fehlt, sind alle Zeitungen vollzählig, berichtete Herr Mackeprang.

Die finden wir auch noch, und wenn ich alle Abfallkästen der Umgebung durchkämmen lassen müßte. Der Baß des Kommissars veränderte sich um keinen Schatten. Jetzt begab er sich hinauf zu Ida.

Sie saß vor Frau Spangenschilds Fernseher, in dem der Weltspiegel lief, und häkelte an einem Halstuch. Diesmal verwendete sie nur schwarze Wolle. Der Kommissar nahm den Ton aus dem Gerät. Als Erlenbachs gegangen waren, wer blieb bei Frau Spangenschild oder trat wieder bei ihr ein, bevor Sie die Tote später entdeckten, wie mir Dr. Erlenbach erzählt hat?

Es war Herr Spangenschild, der noch einmal zu ihr gegangen ist, nachdem er Erlenbachs zum Wagen begleitet hatte. Er war schon fort, als ich das Zimmer betrat.

Haben Sie vorher etwas Ungewöhnliches wahrgenommen, gestaltete sich die Unterredung zwischen Mutter und Sohn vielleicht lauter als sonst, so daß Sie etwas mitanhören mußten?

Ida blickte den Mann voller Mißtrauen an. Sollte sie? Sie tat es: Ich ging auf den Flur, um rauszukriegen, ob Frau Spangenschild noch Besuch hätte. Sonst läutete sie längst um diese Zeit. Ich mußte ja noch den Tisch abdecken. Da hörte ich, daß drinnen gesprochen wurde. Es ging wohl wieder um den Enkel Wolfgang. Herrn Spangenschilds Stimme habe ich nicht ausgemacht, er sprach zu leise. Aber seine Mutter rief einmal: Du Unmensch! und kurz darauf, so habe ich Frau Spangenschild noch nicht schreien hören: Rühre mich nicht an! Da bin ich weggelaufen auf mein Zimmer.

Sehr aufschlußreich. Könnten Sie das auf Ihren Eid nehmen?

Ida erhob drei Finger. Ich schwöre es Ihnen.

Nicht mir, vor Gericht werden Sie es beeiden müssen, Meineid kostet teuer. Nun hat Herr Spangenschild seine Mutter aber nicht angerührt, die alte Dame ist vergiftet worden, durch den Genuß von Marzipan, wie wir festgestellt haben.

Wollen Sie behaupten, ich hätte es gemacht? Gift wirkt, das weiß jedes Kind, sofort. Über eine Stunde hat Frau Spangenschild mit Erlenbachs zusammengesessen. Der Doktor hätte jede Veränderung an ihr sofort bemerkt. Wenn Sie Recht hätten, müßte das Gift also in einer zweiten Scheibe gesteckt haben, die sich Frau Spangenschild nach dem Besuch von Erlenbachs abgeschnitten hat. Heimlich. Oder? Sie war sehr naschhaft und an ihrem Geburtstag ließ sie fünfe grade sein.

Nicht immer wirkt Gift auf Anhieb. Wie rücksichtsvoll von Ihnen, nicht anzudeuten, Herr Spangenschild habe seine Mutter zur zweiten Scheibe verleitet, das behauptet ja praktisch die Anzeige. Der Kommissar schob ihr das Blatt zu.

Ida hielt ihre Rolle durch. Zwar faßte sie das Papier mit den Fingerspitzen an, als könnte sie sich beschmutzen, las aber so, als ob ihr der Text zum ersten Male vor die Augen gekommen wäre. Die erste Zeile stimmt ja nun wohl, und für die zweite gebe ich mich nicht her, das ist Ihre Sache. Fragt sich, wen Sie eher finden, den Mörder oder den Besserwisser.

Frau Pommerenken, wollen Sie mir bei der Suche nicht

ein wenig helfen? Für wen haben Sie das Messer liegen lassen? Sie haben doch den ganzen übrigen Kaffeetisch abgeräumt?

Weiß ich nicht mehr, sagte Ida patzig. Zog sich die Schlinge zu? Ida häkelte darauf los, als wenn es um Preise ginge.

Ich will es Ihnen sagen. Für uns haben Sie es törichterweise liegen lassen. Das war Ihr Fehler. Die Untersuchung hat nämlich ergeben, daß am Messer, trotz eines feinen Marzipanfilms, jede Spur von Gift fehlt. Das Gift wurde also nach dem Anschnitt auf das Brot geträufelt. Vortäuschen einer Straftat nennen wir das. Freiheitsstrafe bis zu zwei Jahren. Für verleumderische Beleidigung noch einmal das Gleiche, zusammengezogen erheblich weniger, könnte bei einer bisher Unbescholtenen zur Bewährung ausgesetzt werden. Ihre Besserwisserin hat wider besseres Wissen Herrn Spangenschild eines Verbrechens bezichtigt, das gar nicht begangen worden ist.

Was fällt Ihnen ein, von einer Frau zu sprechen. Meinen Sie etwa mich? Vorhin haben Sie von Mord geredet. Warum erzählen Sie ausgerechnet mir einen Schwindel nach dem anderen? Ich habe alles gesagt, jetzt muß ich Flora Futter kochen.

Der Hund kann warten. Frau Pommerenken, nun hören Sie mir mal gut zu. In Ihnen hat sich seit Jahren ein tiefer Haß eingefressen, gegen wen, brauche ich Ihnen nicht zu sagen. Ich kenne die Schlafzimmergeschichte, eine harmlose Entgleisung, längst vergessen.

Das Wort vergessen ging in Idas Aufschrei unter. Sie war aufgesprungen und hielt die Häkelnadel wie einen Dolch vor sich. Ihr lügt alle, kein Wort ist wahr! Sie wollte hinausstürzen.

Der Kommissar vertrat ihr den Weg. Nicht, daß Adalbert von dieser untauglichen Waffe bedroht gewesen wäre. Der Kommissar glaubte, sie kurz vor dem Geständnis zu haben.

Wasser trat ihr in die Augen, sie fuhr sich mit dem Ärmel über das Gesicht. Der Busen schütterte, stoßweise zog sie die Luft ein. Plötzlich warf sie den Kopf hoch: Sie sollen von mir erfahren, wie alles gewesen ist. Ich hole nur schnell ein Taschentuch von drüben und werde Ihnen etwas mitbringen, da kommen Sie aus dem Staunen nicht heraus. Wo Sie ja doch alles erfahren, brauche ich mich um das dumme Siegel wohl nicht mehr zu kümmern. Oder? Ida legte die Häkelnadel in seine Hände. Wahrhaftig, sie lächelte dabei.

Geht in Ordnung, sagte er. Auf den Schirm kamen Bilder von den Kämpfen um die Falklandinseln. Er stellte den Ton an. Nach kurzer Weile klopfte es und Mackeprang trat ein. Herr Direktor läßt fragen, ob Sie ihn noch benötigen.

Der Kommissar blickte wie abwesend auf: Ich komme gleich. Haben Sie Frau Pommerenken gesehen?

Nach unten ist sie nicht gegangen. Ich habe auf der Diele die Bilder abgestaubt, da hätte sie an mir vorbeimüssen.

Idas Tür war von innen abgeschlossen. Auf Anrufe und Trommeln rührte sich nichts. Der Kommissar versuchte mit dem Taschenmesser den Schlüssel von außen zu drehen. Mackeprang hielt so lange dessen Dietrich. Auf den Schlosser können wir nicht warten, sagte der Beamte. Los!

Vereint warfen sie sich gegen die Tür. Verdammt gediegenes Holz, kein sozialer Wohnungsbau. Beim dritten Anlauf hatten sie es geschafft. Mackeprang rieb sich die Schulter. Ida lag mit verglasten Augen auf dem Bett, den Mund verzerrt, die Hände in die Brust verkrallt. Die zerbissene Kapsel war auf den Vorleger gefallen. Eine zweite, aufgeschnitten, auf die durchlöcherte Zeitung von Donnerstag gelegt, daneben die Schere, sollte wohl das Geständnis bekunden. Wäre die Polizei nicht so schnell gewesen, heute hätte Ida alles Belastende aus dem Haus geschafft. Nun war sie tot. Da half kein Rettungswagen mehr. Im Garten jaulte Flora auf. Hartnäckig. Geben Sie dem Hund zu fressen, Herr Mackeprang, falls er es anrührt. Und rufen Sie bitte an, der Sarg darf geschlossen werden. Sie müssen noch einen zweiten bestellen. Den

Gerichtsarzt benachrichtige ich. Dies ist kein Fall für Dr. Erlenbach.

Der Kommissar war mit sich unzufrieden, er machte sich Vorwürfe. Eine klare Straftat aufgeklärt, auf nicht ganz saubere Weise und mit Todesfolge. Er hätte Ida nicht aus den Augen lassen dürfen, mußte sie über ihren tiefsten Punkt hinweggeleiten. Was hatte dieser unglückseligen Frau den Einfall eingegeben, mit seiner Neugier zu spielen? Was hätte ihn schon in Staunen bringen können, wie sie versprochen hatte. Mit kaltblütiger List. Nichts! Diese Person war mir über, dachte er.

Wohin er blickte, Handarbeiten. Sie verdeckten das billige Holz der Möbel. An der Wand über dem Bett hing ein kleiner Vorhang. Er strich ihn zur Seite, als Mackeprang gegangen war. Auf ein Holzbrett war ein Zeitungsausschnitt mit dem Bild Adalberts gepinnt: Zwanzig Jahre erfolgreich an der Spitze der Lübecker Strickmaschinenwerke. Von frischer Hand war quer darübergeschrieben: Kannst Du mir verzeihen?

So viel Haßliebe ist mir noch nicht begegnet, sagte der Kommissar halblaut vor sich hin, riß den Ausschnitt ab und steckte ihn zerknüllt in die Tasche.

XVI

Rebekka

Gisela warf ein Fünfmarkstück nach, die kleinen Münzen waren sämtlich verschluckt, es war ihr längstes Gespräch mit Adalbert, aus einer Zelle hunderte von Kilometern entfernt. Was hatte der arme Mann in den letzten beiden Tagen hinter sich gebracht! Innerhalb weniger Monate zum zweiten Male die Polizei im Hause und diesmal ging es anfangs um Mord . . .

Nimm ein paar Tage Urlaub, Gisela, und komme nach Lübeck, ich brauche deine Hilfe. Ich möchte auch, daß du nach Neumünster fährst und Wolfgang aufspürst. Er soll bei der Trauerfeier für seine Großmutter nicht fehlen, er ahnt ja nichts und könnte mir Vorwürfe machen, wenn wir nicht versuchen, ihn zu benachrichtigen.

Gisela wußte zwar nicht, wie die Stecknadel im Heuhaufen zu finden wäre, erklärte sich aber bereit. Am späten Mittwochvormittag, eher hatte sie nicht abkommen können, fuhr sie von Hamburg über die Autobahn nach Neumünster, erstes Ziel war das Einwohnermeldeamt. Für alle Fälle hatte ihr Adalbert Wolfgangs Postkarte nach Wandsbek geschickt, sie ließe sich in Discotheken herumzeigen, einer oder eine würden ihn wohl erkennen und ihr Hinweise geben.

Eine brütende Hitze drückte auf den Porsche nieder, der in Neumünster vor einer Ampel am Gänsemarkt hielt. Der Menschenschwall schob an Gisela vorbei, die Sonne blendete sie, sie nahm den Kopf zur Seite. Nein, das gibt es doch nicht: Vor einer glühend heißen Mauer stand Wolfgang in Kittel und Botten, genau wie auf dem Bild, nur trug er keinen Hobel unter dem Arm, sondern hielt mit halb geschlossenen Augen den Vorübergehenden den Wachtturm, das Blatt der Zeugen Jehovas, entgegen. Gisela wollte das Fenster herunterkurbeln, aber schon wurde hinter ihr gehupt, die Ampel war auf Grün gesprungen. Wolfgang schien den Besuch nicht bemerkt zu haben. Sie fuhr den Wagen in den Schatten eines Parkhauses und eilte zur Stelle zurück. Noch immer harrte er in der Glut aus, den Wachtturm leicht vor der Brust hin und her schiebend.

Wolfgang, rief sie ihn an und legte ihm die Hand auf die Schulter. Würde er weglaufen?

Nein, Glück lag in seinen Augen. Sie, die sonst so ruhelos gewesen waren, blickten Gisela freundlich erstaunt an. Suchst du mich? Hier stehe ich immer in der Mittagspause und zeuge für die Wahrheit, die zu ewigem Leben führt.

Das war mit solchem Ernst gesagt, daß Gisela sofort der Spott verging. Darf ich dich zum Essen einladen?

Wolfgang hatte schon gegessen. Er blickte auf die Uhr. Um halb zwei muß ich wieder bei der Arbeit sein, ich lerne Tischler, richtig mit Ausbildungsvertrag. Holz ist wunderbar! Bei meinem Meister wohne ich auch. Seine Tochter Rebekka, das beste Mädchen von der Welt, kocht und sorgt für uns. Herr Butenfein, so heißt mein Meister, ist Witwer. Im November soll ich getauft werden und dann heirate ich Rebekka. Wir sind alle drei christliche Zeugen Jehovas, das heißt, ich will erst ein Sohn Gottes werden. Dazu brauche ich keinen fremden Unterweiser, die Bibelkenntnis vermittelt mir der im Felddienst geschulte Vater Butenfein. Komm mit, wir wollen ihn fragen, ob er mir eine Stunde freigibt.

Die Werkstatt machte auf Gisela einen guten Eindruck, drei Gesellen schnitten und leimten, im Hintergrund polierte Meister Butenfein mit Liebe eine alte Mahagonitruhe auf. Wolfgang legte die Mappe mit den Wachttürmen ab.

Wie viele? Herr Butenfein wischte sich in der Schürze die Politur von den Fingern ab.

Wieder keins, es ist zu heiß. Vater Butenfein, meine künftige Stiefmutter, Frau Storz, stellte Wolfgang vor. Sie hat mir etwas zu sagen, darf ich mit ihr ein Eis essen gehen?

Der Meister war einverstanden. Sie sollen es wissen,

Frau Storz, wir alle haben Wolfgang gern. Er ist sehr, sehr tüchtig im Handwerk und häuslich ist er auch. Wenn er so weitermacht, kann er einmal den Betrieb übernehmen. Noch bin ich ja rüstig.

Der Meister sah nicht danach aus, als ob er bald die Hände in den Schoß legen würde, seine Arme packten trotz der siebzig Jahre fest zu. Über dem runden Gesicht stand eine Hindenburgbürste, rötlich, kaum ein grauer Faden.

Wollen wir Rebekka Guten Tag sagen? Wolfgang leitete Gisela über den Hof ins Hinterhaus. Rebekka stand in der offenen Küche und spülte das Geschirr ab. Im ersten Augenblick kräuselte sich die Stirn an der Nasenwurzel, als sie Wolfgang mit der feinen Dame eintreten sah. Aber dann kehrte ihr gewinnendes Wesen zurück. Im Gegensatz zum Vater war sie ein schmächtiges Geschöpf, das strohblonde Haar trug sie in einen Zopf geflochten lang über den Rücken.

Gisela erschrak, Rebekka mochte zehn Jahre älter als Wolfgang sein, und dann heiraten? An wen erinnerten sie nur ihre schmalen Lippen und die Andeutung von Augenbrauen, die keine waren? Hatte Giselas erster Freund nicht eine kleine Rebekka in Neumünster zurückgelassen?

Darf meine Verlobte uns begleiten? Ich habe keine Geheimnisse vor ihr.

Natürlich, sagte Gisela und ließ sich von Wolfgang sein Zimmer zeigen, eine Kammer, eine Zelle fast, nur belebt von den Traktaten der Bibelgesellschaft. Wenn ich damit dein großes, helles Zimmer in der Wullenweverstraße vergleiche, bist du sehr bescheiden geworden.

Zufrieden bin ich. Wir drei leben den letzten Tagen entgegen, wo Gottes Sohn die Herrschaft antreten wird. Das klingt dir fremd, Gisela. Man muß sich nur mit der Bibel befassen, dann geht es einem auf. Wolfgang hängte den Kittel an den Nagel und tauchte sein Gesicht in eine Waschschüssel, die auf einem Dreibein stand.

Rebekka trat in einer Tüllbluse ein, aus deren Puffärmeln die sommersprossigen Arme, schlaksig wie bei

Heinz, herabhingen. Es mußte die Tochter von Heinz sein. Trotz ihrer bald dreißig Jahre lag etwas Kindliches auf ihren Zügen. Ist sie nicht lieb? fragte Wolfgang und legte den Arm um ihre Schulter.

Ich mache nachher eine Aufnahme von euch beiden, jetzt wollen wir gehen. Gisela schritt die ausgetretenen Holzstufen herab.

Als sie über ihren Früchteeisbechern saßen, Rebekka hatte so Köstliches noch nie gegessen, kam Gisela zur Sache. Deine liebe Großmutter ist verstorben, über deinen Glückwunsch, Wolfgang, hat sie sich noch herzlich gefreut. Dein Vater legte Wert darauf, daß du Gelegenheit bekommst, an der Trauerfeier teilzunehmen.

Wie gut von ihm, an mich zu denken. Deshalb bist du eigens hierher gefahren? Wolfgang hielt Rebekkas Hand. Nun habe ich Großmutter nicht mehr gesehen, ich wollte am 17. Juni zu euch hinüberfahren. Mit der Bahn. Meinen Wagen habe ich verschenkt, ein überflüssiges Stück. Sage doch Vater, er kann die Überweisungen einstellen. Das Konto muß auf zweitausend Mark angewachsen sein, nichts angerührt, weil ich jetzt auf eigenen Füßen stehe. Dürfen Vater Butenfein und Rebekka mit nach Lübeck kommen? Ich habe ihnen viel von Großmutter erzählt.

Gisela sah mit Adalberts Augen schwarz für die Begegnung der künftigen Gegenschwieger, unterdrückte aber diese Regung. Wenn sie wollen, warum nicht?

Ich begleite dich, sagte Rebekka zu Wolfgang. Sie hätte gestrahlt, wenn es nicht um einen Trauerfall ginge. Vater kommt bestimmt mit, wir drei gehören immer zusammen.

Am folgenden Tag traf die Todesanzeige, die sonst erst nach der Beisetzung verschickt werden sollte, in Neumünster ein. Adalbert hatte den Text ändern lassen. Ida gehörte nicht mehr zu den trauernden Unterzeichnern, jetzt hieß es: Die langjährige Betreuerin, Ida Pommerenken folgte der Dahingeschiedenen am nächsten Tag in den Tod. Den Schlußsatz hatte Adalbert für Wolfgang durchgestrichen und an den Rand geschrieben, Freitag Burgtorfriedhof 15 Uhr. Gruß Vater.

Ida? Von ihr hatte Gisela kein Wort gesagt. Die Großmutter war gebrechlich gewesen, ihr Ableben verständlich, aber Ida? Es klang fast, als ob sie sich jetzt heimatlos gefühlt hätte, ein Weiterleben ohne Sinn für sie gewesen wäre. Nun, so sehr hatte sie an der Großmutter doch nie gehangen.

Am Freitag kurz nach Mittag trafen die Neumünsteraner in der Wullenweverstraße ein. Vater Butenfein schwitzte in Bratenrock und Zylinder fürchterlich, Rebekka hatte ein knöchellanges blaues Hängekleid an, Wolfgangs Nietenhosen waren frisch gebügelt, er trug den Kranz der drei. Wie selbstverständlich küßte er seinem Vater die Wange, als wollte er den Butenfeins zeigen, auch bei uns in Lübeck waltet Frieden in der Familie. Gisela bemerkte eine Bewegung an Adalbert, einen Zug von Güte, die ihm sonst fremd war. So fiel die Begrüßung der Fremden nicht so kühl aus, wie sie befürchtet hatte. Im Gegenteil.

Darf ich Rebekka zu Ihnen sagen? Ein klangvoller Name, bemerkte Adalbert. Sie haben ihn verdient!

Rebekka sah sich verlegen in dem hohen Raum um und konnte die Augen nicht von Ruths Bild wenden, dessen Makel inzwischen getilgt war. Deine Mutter gleicht einem Engel, flüsterte sie Wolfgang zu, überirdisch schön. Das war nicht spitz gegen Gisela gemeint.

Mackeprang, heute nicht in grüner Weste, sondern im schwarzen Jackett, reichte Sherry. Vater Butenfein dankte. Lieber ein Bier? fragte Adalbert. Der Meister zögerte einen Augenblick, er trank sonst keinen Alkohol. Bei dieser Hitze werde ich schwach. Gern!

Schweigend saßen sie um den Tisch. Adalbert brachte das Gespräch auf die Bahnverbindungen: Wenn weiter so viele Strecken stillgelegt werden, kommt man bald nur noch mit dem Wagen ans Ziel.

Es geht auch ohne Reisen, war Wolfangs Meinung. Er hielt wieder Rebekkas Hand. Soll ich dir mein altes Zimmer zeigen? Du suchst dir aus, was wir davon noch brauchen können, den Rest holen sich dann Studenten ab.

Mackeprang brachte eine Platte mit Broten und Salaten. Deshalb blieben sie einstweilen unten. Wolfgang sprach dem lange nicht mehr genossenen Aal zu, Butenfeins hielten sich zurück. Wie gehen die Geschäfte, Vater?

Danke, sagte Adalbert, noch sind wir gut davor, wenn ich uns mit der Metallhütte vergleiche. Süd- und Mittelamerika haben sehr nachgelassen, das verdanken wir Frau Thatcher. Das Falklandabenteuer wird Europa noch teuer zu stehen kommen. Und jetzt bringt Begin im Libanon neue Unruhe in den Nahen Osten. Es züngelt an allen Ekken.

Vor den Letzten Tagen wird es noch mehr Krieg und Elend geben, es ist ein Gericht des Herrn, das Harmagedon einleitet, sagte Herr Butenfein. Adalberts Gesicht verfinsterte sich, er vermochte hinter der unbekümmerten Kriegsbereitschaft keinen höheren Willen zu erkennen. Gisela legte die Hand auf seinen Arm. Sollten wir auf dem Rückweg vom Friedhof nicht in der Engelsgrube vorbeifahren, um Herrn Butenfein das erneuerte Oberlicht bei Frau Radtke zu zeigen?

Ja, das müssen Sie sich ansehen. Die barocke Schnitzarbeit des Stützbalkens ist in der Werkstatt unseres Sankt-Annen-Museums prächtig wiederhergestellt worden. Damit ist das älteste und ein sehr gelungenes Oberlicht Lübecks freigelegt. Gut verwertetes Geld! Übernahm Adalbert die Rolle seiner Mutter als vaterstädtisches Sprachrohr? Gisela lächelte.

In zwei Wagen fuhr man zum Friedhof. Im ersten Adalbert neben Mackeprang, auf den Rücksitzen Butenfeins. Gisela und Wolfgang folgten im Porsche. Entschuldige die Frage, Wolfgang, ist Rebekka ein angenommenes Kind?

Wolfgang fiel aus allen Wolken. Wie kommst du darauf? Ich habe Mutter Butenfein nicht mehr gekannt, aber Rebekka würde es mir gesagt haben, wenn sie es wüßte. Ihr Vater ist in allem so ehrlich und geradeaus, daß er vor seinem Kind nichts verbergen würde. Ich liebe Rebekka, wie sie ist, und sie hängt an ihrem Vater.

Gisela nannte die Umstände für ihre Vermutungen. Zu weiterem kam es nicht mehr, sie waren angelangt. Als sie zu acht, Frau Else hütete das Haus, Erlenbachs warteten bereits in der zweiten Bank, vor dem von Blumen zugedeckten Sarg saßen, flüsterte Wolfgang Gisela zu: Wird Ida nicht mit eingesegnet?

Der Geistliche hat es abgelehnt, und dein Vater bestand nicht weiter darauf, erhielt er zur Antwort.

Rebekka erschrak vor Sorayas Geglitzer, Erlenbachs Augen wanderten von Gisela zu Rebekka, zwei neuen Viren für die Erlenbachsche Krankheit. Die Predigt des Pastors war ihm geläufig, der Doktor nahm sich, wenn es irgend anging, die Zeit, um seinen Patienten das letzte Geleit zu geben. Neu war in den gewohnten Text Frau Mariannes gemeinnütziges Wirken für die Vaterstadt eingefügt. Eine Lübeckerin von echtem Schrot und Korn, sagte der Gottesmann. Vater Butenfein wischte sich fortgesetzt Stirn und Nacken mit einem großen blauen Tuch, die Gesellschaft atmete auf, als es hinter der Bahre her ins Freie ging.

Adalbert warf einen Blick auf das Grabmal der Familie Mann. Sie kamen in geringem Abstand daran vorbei. Der Gedenkstätte der Spangenschilds war mehr Pflege angediehen als der von Efeu bewachsenen Marmorplatte des Konsuls und Senators. Nach fünf Jahren stand Adalbert zum ersten Mal wieder vor Ruths Ruheplatz. Keine Bewegung war ihm anzumerken, während Wolfgang seine Hand auf Rebekkas Schulter legte, sein Schmerz um die geliebte Mutter drückte sich in einem Zittern der Knie aus. Die Großmutter war vergessen.

Wolfgangs Pate, Dr. Erlenbach, schob sich zwischen die beiden. Das ist nun mal der Lebenslauf, lieber Junge, unter die Erde müssen wir alle. Ohne Ausnahme. Da gibt es nischt, mein Fräulein. Soraya zog ihn zurück, sonst hätte er seinen Ausspruch noch mit einem Meckern begleitet.

Sein Austro-Daimler fuhr mit in die Engelsgrube, Erlenbach hatte am Zuschlag der Mittel für die Erneuerung des Oberlichts einigen Anteil und war für Anerkennung seiner Bemühungen stets empfänglich. Vater Butenfein wäre am liebsten auf eine Leiter gestiegen, so fesselte ihn die Arbeit. Da waren Könner am Werk, sagte er, damals wie heute.

In der Wullenweverstraße hatte Frau Mackeprang den Kaffeetisch gedeckt. Herr Butenfein hängte seinen schwarzen Rock in der Garderobe auf den Bügel und ließ sich in Hosenträgern in den Sessel fallen. Adalbert sollte noch mehr zugemutet werden, Herr Butenfein setzte zu einer längeren Missionsrede an.

Sie sollten hier in Lübeck einmal den Weg zum Königreichssaal nehmen, Herr Spangenschild, damit Sie mit eigenen Ohren hören, was es mit uns Zeugen auf sich hat. Sehen Sie, ich habe in der Kapelle geduldig unter dem Kruzifix gesessen, weil Ihre Mutter unter diesem Zeichen gestorben ist. Wußten Sie, daß es ein Heidenzeichen ist, erst im dritten Jahrhundert nach der kirchlichen Zeitrechnung übernommen? Christus starb am Holzpfahl aus einem Stück, ohne den Querbalken. Wie kann man das Werkzeug verehren, mit dem jemand umgebracht worden ist? Wäre unser Herr heute auf die Erde gekommen, hätte man ihn mit einem Gewehr erschossen. Würde deshalb das Gewehr zum Zeichen der Anbetung werden? Weihnachten und Ostern zu feiern, sind von den Römern übernommene heidnische Bräuche, der Heiligenschein stammt von Babylon, der Großen. Nirgendwo steht in der Bibel, daß wir Marienbilder aufstellen sollen. Nicht Petrus, Christus ist der Fels. Dreitausendmal kommt Jehovas Name in der Bibel vor, die Kirchen nennen ihn nicht. In die Lehren der Kirchen ist vieles hineingeraten, was dem ernsten Studium der Bibel nicht standhält. Prüfen Sie selbst, Herr Spangenschild, fangen Sie noch heute an.

Adalbert brauchte nicht zu antworten, denn Meister Butenfein entwarf nun mit breitem Pinsel ein Bild des Neuen Paradieses, das nach den Letzten Tagen, die 1914 angehoben hätten, die Erde in einen einzigen Garten der Friedfertigkeit verwandeln würde. Kein Kirchhof verunziert künftig die Landschaft der Parks, weil die, die sich zu Jehova bekennen, das ewige Leben auf dieser Erde erhalten werden.

Daß Herr Butenfein glaubte, wovon er redete, das wollte Adalbert ihm abnehmen. Aber Wolfgang? Der Sohn war ihm wiedergeschenkt, im Grunde ein noch fremderer Sohn, eingesponnen von einer zugleich phantastischen und unglaublich nüchternen Lehre, aus der es für Wolfgang wohl keine Befreiung mehr geben würde.

Wolfgang ging mit Rebekka unter den Arkaden des Rathauses auf die Marienkirche zu. Schweigend standen sie vor den zertrümmerten Kirchenglocken, die in der Bombennacht abgestürzt waren. Noch viele Glocken werden zerschellen, sagte er, bis Unsere Zeit anbricht. Am Holstentor übersetzte er ihr die lateinische Inschrift: Eintracht zu Hause, Friede vor den Toren. Ach, wenn es so bliebe, das wäre besser, sagte er.

Auf dem Heimweg zur Wullenweverstraße gab sich Wolfgang einen Ruck: Liebste Rebekka, kannst und willst du mir die Frage beantworten, ob Vater und Mutter Butenfein deine wirklichen Eltern sind?

Rebekka zog ihn vom Koberg fort in den Schatten der Jakobikirche. Vater glaubt, ich wüßte es nicht, und möchte mir diesen Glauben erhalten. Bevor Mutter starb, bat sie ihn, mir die Wahrheit zu sagen. Ich hörte es zufällig, ich habe nicht gelauscht, das mußt du nicht denken. Vater sagte nein, es ist besser so, niemand soll uns das Kind entfremden. Du weißt, Mutter handelte immer nach Vaters Willen, wie auch ich nur das tun werde, was du sagst. Wie bist du darauf verfallen, liebst du mich jetzt weniger?

Wolfgang legte seinen Arm um ihre Schulter. Aber nicht doch! Dein wirklicher Vater war einmal Giselas Freund. Er ist auf einem Motorrad zu Tode gestürzt und hat in einem Abschiedsbrief gebeten, dafür zu sorgen, daß du gute Pflegeeltern erhältst, weil deine Mutter dich nicht hätte großziehen können, sie war krank, hoffnungslos erkrankt. Bessere Eltern als die Butenfeins gibt es nicht, stören wir also den Frieden des Meisters nicht.

In der Wullenweverstraße redete der Gast noch immer auf den Hausherrn ein. Sie besitzen so viele Bücher, alle sind entbehrlich, nur das Buch der Bücher soll man täglich vornehmen. In jeder Sekunde, die vergeht, wird irgendwo auf unserer Erde eine Bibel ausgedruckt. Würde die Menschheit mit wachem Verstand lesen, was ihr geboten ist, und es gibt keine Sprache, in die die Bibel nicht übersetzt wurde, unsere Welt wäre nicht so verdorben.

Wolfgang und Rebekka traten ein, ein ungleiches, aber sichtlich glückliches Paar. Werdet Ihr Gisela und mich, wir sind dann schon verheiratet, zu eurer Hochzeit einladen? Adalbert verwünschte seine Frage gleich wieder, hieß sie doch, daß er zur eigenen Hochzeit Vater Butenfein im Hause zu ertragen hätte. Das wollte er sich keinesfalls auferlegen.

Wolfgangs Bescheid erleichterte ihn. Unsere Hochzeit wird ein Tag wie jeder andere sein, ohne Festmahl und Geschenke. Wir sind uns das ganze Jahr gut, dazu bedarf es keiner Feier. Gisela und du, ihr seid uns immer willkommen, nicht Vater Butenfein?

So ist es. Und nun wollen wir sehen, daß wir unseren Zug erreichen. Heute abend versammeln wir uns noch im Königreichssaal. Wir danken für Speise und Trank. Vergessen Sie nicht, Herr Spangenschild und Frau Storz, in der Bibel zu studieren, dann werden Sie erkennen, nur bei uns Zeugen ist die Wahrheit.

Wolfgang umarmte seinen Vater, daß Adalbert fast die Fassung verlor. Der Sohn flüsterte Gisela zu, Rebekka weiß es, aber bitte kein Wort zu anderen darüber. Dann fuhr Mackeprang die drei zum Bahnhof.

Adalbert und Gisela hatten Gesprächsstoff für die halbe Nacht. Manches klingt ganz vernünftig, sagte er, während sie den dritten Whisky über Eiswürfel goß. Seit seinem Aufenthalt in London hatte er sich nicht mehr so viel von dem kräftigen Saft einschenken lassen. Manches kann sich hören lassen, die Zeugen zahlen pünktlich Steuern, sie wollen den Staat nicht umstürzen, Mein ist die Rache, spricht der Herr, sie sind untertan der Obrigkeit, soweit sie nicht Kriegsdienst von ihnen verlangt. Öffentliche Ämter übernehmen sie nicht und beteiligen sich auch nicht an Wahlen. Erwachsenentaufe? Sehr einleuchtend. Tausende kommen zusammen, alle ordnen sich ein, keiner Fliege geschieht etwas, kein Papierschnitzel bleibt zurück. Ihre Disziplin ist zu bewundern. Sie sind nicht Kirche in unserem Sinne, eher eine straff geführte Organisation, die geschickt auf das Auserwähltsein abzielt, sehr amerikanisch das Ganze, sicherlich mit geschäftlichem Hintergrund, obwohl sie keine Kollekte kennen. Der Zulauf bleibt, ich sage zum Glück, begrenzt, denn es gibt immer nur wenige, die es durchstehen, sich so vom bunten Leben auszuschließen. Wenn Wolfgang Kinder haben wird, darf er sie nicht auf die höhere Schule schicken, sie sollen nicht der Eitelkeit der Welt erliegen.

Wolfgang glaubt fest daran, sagte sie, daß die Guten überleben werden, im wirklichen Sinne am Leben bleiben. Er freut sich darauf, Mutter Butenfein im Paradies zu begegnen. Ich fand Rebekka etwas dürftig, aber er liebt sie innig. Meinst du, daß Wolfgang am Ziel angelangt ist?

Adalbert nahm einen großen Schluck. Es sieht so aus. Die Verachtung der Zivilisation und ihrer Formen, ohne die ich nicht leben könnte, steckte in ihm. Er war unterwegs nach einem Sinn, rastlos, zerfahren, fast ohne Hoffnung. Weiß der Teufel, der bei den Zeugen einen gewaltigen Rang hat, wie er auf diese Leute gestoßen ist. Wen sie eingefangen haben, lassen sie nicht los. Für jeden, der einmal Jehova gefolgt ist, wiegt die Höllenverdammnis des Abfalls zu schwer. Ach Gisela, ich weiß ihn lieber bei diesen harmlosen Schwarmgeistern geborgen als gefährdet durch kalte Verführer, denen alles, was Glück bedeutet, verächtlich ist. Wie leicht hätte ich Wolfgang die Rechenkunststücke, die seine Prediger mit der Bibel anstellen, als das vor Augen führen können, was sie sind, ein Schwindel, der dauernder Berichtigung bedarf, weil die angeblich errechneten Voraussagen nicht eintreffen wollten. Ich habe Wolfgang bewußt geschont. Es ist besser, mit einer Lüge anständig zu leben, als vor lauter Wahrheitsdrang in der Gosse umzukommen.

Er trat an seine Bücher und zog die Heilige Schrift heraus. Vater Butenfein hätte sich zu früh über sein Tun gefreut. Er schlug das Hohelied Salomons auf und las Gisela vor. Sie staunte, manche Stellen sprach er auswendig. Waren am Ende die unzähligen Ausdrücke des Bewunderns für sie, nach denen sie sich immer wieder sehnte, nur angelesen?

Adalbert blickte zu ihr hinüber und sagte auf: Wie schön ist dein Gang in den Schuhen, du Fürstentochter. Deine Lenden stehen gleich aneinander wie zwei Spangen, die des Meisters Hand gemacht hat. Dein Schoß ist wie ein runder Becher, dem nimmer Getränk mangelt. Dein Leib ist wie Marzipan, umsteckt mit Rosen.

Gisela hatte das Buch an sich genommen und hörte ihn ab. Hier bei Luther steht Weizenhaufen, nicht Marzipan, du Aufschneider! Komm, trink bitte aus und spare deine schönen Worte auf, die Nacht ist noch nicht herum.

Inhalt